dov'ero diretta. Un altro segno. Forse lo avrei rivisto. Oggi era la mia giornata.

Inspirai a fondo e salii le scale, ripercorrendo i passi che Knightley aveva appena compiuto. Era giunto il momento di essere favolosa.

3

ALEXANDER

L'allenamento di stamattina era stato faticoso. Più lavoravo, più duramente mi allenavo. Ero fermamente convinto che se non mi fossi mantenuto in forma, non avrei lavorato altrettanto bene. E avevo intenzione di fare qualsiasi cosa fosse necessaria per essere un ottimo avvocato. Di conseguenza, ero sveglio dalle cinque, mi ero allenato fino alle sei e mezza, dopodiché avevo avuto una video chiamata con Dubai che era durata fino alle sette. Odiavo le giornate in cui mi presentavo in ufficio in ritardo, ma questa mattina non avevo potuto evitarlo. Il mio tragitto fin qui era stato... insolito.

La donna che avevo urtato uscendo dalla metropolitana era bella, e non riuscivo a togliermi dalla mente l'immagine di lei che mi guardava nel bel mezzo del centro di Lincoln's Inn Fields. Dovevo concentrarmi. E magari fare un po' di sesso, se ne avessi avuto il tempo. Ma non sarebbe accaduto stasera. Dovevo lavorare. Dovevo controllare centinaia di testimonianze e abbozzare il mio discorso d'apertura.

Entro tre giorni sarei entrato in aula, ed era questa la mia unica preoccupazione. Non avevo tempo da perdere fantasticando sulle donne.

Mentre setacciavo le email, cercando di selezionare quelle importanti tra le centinaia che riempivano la mia casella di posta in arrivo, qualcuno bussò alla mia porta. Resistetti alla tentazione di ruggire. Odiavo essere interrotto – avevo bisogno di appendere un cartello alla porta.

«Prego» abbaiai.

La porta si spalancò, e dal rumore dei passi riuscii a capire che era stato il capo cancelliere a entrare. «Signor Knightley.»

«Craig.» Non mi distrassi dallo schermo del mio computer portatile. Craig era un uomo sulla cinquantina accondiscendente ed elegante. Lavorava qui da quando aveva quindici anni ed era stato l'aiutante principale di mio padre. Se c'era qualcuno che poteva interrompermi, quello era lui. E lo sapeva. In tanti anni avevo cercato di convincerlo a chiamarmi Alex, ma lui insisteva sul fatto che tutti i cancellieri e i dipendenti amministrativi dovessero chiamare gli avvocati per cognome. L'ordine degli avvocati sapeva essere un posto piuttosto all'antica.

«Vorrei presentarle la sua nuova assistente, Violet King.»

Mi bloccai e restai con le dita a sfiorare la tastiera. Non ne sapevo nulla e non avrei mai accettato – io lavoravo da solo. Lentamente, mi voltai per ritrovarmi Craig di fronte alla scrivania, con le sopracciglia sollevate, in attesa.

«La mia cosa?» domandai. Una sagoma si spostò alle sue spalle e io scivolai con lo sguardo verso destra. Arrivai a fissare la donna affascinante che aveva invaso i miei pensieri sin da quando avevo messo piede in ufficio. Che stava succedendo? Distolsi lo sguardo da lei, certo che Craig avrebbe notato la mia attrazione nei suoi confronti se i miei occhi avessero indugiato un istante di più sul suo corpo.

Mi si era bloccato il respiro in gola quando l'avevo vista stamattina sulla banchina. Avevo osservato, incantato, il modo in cui si era affrettata verso di me, arrivando al binario appena in tempo per prendere il treno. Aveva due occhi azzurro chiaro, guance rosse e lunghi capelli neri che potevo immaginare di arrotolarmi intorno alle dita mentre me la scopavo sulla scrivania.

Raramente le donne catturavano la mia attenzione, ma lei non era solo bella. C'era qualcosa di esotico, in lei, qualcosa che mi induceva a volerne sapere di più. Il suo calore mi aveva riscaldato per tutto il nostro viaggio condiviso, e mi aveva quasi fatto piacere accompagnarla fin qui, anche se mi ero sentito come un adolescente, incapace di pensare a qualcosa da dire. Ero stato grato alla telefonata che mi aveva permesso di non rivelarle quanto fossi affascinato da lei. Il modo in cui aveva sollevato lo sguardo su di me con quegli occhi azzurri, mentre ritrovava l'equilibrio contro il mio torace, sulla metropolitana e poi di nuovo a Lincoln's Inn Fields. Il mio battito accelerò, non ero certo se per il ricordo o per il fatto di averla così vicina adesso. Non riuscivo a decidermi.

Qui nel mio ufficio, era altrettanto bella. Ugualmente intrigante. Mi metteva a disagio. Non gradivo le sorprese. L'ultima cosa di cui avevo bisogno era la sua assistenza.

«Inizierà subito, e questa è una notizia fantastica.»

«E in cosa, se posso chiedere, mi *assisterà* la signorina King?» Non avevo mai sentito di un *barrister* che avesse un'assistente, prima d'ora. Gli impiegati amministrativi e i cancellieri lavoravano con tutti, e la maggior parte degli avvocati era indipendente. Dopotutto, eravamo lavoratori autonomi, riuniti in quelle stanze solo per condividere le nostre risorse. Versavamo tutti una percentuale dei nostri guadagni per la manutenzione della sede, ma restavamo indipendenti.

Quell'indipendenza, e la mancanza di interazione con altri erano tra i fattori per cui mi piaceva il mio lavoro. Ogni tanto, Craig si inventava qualcosa di nuovo per organizzare le mie fatture o il mio ufficio, ma non durava mai a lungo. Lasciava perdere quando io non cedevo di un millimetro.

«La aiuterà con la contabilità. Sa bene che dovrebbe guadagnare il triplo di quanto guadagna attualmente.»

I bravi capo cancellieri guidavano i *barrister* durante le loro carriere, e sapevo che Craig stava badando a me. Il problema era che a me non fregava un accidenti del denaro. Ne guadagnavo in abbondanza, e la morte di mio padre mi aveva reso un uomo molto facoltoso. Ciò di cui mi importava davvero era il lavoro. Non mi piaceva sprecare tempo a emettere fatture e poi a rincorrere i clienti per i pagamenti. Quando alcuni impiegati amministrativi avevano cercato di aggiornare la mia fatturazione, mi avevano chiesto di esaminare ogni pratica con loro e di dire quali dovessero essere ancora registrate. Ma non erano serviti granché. Non ci era voluto molto prima che la mia mancanza di cooperazione e le mie risposte seccate li stancassero; avevano molte altre attività ben più semplici a cui pensare. Ma un'assistente il cui unico incarico era infastidirmi avrebbe potuto essere una sfida. Specialmente nel caso di una così bella come Violet King. Già quei pochi minuti trascorsi insieme in mattinata mi avevano distratto fin troppo. Non sapevo bene come sarei riuscito a focalizzarmi sul lavoro se lei fosse rimasta costantemente nei paraggi. Il mio tempo era limitato. Dovevo restare concentrato.

«Lei lavora più di qualsiasi *barrister* con cui io abbia mai collaborato, e per questo dovrebbe essere ricompensato» disse Craig.

Non era vero. Craig aveva già assistito mio padre e conosceva bene chi era l'avvocato che si era dato più da fare di tutti, tra quelle stanze. Rimanevo sempre impressionato dalla vista dei corridoi vuoti quando mi trovavo in ufficio a tarda sera. Da piccolo, avevo dato per scontato che tutti gli avvocati lavorassero tanto quanto mio padre, visto che lui non tornava mai a casa presto la sera.

Spesso non ci tornava e basta. Un paio di volte, ero venuto a Lincoln's Inn Fields con mia madre per lasciargli una camicia pulita o per accompagnarlo a pranzo, e venire qui mi aveva sempre dato la sensazione di vivere un'avventura. Sapevo che mio padre era incredibile e che il lavoro che stava conducendo era importante perché erano sempre le due motivazioni che mi venivano fornite quando non era in casa, ma vederlo nel suo ambiente ne era la dimostrazione.

Gli uomini in completo, le persone che correvano in giro con le braccia piene di fogli, impegnate a fare ciò che lui gli ordinava di fare, il modo in cui chiunque incontrassi mi diceva quanto mio padre fosse un uomo di talento e quanto fossi fortunato a essere suo figlio, avevano generato dentro di me una sensazione di bisogno, e già a otto anni avevo capito che volevo ritrovarmi a Lincoln's Inn, proprio come lui. Avevo immaginato che avremmo lavorato fianco a fianco – magari avremmo anche condiviso un ufficio. Ma mio padre era morto prima che io fossi assunto. E le nostre carriere non si erano potute mai incrociare.

«Sai bene che il denaro non mi interessa» risposi.

«Mi permetta di essere franco, la reputazione dello studio crollerebbe per colpa del suo staff e danneggerebbe tutti noi se le cose continuassero in questo modo. Abbiamo bisogno che la gente ci veda come uno studio moderno e dinamico così da attrarre clienti e *barrister* in erba. Tutto ciò che le chiediamo è di permettere che qualcuno le dia una mano.» Si guardò intorno. C'erano fogli dappertutto. Mi piaceva pensare che il mio ufficio assomigliasse a un modellino in scala di una capitale asiatica, con grattacieli di carta che puntavano al soffitto e oscuravano la luce. «E i suoi report e il suo metodo di archiviazione sono del tutto fuori controllo. Occorre dare una sistemata.»

«Me ne occuperò io» replicai, ben consapevole che non lo avrei mai fatto.

Craig sospirò. «Mi assecondi e dia una possibilità a Violet. Resterà qui per tre mesi e le renderà la vita più semplice. È un'americana brillante e persistente, perciò dovrebbe essere in grado di sopportarla.»

Non risposi. Nessun altro, in quello studio, avrebbe avuto il coraggio di essere così diretto con me. Sapevo che la maggior parte dei cancellieri e del resto dello staff mi temevano, cosa che non mi dispiaceva. Mi piaceva essere lasciato da solo a gestire il mio lavoro, per cui mi stava bene non essere trascinato in conversazioni formali o disturbato da domande sciocche.

«Non ho tempo di spiegare niente a nessuno» sentenziai, poi tornai a osservare il mio computer, evitando accuratamente di guardare Violet. Stamattina, quando l'avevo salvata dalla traiettoria di un ciclista selvaggio, ero stato sul punto di baciarla. Averla tra le braccia mi aveva trasmesso una bella sensazione. Era come se fosse stata fatta su misura per me e non avevo avuto voglia di lasciarla andare.

Riuscivo quasi a sentirla ancora contro il mio petto mentre me ne stavo seduto a meno di un metro da lei. Il suo sorriso era stato così caldo e aperto che per un secondo avevo dimenticato quanto fossi in ritardo. Forse me l'ero immaginato. Incapace di raccapezzarmi, la adocchiai nuovamente. Lei stava sorridendo ancora in quel modo che sembrava scaldare ogni anfratto del mio corpo. Le sue labbra piene sarebbero state morbide da baciare come sembravano? Avrebbe combaciato alla perfezione col mio corpo come credevo?

Inspirai a fondo e guardai Craig.

«L'avevo avvertita che sarebbe stato ostile» disse Craig, presumibilmente alla mia nuova *assistente*. Doveva trattarsi del lavoro per il quale si era data tanto da fare. Era buffo che, se non le avessi mostrato la strada, lei non si sarebbe trovata qui.

«Faccia ciò che può» sospirò Craig.

«Nessun problema» replicò lei.

Io deglutii e tornai a fissare lo schermo.

«La presenterò prima al resto del team, poi potrà iniziare» proseguì Craig. «Buona giornata, signor Knightley.»

La porta si richiuse e io mi lasciai andare contro lo schienale della sedia. Ero sempre riuscito a oppormi a qualsiasi tentativo di riorganizzare il mio archivio.

Avrei rifiutato chiunque altro, ma Craig mi piaceva, lo rispettavo, e non volevo che la sua reputazione patisse per causa mia. Era vero che alzare le mie fatture sarebbe stato un beneficio sia per lo studio che per lui. Sapevo anche, dentro di me, che non sarei riuscito a farmi assegnare casi più importanti né a proseguire nella mia carriera se avessi continuato a lavorare in quel modo.

Durante la giornata il tempo era limitato, e io non facevo altro che lavorare, dormire e andare in palestra. Quindi, se avevo intenzione di diventare il migliore dell'ordine, avrei dovuto diventare più efficiente. Se solo Craig non avesse scelto quella donna. Qualcosa mi diceva che avrebbe causato guai.

4

VIOLET

Alla faccia dell'eroe da romanzo di Jane Austen. Durante il colloquio Craig mi aveva fornito la descrizione di un uomo molto difficile, ma poi, quando aveva menzionato il nome di Knightley, ne ero rimasta deliziata. Sapevo che la persona che mi aveva salvato nella stazione della metropolitana non poteva essere l'orco di cui mi aveva raccontato. Avevamo dei trascorsi, tra di noi c'era un qualche tipo di connessione. Ma no. Quando Craig ci aveva presentati, Knightley mi aveva a malapena notata. Era stato come se non ci fossero mai incontrati, come se fossi stata invisibile.

Anche se era incredibilmente affascinante, e mi trasformava le viscere in gelatina, era un idiota. Ma dovevo far funzionare questo lavoro. L'ultima cosa che volevo era mettere in imbarazzo Darcy, e mi servivano soldi. Era anche il mio primo impiego non da cameriera dopo molto tempo, e dovevo dimostrare a me stessa che ero capace di fare qualcos'altro, qualcosa di più, anche se si trattava solo di contabilità.

«L'avevo avvertita che era un tipo burbero» disse Craig mentre camminavamo lungo il corridoio stretto e scarsamente illuminato che conduceva agli uffici dei cancellieri.

Questo edificio doveva essere stato un'abitazione, perché l'arredo e gli infissi sembravano più adeguati a un dramma in costume ambientato in epoca vittoriana che alla Londra del ventunesimo secolo.

«Per fare qualsiasi tipo di progresso con lui serviranno tenacia e una scorza dura, ma non avrà altri impegni o responsabilità. Dovrà occuparsi solo del signor Knightley. Dobbiamo aggiornare le sue fatture, distruggere, notificare e archiviare i suoi documenti come le ho menzionato. Ma, in sostanza, il suo lavoro consisterà nell'aiutarlo con qualsiasi cosa possa rendergli la vita più semplice.»

Avevo la sensazione che il mio lavoro qui sarebbe stato inutile. Avrei trascorso tre mesi a cercare di lucidare una montagna di merda, per poi farmi licenziare a un certo punto durante il processo. Tuttavia, per oggi, volevo essere ottimista. Almeno alla fine della settimana avrei ricevuto un assegno. E mi sarei trovata a Londra.

Craig si fermò prima che raggiungessimo il suo ufficio ed entrò in una stanza dotata di una piccola finestra sul retro. «Questo è lo staff dei cancellieri.»

Le persone sedute alle otto scrivanie, o giù di lì, presenti nella stanza sollevarono la testa per guardarmi.

«Lei è Violet. È l'assistente personale del signor Knightley.» Notai una serie di espressioni scioccate e mugolii, ma non ero sicura se fossero una conseguenza di una generica mancanza di entusiasmo al pensiero di una nuova collega o di una certa commiserazione per il fatto che avrei dovuto avere a che fare con Knightley. «Ho bisogno che le forniate tutto l'aiuto di cui potrà avere bisogno» aggiunse, dopodiché si rivolse a me. «I cancellieri si occupano di ricevere direttive dagli studi legali e di riportarle ai *barrister* che ritengono più adeguati all'incarico. A volte sono i clienti stessi a richiedere un avvocato in particolare, e a quel punto i cancellieri riferiscono agli studi quanto costerà il servizio e mantengono i contatti con loro per accertarsi che ottengano ciò che serve. I cancellieri si occupano anche della fatturazione, ma sono i *barrister* a dover riferire di cosa si sono occupati e per quanto tempo. Dopodiché, il cancelliere può negoziare un aumento della parcella, nel caso sia necessario. Il problema con il signor Knightley è che non ci comunica mai quando ha terminato un incarico né quanto tempo ci ha dedicato. Qualche volta riusciamo a scoprirlo, ma il più delle volte no. Ecco perché ci serve il suo aiuto.»

Io annuii, cercando di assimilare tutte le informazioni. «Dunque voi vi occupate di organizzare il lavoro dei *barrister* e di negoziare il compenso. Ma della fattura vera e propria si occupa il dipartimento finanziario?»

Craig fece cenno di sì col capo. «Che però non finalizzerà la fattura finché non avrà saputo da noi che l'incarico è giunto al termine e a quanto ammonta il compenso.»

Okay, sembrava piuttosto semplice.

«Gli impiegati amministrativi sono seduti lì.» Craig indicò un arco che faceva da ingresso verso una stanza adiacente. «Insieme alla ridotta squadra del reparto finanziario. Presto farà la conoscenza di tutti. La lascerò nelle capaci mani di Jimmy. Si occuperà di presentarla agli altri e di mostrarle la sua postazione.»

Un uomo allampanato, che doveva essere più o meno mio coetaneo e indossava una camicia rosa e una cravatta blu e rosa, si avvicinò a noi. Ci stringemmo la mano. «Sarò felice di farti fare un giro. Chiunque abbia il coraggio di lavorare col signor Knightley avrà bisogno di tutto l'aiuto possibile.»

Coraggio? Magari, se fossimo stati soli io e lui, si sarebbe comportato diversamente. Forse sarebbe tornata quella scintilla di tensione che avevo provato questa mattina.

«Suvvia, non metterla più in ansia di quanto non sia già» lo ammonì Craig. «Ho una buona sensazione. E comunque, le cose non potrebbero andare peggio di così.»

Craig mi strinse una mano e mi lasciò da sola con Jimmy e gli altri cancellieri. La vita d'ufficio richiedeva più strette di mano di un ristorante; speravo che, allo stesso tempo, avrebbe comportato meno strizzate di fondoschiena.

«Dunque, ti faccio fare un breve tour» disse Jimmy che si incamminò oltre l'arco e verso la zona che Craig aveva indicato come il reparto amministrativo.

Jimmy mi mostrò l'unica scrivania libera, che era appostata contro due pareti. Sarei stata seduta con la faccia in un angolo, come se fossi stata messa in punizione.

«Posso controllare a cosa sta lavorando Knight… il signor Knightley dal mio computer?» Era strano chiamare un uomo poco più grande di me con l'appellativo "signore". Era così formale. Jimmy fece segno di no con la testa. «No, perché i *barrister* freelance non fanno parte del nostro network, al contrario di cancellieri, amministrativi e del reparto finanze.»

Beh, quello avrebbe complicato le cose. Come avrei fatto a scoprire a cosa stesse lavorando? «Allora, non potrò fare altro che chiederlo a lui o hackerare il suo computer?»

Jimmy rise, ma io ero seria. Ai tempi del college mi divertivo ad hackerare i sistemi del MIT. Ero sicura che il computer di Knightley non avrebbe presentato alcuna sfida.

«Non risponde mai alle domande sul suo compenso, neanche quando a chiedere è Craig. Quindi, sì, suppongo che hackerare il suo computer sia l'unica opzione possibile.» Sogghignò come se stessimo ridendo di una battuta, così sorrisi anch'io, ma mi si chiuse lo stomaco. Chiaramente pensava che il mio lavoro sarebbe stato impossibile, che ero destinata a fallire. Perlomeno, quando lavoravo come cameriera, nessuno mi impediva concretamente di recapitare i piatti ai tavoli.

«Credi che non abbia alcuna possibilità?»

Lui fece spallucce. «Credo che altri prima di te ci abbiano provato e abbiano fallito.»

Io incrociai le braccia. «Se risolvere la situazione è impossibile, allora non so cosa ci faccia io qui.»

«Il signor Knightley è un nome molto importante in questo ufficio. Suo padre era *il barrister* della sua generazione e, per questo motivo, il nostro signor Knightley attira parecchio l'attenzione. Ed è brillante, davvero. I clienti lo adorano.» Jimmy sembrava rispettare davvero Knightley, e questo mi fornì un barlume di speranza che, nonostante lo descrivessero come un mostro, forse aveva anche un lato più morbido, lato che mi aveva mostrato questa mattina, e che magari sarebbe stato disposto a lasciarsi aiutare da me. «Seguirà le orme del padre, ma non riuscirà a farsi affidare casi importanti se il suo ufficio resterà il merdaio – perdonami, il casino che è ora e se non inizierà a lavorare in modo più efficiente. Si occupa di tutto da solo, e presto non ce la farà più. Deve abituarsi all'idea di lasciarsi aiutare dagli altri.»

Casino era la parola giusta. Non avevo mai visto tanti fogli di carta in tutta la mia vita. Lì dentro c'erano pile su pile di roba, alte fino al soffitto. Non sapevo bene cosa farne. Durante il colloquio, Craig aveva detto che sarei stata aiutata, ma al momento io mi sentivo un po' sopraffatta. Come era possibile che Knightley fosse vestito di tutto punto, senza un singolo capello fuori posto e il suo ufficio invece versasse in quello stato?

«E bisogna dare una sistemata ai suoi compensi. L'ufficio non può crearsi la reputazione di non saper fatturare o gestire le proprie finanze. Fa fare una pessima figura ai suoi cancellieri, in particolare a Craig. E se il signor Knightley non guadagna quanto dovrebbe, è un problema per tutti, lui compreso. Qui il denaro significa successo. Purtroppo, il signor Knightley non la pensa così.» Non sapevo neanche da dove cominciare. «Tu da dove partiresti?»

Jimmy esalò un sospiro profondo e scosse il capo. «A dirla tutta, è difficile. Credo che dovresti cercare di tenerti il più possibile lontana da lui. Se si fosse trattato di un qualsiasi altro *barrister*, ti avrei consigliato di andare nel suo ufficio quando lui non c'è e iniziare con l'archiviazione. Così una volta che si sarà accorto di quanto tu possa essergli d'aiuto, ti permetterebbe di assisterlo ancora di più. Il problema è che Knightley lavora ventiquattro ore su ventiquattro.»

Cristo, chi era quell'uomo? Non aveva degli amici o una famiglia? Di certo non poteva lavorare a tutte le ore del giorno.

«Gli unici momenti in cui avrai la garanzia che non si trovi nel suo ufficio saranno quando sarà impegnato in aula.»

«Perfetto. Ci va ogni giorno?»

Jimmy ridacchiò. «No, ma tra tre giorni inizierà a lavorare a un grosso caso. Nell'ufficio dei cancellieri c'è un calendario che riporta tutti i giorni in cui i *barrister* presenziano in aula.» Sembrava un buon punto da cui iniziare, ma cosa avrei fatto nei successivi tre giorni? Non avevo mai lavorato in un ufficio, però mi ero laureata con lode al MIT. Questo lavoro non poteva certo essere fuori dalla mia portata. Dovevo solo escogitare un piano. Un modo per cambiare Knightley e trasformarlo in un modello per i suoi colleghi piuttosto che in qualcuno che avrebbe finito col distruggere la propria carriera e la reputazione dell'ufficio con tutti i cancellieri.

E se a un certo punto lui mi avesse chiesto di uscire a bere, io avrei anche potuto accettare. O suggerirgli di saltare quello step e di passare direttamente al successivo, il più divertente.

Avevo trascorso la giornata di ieri a conoscere i cancellieri e tutti gli altri impiegati amministrativi. Avevo capito che, anche se a tutti piaceva scherzare e stuzzicarsi a vicenda, prendevano molto sul serio il proprio lavoro, e si impegnavano davvero. Gli avevo posto un miliardo di domande su Knightley: le sue abitudini, i suoi umori, il suo calendario, il suo computer. Avevo estratto più informazioni possibili su di lui dalle persone che lavoravano nell'ufficio, ma avevo capito che non richiedeva mai il loro aiuto. Avevo scoperto che gli altri *barrister* si affidavano ai cancellieri e gli amministrativi per organizzare cose come le prenotazioni della sala conferenze, l'assunzione di corrieri, e perfino per copiare e archiviare i documenti del tribunale. Eppure Knightley faceva tutto da solo. La maggior parte dei colleghi con cui avevo parlato avevano menzionato il padre di Knightley e quanto fosse il migliore *barrister* della sua generazione. Ma a parte quello, nessuno mi aveva detto nulla sulla sua vita personale. Non ero sicura se questo fosse dovuto al fatto che non ne avesse una o che fosse semplicemente molto riservato.

Da ciò che avevo potuto scoprire, quell'uomo era un maniaco del controllo, ambizioso e determinato.

Dato che Knightley non aveva superiori, poteva fare ciò che voleva, e chiaramente se ne stava approfittando. Non riuscivo a capire perché non volesse aiuto, né come avrei potuto fargli cambiare idea.

Avevo bisogno di trovare un escamotage.

Ora che possedevo un po' di informazioni su di lui, volevo accedere al suo ufficio per verificare cos'altro avrei potuto trovare sul suo conto. E poi avrei anche potuto cominciare con l'archiviazione. Era l'unico *barrister* ad avere un ufficio tutto per sé, perciò dovevo semplicemente aspettare che lui uscisse. Volevo dare un'occhiata a qualcuna delle pile di carta che avevo adocchiato. Di che cavolo si trattava? Desideravo anche vedere se aveva qualche fotografia sulla scrivania o qualche ricordo appeso sulla parete; magari se fossi riuscita a capirlo un po', avrei potuto decifrare chi fosse davvero, a parte un uomo che aveva l'aria di essere uscito dalla pubblicità di un profumo su Vanity Fair. A dar retta alle persone con cui avevo parlato, aveva un cervello grande quanto il pianeta Giove, ma nessuno aveva saputo dirmi di più. Tutti lo descrivevano come un uomo burbero e scontroso, ma chiaramente c'era dell'altro. Si era offerto di rimpiazzare il mio cellulare, mi aveva accompagnata in ufficio, mi aveva salvata da un ciclista – non era certo un mostro. Forse cambiava completamente una volta tornato a casa? Magari era un marito premuroso e un padre devoto? Ma se così fosse, perché diavolo non si preoccupava di farsi pagare? Non aveva senso.

Lasciai la mia scrivania e mi diressi lungo lo stretto corridoio per arrivare alla porta dell'ufficio di Knightley. Era chiusa. Di fronte vi era una scala dotata di un elegante corrimano in legno che conduceva ad altri uffici. Salii le scale, e quando raggiunsi un punto dove i gradini curvavano e riuscivo a malapena a scorgere la porta chiusa dell'ufficio di Knightley, mi sedetti. Lo avrei stalkerato. Sarebbe di certo uscito dal suo ufficio per pranzo, o per qualche altro motivo.

Dopo circa un'ora, la maniglia in ottone della porta dell'ufficio di Knightley tremolò, e la porta si aprì. Con lunghe falcate sicure, Knightley si avviò lungo il corridoio verso il retro dell'edificio.

Anche scorgendolo solo con la coda dell'occhio, era bellissimo. Si era tolto la giacca e la sua camicia gli aderiva alle spalle muscolose. In un lampo, era scomparso. Non avrei neanche provato a intrufolarmi nel suo ufficio in quel momento, nel caso in cui fosse solo andato in bagno, ma il mio cuore continuava a battere come un forsennato. Non stavo facendo niente di sbagliato, stavo solo aspettando che uscisse dal suo ufficio, ma spiare qualcuno mentre quello ne era all'oscuro mi sembrava strano. Soprattutto perché lo stavo guardando con desiderio.

Doveva essere il più strano lavoro d'ufficio che chiunque avesse mai avuto.

Lo cronometrai, e lui tornò dopo esattamente quattro minuti, richiudendosi la porta alle spalle. Non conoscevo il suo nome, ma sapevo quanto gli ci voleva per fare pipì. Una piccola vittoria.

Col passare delle ore cambiai più volte posizione, alzandomi, sedendomi, sgranchendomi le gambe, sedendo prima su un gluteo addormentato, poi sull'altro. Quando la maniglia della porta di Knightley tremò ancora, raggelai. Era il momento, forse un'altra pausa bagno, o qualcosa di più duraturo. Controllai il mio orologio. Forse sarebbe andato a pranzo. Erano quasi le due. Comparve sulla porta con un'espressione corrucciata, e questa volta svoltò a destra. Il cuore mi rimbombò nelle orecchie. Stava per lasciare l'edificio? Mentre lui spariva dalla mia vista, io iniziai a scendere lentamente le scale. Arrivai in fondo appena in tempo per notarlo uscire. Questa era la mia opportunità. Strinsi la maniglia in ottone e mi infilai nella sua stanza, chiudendomi poi la porta alle spalle.

Non capivo il motivo del mio nervosismo. Trovarmi lì era parte del mio lavoro ed era l'approccio che Jimmy mi aveva consigliato. Ma non volevo infastidire Knightley al punto di farmi licenziare al mio terzo giorno di lavoro. Mi mossi tra le pile di carta verso la sua scrivania. Attenta a non toccare nulla, cercai di identificare ogni singolo gruppo di fogli, però nulla aveva senso – si trattava solo di citazioni di casi e di testimonianze, processi e procedimenti. Dei sottili nastri rosa pendevano dalla cima delle torri di carta come edera rampicante. Sospirai. Come avrei fatto a esaminare tutta quella roba? Avevo la sensazione che fosse tutto scritto in cinese.

Mi spinsi più in fondo nella stanza. Dovevo capirlo meglio, trovare un modo per instaurare con lui un rapporto di fiducia. Lasciai scivolare una mano lungo la sua scrivania in mogano, scura e calda, intarsiata di pelle verde. Altra carta. Dappertutto. E il suo computer. Pigiai la barra spaziatrice.

Comparve una finestra in cui si richiedeva una password. Beh, non poteva essere così semplice, no? Non c'era alcuna fotografia sulla scrivania. Niente citazioni sul bloc notes accanto al suo cellulare. Osservai le pareti. Riportavano solo alcune certificazioni con sopra il nome di A. Knightley.

Perlomeno adesso conoscevo le sue iniziali. Knightley, o qualunque fosse il suo nome, pensava esclusivamente al lavoro. Guardai più attentamente e scoprii che si era laureato undici anni prima all'università di Cambridge. Quindi aveva su per giù trentadue anni, tre anni in più di me. Non avremmo potuto avere vite più diverse. Avevo frequentato anche io una buona università, ma lui aveva trascorso l'ultimo decennio a costruirsi una carriera e una reputazione che per me erano inimmaginabili. Tutto quel tempo e quegli sforzi per un unico scopo… cosa lo aveva spinto a raggiungere quei livelli di dedizione? Gli capitava mai di divertirsi? Era sposato? Aveva una fidanzata, un fidanzato, un criceto? In appena pochi giorni, avevo accumulato talmente tante domande su di lui che i tre mesi del mio contratto non sarebbero stati sufficienti a trovare tutte le risposte.

Mi sedetti e aprii il primo cassetto della sua scrivania. Conteneva solo penne e l'onnipresente nastro rosa. Aprii il secondo cassetto e trovai una collezione di camicie ripiegate, avvolte in della carta velina. Tutte bianche. Perché non se le era portate a casa? Il cassetto successivo non era diverso.

Feci ruotare la sedia e notai una grossa busta di plastica. Aveva fatto shopping? Mi inginocchiai per scoprire cosa avesse acquistato. Si trattava di camicie spiegazzate chiaramente in attesa di essere portate in lavanderia. Beh, avrei potuto occuparmene io. Craig aveva detto che avrei dovuto fare qualsiasi cosa potesse aiutare Knightley, e in effetti sembrava avere una certa ossessione per le camicie. Forse mi avrebbe garantito l'accesso al suo computer se mi fossi occupata del suo bucato? Era improbabile, ma avrebbe potuto essere un primo passo. Resistetti alla tentazione di seppellire il naso tra le sue camicie solo per tornare a sentire quel profumo di pelle e legno che avevo annusato sul treno. Raccolsi la busta e, facendo attenzione a non far cadere nessuna delle pile di carta, mi diressi fuori dal suo ufficio, chiudendomi poi la porta alle spalle.

Aspettai che Knightley ritornasse per assicurarmi di non incrociarlo mentre avevo con me le sue camicie da lavare, poi presi la giacca e uscii. Jimmy mi aveva spiegato che tutti i *barrister*, incluso Knightley, avevano degli accordi con delle lavanderie selezionate, il che era perfetto, dato che non potevo permettermi di sostenere quella spesa oltre all'acquisto di un nuovo cellulare. Il che mi ricordò che avevo ancora il biglietto da visita di Knightley in una tasca del cappotto. Grazie a esso avrei potuto scoprire il suo nome. Mi fermai in strada ed estrassi il biglietto. Come poteva chiamarsi? Qualcosa di poetico e di inglese.

Esaminai il biglietto. *A*? Riportava solo l'iniziale. Chi diavolo non scriveva il nome sul proprio biglietto da visita? Me lo rinfilai in tasca e ripresi a camminare. Sembrava quasi che A-fottuto-Knightley ce la stesse *mettendo tutta* per fare il difficile. Beh, non avrebbe funzionato. L'affascinante genio con un potenziale disturbo di personalità mi intrigava. E ora provavo il desiderio di batterlo. Sarei riuscita in ciò in cui tutti gli altri avevano fallito. Questo lavoro mi serviva. Volevo dimostrarmi brava in qualcosa di diverso dal prendere ordini ed evitare mani moleste. E la lavanderia poteva essere il mio biglietto vincente.

5

ALEXANDER

«Avanti» sbottai, non abituato a essere interrotto così tante volte in una sola settimana.

La porta si aprì e io continuai a lavorare. Quando nessuno disse nulla, sollevai lo sguardo e mi trovai davanti la signorina King intenta a prendere il mio cappotto dal retro della porta dell'ufficio. «Che sta facendo?» Non riuscii a evitare di osservarla per intero e fino alle sue gambe, per poi salire al suo perfetto fondoschiena. Quand'era stata l'ultima volta in cui avevo adocchiato una donna in ufficio? Quand'era stata l'ultima volta in cui avevo notato una donna in generale?

Lei non si voltò. Invece, si limitò a sollevarsi sulle punte dei piedi per appendere alcuni abiti avvolti in buste di cellophane ai ganci di cui era provvista la porta. «Ho portato le sue camicie in lavanderia.»

Cosa? «Come ha fatto a trovarle?»

«Sono entrata nel suo ufficio quando lei non c'era.» Si voltò per guardarmi e io evitai di incrociare il suo sguardo, tornando a concentrarmi sul mio computer. Avevo bisogno di contenere l'attrazione che provavo per lei.

Avrei dovuto arrabbiarmi. Aveva ficcato il naso, e preso dei miei averi personali, dal mio ufficio, senza il mio permesso. Ma mi aveva anche fatto un favore. Non ricordavo neanche per quanto tempo quella busta di camicie fosse rimasta lì. Due, forse tre settimane?

Ogni giorno, al mio arrivo, mi dicevo di portarle in lavanderia all'ora di pranzo, ma poi mi immergevo nel lavoro e me ne dimenticavo completamente. Dovevo riconoscerglielo: aveva avuto coraggio a entrare nel mio ufficio e prenderle.

«Ha addebitato la spesa sul mio conto?» domandai con lo sguardo fisso sullo schermo del computer.

«Sì» replicò. «Inoltre, volevo chiederle, le istruzioni che ha ricevuto lo scorso mese dalla Spencer & Associates riguardo i loro clienti...»

«Il dottore e la signora Foster.» Ricordavo ogni singolo cliente che avevo avuto dall'inizio della mia carriera. Non doveva certo ricordarmeli lei. «Non ho tempo ora. Domani sarò in aula.»

«Vorrei solo sapere se ha terminato di redigere le osservazioni che le avevano richiesto.» Alzai gli occhi e la trovai sulla soglia della porta, una mano sulla maniglia come se fosse pronta a fuggire dalla stanza casomai le avessi lanciato contro qualcosa. Era già capitato che tirassi un libro addosso a un cancelliere seccante. Doveva aver sentito le storie che circolavano, perciò la ammirai per la faccia tosta con cui mi poneva le domande a cui sapeva già che io non volevo rispondere. Rischiava di farmi arrabbiare, ma continuava lo stesso per la sua strada. Si trattava di coraggio, o semplicemente non le importava della mia reazione?

Se davvero avessi voluto scoraggiarla dall'importunarmi di nuovo non avrei detto nulla, ma nonostante tutto, scoprii che desideravo le sue attenzioni. «Ho terminato il lavoro. Può far fatturare l'importo pattuito.» Lei reclinò il capo da un lato e inarcò un sopracciglio, ma senza dire una parola. Anche se aveva vinto, restò in silenzio, e mi piacque ancora di più per questo.

«Ha recuperato poi il cellulare dalla stazione della metropolitana?»

Oggi portava i capelli raccolti all'indietro. Li preferivo sciolti, ma in quel modo riuscivo a notare più chiaramente i piccoli dettagli delle sue fattezze. Le sue labbra generose erano prive di qualsiasi ritocco e naturalmente rosse, come se avesse smesso appena cinque minuti prima di baciare ferocemente qualcuno. La curva del suo collo supplicava di farsi accarezzare; l'angolo descritto dai suoi seni mi faceva aumentare la salivazione. Mi schiarii la gola. Non sapevo dire se metà del personale dell'edificio fosse composto da uomini o da donne, non li avevo mai guardati davvero. Ero sempre troppo concentrato sul lavoro, il che rendeva la signorina King una distrazione.

Lei inspirò e io non ero sicuro se fosse perché mi aveva notato fissarla o se fosse un gesto che le era venuto naturale. Volevo scoprirlo.

«No» rispose. «È stato distrutto. Ha bisogno di aiuto per prepararsi ad andare in aula?» Poteva indubbiamente aiutarmi, ma non nel modo in cui pensava. Sentivo il cuore pulsarmi nel collo quando la immaginai sollevarsi la gonna e adagiarsi sulla mia scrivania. La sua pelle chiara avrebbe creato un meraviglioso contrasto con la tinta scura del mogano. Magari avrei potuto lasciarla lì in quella posizione mentre lavoravo – piegata in avanti e pronta per me. O farla sedere di fronte, a gambe aperte e senza biancheria intima. Sì, sarebbe stato di grande aiuto.

«Signor Knightley?» domandò, e io mi trovai costretto a buttar giù un gemito.

«No, nulla» risposi e tornai a voltarmi verso il mio computer. Lei uscì silenziosamente dall'ufficio, lasciandomi solo con una cocente erezione nascosta dalla scrivania.

Cazzo. Nulla riusciva a distrarmi, eppure la signorina King ci era riuscita. L'indomani sarei stato in aula e dovevo essere il più concentrato possibile. Tutti i casi di quest'anno sarebbero stati molto importanti per me, ma questo in particolare arrivava da uno studio legale americano che non aveva mai interpellato degli avvocati inglesi. Avevano richiesto specificamente me, e io non avrei fatto altro che fornirgli la migliore assistenza. L'ultima cosa che mi serviva era lasciarmi distrarre da un'americana carina che, indubbiamente, avrebbe rassegnato le dimissioni entro la fine della settimana.

6

VIOLET

Era ufficiale. Avevo una cotta.

Oggi ero arrivata al lavoro praticamente di corsa. Il solo pensiero di vedere Knightley mi aveva fatto torcere lo stomaco e inturgidire i capezzoli. Era burbero, asociale, e incredibilmente sexy. Non mi aveva ringraziata per aver portato le sue camicie in lavanderia e non aveva fatto nulla per farmi sentire la benvenuta, ma ero sicura che dentro di lui ci fosse un lato nascosto. Lo stesso che, appena qualche giorno prima, mi aveva accompagnata al mio colloquio, lo stesso che ieri mi aveva guardata come se avesse voluto scoparmi per giorni. Avevo riconosciuto quello sguardo. Solo, non ero abituata agli uomini che non lo mettevano in pratica. Forse era sposato o aveva una fidanzata? O forse, semplicemente, non andava a letto con le persone che lavoravano per lui. Mi piacevano tutte le sue contraddizioni e complicazioni. La maggior parte degli uomini con cui ero uscita negli ultimi anni era stata semplice, facile da interpretare, facile da capire. E noiosa.

Non riuscii a nascondere un ghigno quando entrai nella stanza dei cancellieri. Non erano neanche le otto e solo Jimmy e una ragazza – Becky, pensai – erano seduti dietro le loro scrivanie. Ero in anticipo, nel caso in cui Knightley avesse avuto bisogno di qualcosa prima di andare in aula.

«Sei molto allegra oggi» osservò Jimmy.

«Certo, è una bellissima giornata.» Non ero sicura se erano gli inglesi a non essere persone mattutine o se il mio entusiasmo per quella giornata era troppo da *americana*.

Mi diressi a sinistra verso l'area dell'amministrazione, e avvicinandomi alla mia scrivania notai una piccola scatola bianca, proprio al centro della mia postazione. Sapevo di non essere stata io a lasciarla lì la sera prima. Mi guardai intorno alla ricerca di un dettaglio che indicasse che qualcuno era stato in quell'ufficio prima di me. Ma non c'erano bicchieri di caffè, né cappotti, né altri segni di vita.

Mi tolsi la giacca e avanzai. Poi osservai la scatola e riconobbi la sagoma familiare di un iPhone. La capovolsi, e notai che aveva ancora il sigillo di sicurezza intatto sul retro.

Knigthley. Mi aveva comprato un cellulare.

Sollevai la scatola e scoprii che si trattava dell'ultimissimo modello di iPhone, color oro rosa. Forse era la cosa più bella che possedessi. Crollai sulla mia sedia e mi rigirai l'oggetto di metallo liscio tra le dita. Non c'era alcun biglietto. Alcuna spiegazione. Come se non fosse niente di che... eppure non era così. Non era stato obbligato a sostituire il mio cellulare, e di certo non a scegliere un modello così costoso.

Ecco di nuovo quel suo lato morbido.

Premetti le labbra tra loro e cercai di nascondere un sorriso.

Posai il cellulare e feci il login nel mio computer. Per quanto avessi una cotta per Knightley, volevo comunque darmi da fare per lui, e quel lavoro mi serviva ancora.

Jimmy sbucò con la testa oltre la porta, e io feci scivolare furtivamente il cellulare nel primo cassetto della scrivania. Per qualche motivo, Knightley lo aveva lasciato lì quando chiaramente non c'era nessun altro in ufficio. Forse era solo arrivato in anticipo. Forse non voleva che nessuno lo scoprisse. Ma io ero tutto fuorché indiscreta.

«Complimenti per essere riuscita a far fatturare il caso Foster, ieri. Venticinquemila sterline che pensavo non avremmo mai ottenuto.»

«Piccoli passi» risposi.

«Dal mio punto di vista è un passo bello grosso.»

Io annuii. «Non voglio insistere troppo, né troppo presto. Specialmente con il caso di cui si sta occupando ora.»

«Sono d'accordo, ma sei sulla strada giusta. Ben fatto.» Si dileguò, e io aprii la mia casella di posta. Passai in rassegna i messaggi in arrivo per verificare se mi fosse arrivato qualcosa di nuovo, ma non c'era nulla, così mi diressi in cucina. Non sapevo se Knightley bevesse caffè, ma era il minimo che potessi fare per lui dopo il pacco sulla scrivania.

Reggendo due tazze in una sola mano, bussai alla porta di Knightley. Lo udii sospirare prima di rispondere, fortemente seccato: «Avanti».

Io abbassai la maniglia in ottone ed entrai. «Pensavo volesse del caffè prima di andare in tribunale.» Lui mi guardò corrucciato. «Non bevo caffè prima di andare in aula» scattò.

A quanto pareva, oggi il suo lato morbido si nascondeva. Cosa che non gli impedì comunque di guardarmi da capo a piedi, concentrandosi sul mio seno e sul mio fondoschiena.

Ritrassi la tazza dal punto in cui stavo per appoggiarla. Oh beh, più caffè per me. «Grazie per il cellulare nuovo» dissi prima di voltarmi per uscire.

«Glielo dovevo, signorina King.»

«La prego, mi chiami Violet. E, a ogni modo, grazie.» *Dimmi per cosa sta quella A.* Non volevo chiederglielo, non volevo rischiare di sentirmi dire di non ficcare il naso.

Lui si alzò in piedi e iniziò a raccogliere alcuni fogli dalla sua scrivania.

«Ha bisogno di aiuto in qualcosa?»

«Sì» scattò.

Il mio cuore saltò un battito. Lo avevo conquistato? Mi avrebbe permesso di assisterlo?

«Si chiuda la porta alle spalle e si assicuri che non arrivi nessun altro a interrompermi, stamattina.» Gli si era infilato qualcosa tra le chiappe? Era così tutte le volte in cui doveva presenziare in aula? «Sì, signore» risposi nel modo più formale che il mio tono sarcastico riuscisse a convogliare, poi tirai la maniglia fino a far scattare il meccanismo all'antica della porta.

Due tazze di caffè più tardi, mentre mi dirigevo in bagno, sbattei contro Knightley che usciva dal suo ufficio.

«Signorina King, guardi dove mette i piedi» sbottò. Apparentemente era ancora di cattivo umore. Ma la colpa era stata mia quanto sua. «A volte capita di sbattere contro qualcosa per sbaglio, signor Knightley. Suppongo che il suo cellulare sia ancora intero?»

Giurai di aver visto un angolo delle sue labbra contrarsi, ma nonostante la minaccia di un sorriso, lui riuscì a nasconderlo e mi fissò come se stesse cercando di capire come rispondere. Alla fine si limitò a inspirare a fondo, scuotere la testa e allontanarsi dalla porta.

Io mi voltai e mi appoggiai contro l'elaborata carta da parati per osservarlo andare via. Aveva un fondoschiena incredibile. Era un peccato che, anche se aveva un fisico tonico, fosse il suo carattere ad aver bisogno di un po' di allenamento. Avrebbe dovuto cambiare idea riguardo il caffè prima del tribunale. Poteva essergli d'aiuto.

Rimasi lì per un quarto d'ora a controllare la porta e ad aspettare che Knightley tornasse. Ma non lo fece. Il che significava che avevo via libera, e per la prima volta, avevo l'ufficio di Knightley a mia completa disposizione. Avrei iniziato col prendere nota dei documenti e ad archiviarli, anche se non sapevo bene da dove cominciare.

Feci un respiro profondo e abbassai la maniglia. La porta cigolò, come a volermi avvertire che mi stavo cacciando nei guai. La chiusi e mi ci appoggiai contro. Ora che sapevo che Knightley sarebbe rimasto fuori dal suo ufficio per tutta la mattina, sarebbe stato meglio iniziare a saggiare la stanza e la portata del lavoro che mi aspettava. Non avevo mai visto nulla di simile. Da dove avrei potuto partire? C'era a malapena spazio libero per muoversi tra la porta e la scrivania di Knightley, pieno com'era di pile di cartelle etichettate, fogli sparsi e rigagnoli di rosa.

Diverse sedie erano distribuite per la stanza. Su ognuna vi era poggiata una pila di fogli, e nell'angolo più distante c'era addirittura una seconda scrivania, seppellita da colonne su colonne di carta e a malapena visibile. Potevo cominciare da lì, così Knightley non si sarebbe accorto di nulla e io non mi sarei sentita sopraffatta. Presi la prima sezione di fogli dalla cima della pila. Avrei terminato il lavoro probabilmente al compimento dei miei quarant'anni.

Mi diressi verso la porta e diedi un'occhiata alla stanza, immaginando Knightley seduto alla sua scrivania. Nonostante fosse umorale e volubile, avvertivo un'attrazione nei suoi confronti che non aveva a che vedere solo con il suo bel culo. Volevo compiacerlo, far sì che capisse che, sebbene io non avessi una carriera, né denaro, né prospettive, avrei potuto averli se solo avessi compiuto scelte diverse. Volevo anche che mi baciasse, che mi stringesse come aveva fatto a Lincoln's Inn Fields.

7

ALEXANDER

In tribunale era stato un disastro. Mi ero preparato per affrontare qualsiasi ostacolo, ma dopo sei giorni dall'inizio del processo, avevo dovuto fare i conti con altre cinque testimonianze a sorpresa a pochi minuti dall'arringa finale. Così il giudice aveva posticipato l'incontro di tre settimane. Il mio cliente non era soddisfatto, gli avvocati erano imbestialiti, e anche se dovevo fingere di avere tutto sotto controllo, se l'avvocato dell'opposizione mi si fosse avvicinato probabilmente gli avrei sferrato un pugno.

Spalancai la porta dello studio con un piede, visto che avevo le braccia occupate dalla mia parrucca, la toga e una pila di cartelle. La porta sbatté contro il muro, facendo vibrare l'intero edificio a causa dell'impatto. Ma almeno mi permise di sfogare *un po'* della frustrazione che provavo per colpa dell'inettitudine della controparte. Mi sarebbe servita una bevuta, una corsa o una scopata per liberarmi del resto.

I cancellieri arretrarono contro il muro mentre io avanzavo riottoso lungo il corridoio verso il mio ufficio. Lanciai la parrucca e la toga per terra e mancai di poco svariate pile di fogli.

«Knightley?» mi chiamò una donna nei pressi della mia scrivania.

Mi ero accorto che Violet King si intrufolava nel mio ufficio ogni volta che andavo a presenziare in aula. Aveva tentato di coprire le proprie tracce, ma la scia di profumo al gelsomino che si lasciava dietro mi ricordava di quell'estate che avevo trascorso in India prima del mio ultimo anno a Cambridge, e tradiva il suo passaggio.

Beh, questo e il fatto che i fogli nell'angolo più lontano della stanza erano scomparsi. Non poteva pensare che non me ne fossi accorto. Conoscevo l'esatta posizione di ogni singolo oggetto nel mio ufficio.

«Signorina King, che ci fa nel mio ufficio?» Oggi era proprio la giornata sbagliata perché lei sfidasse la sorte. A meno che non mi avesse offerto un bicchiere di whiskey o si fosse apprestata a inginocchiarsi per succhiarmi l'uccello, che sentivo contrarsi ogni volta che era nelle vicinanze, doveva lasciarmi in pace.

Mi guardò da sopra una spalla, con le labbra rosse schiuse appena. «Non mi aspettavo che tornasse così presto.»

«Questo non spiega perché lei è in ginocchio di fronte alla mia scrivania.» Fui costretto a trattenere un ruggito, dato che era esattamente la posizione in cui la desideravo.

«Sto facendo il mio lavoro» rispose lei.

«Il suo lavoro è assistermi. E non mi fornisce alcuna assistenza se mi distrae.»

«Sto solo raccogliendo delle cartelle da archiviare» replicò, guardandomi dal basso con la fronte aggrottata. «In che modo la starei distraendo?»

Non avrei dovuto usare quella parola, eppure era proprio quello che stava facendo. Aveva la più pallida idea di quanto fosse sensuale? Il modo in cui si muoveva, la curva delle sue labbra, il fatto che la sua gonna fosse un po' troppo aderente e un po' troppo corta... tutto costituiva un'eccessiva tentazione.

Mi accorsi di starle fissando i fianchi, le gambe, le scarpe col tacco, e quando sollevai di scatto gli occhi per incrociare i suoi, lei ricambiò il mio sguardo, con le sopracciglia sollevate. Sapeva che avevo scansionato quel suo corpo fenomenale, cercando di ricordare ogni singolo dettaglio in modo da potermelo immaginare successivamente. Invece di sgridarmi o ammonirmi, si limitò semplicemente a far scorrere il suo sguardo lungo il mio corpo, umettandosi le labbra con la lingua prima di tornare con gli occhi sul mio viso.

«Già, beh, anche lei è una grossa distrazione» ribatté. «Ma di certo non me ne lamento. Sto cercando di lavorare. Non so bene chi le abbia infilato un palo nel culo oggi, però sicuro non sono stata io, quindi sia gentile.»

«Sia *gentile*?» eruppi e mi avvicinai a lei. Nessuno mi parlava così dai tempi del collegio.

«Esatto. La smetta di comportarsi da stronzo per almeno un secondo. Sto cercando di aiutarla e lei non riuscirà a spaventarmi.»

Oh, l'avrei di sicuro licenziata. «Io sarei uno stronzo? È così che mi ha chiamato?» Mi posizionai sopra di lei e guardai in basso. Lei restava inginocchiata ai miei piedi. Cristo, la sua bocca era a pochi centimetri dal mio pene.

«È bello sapere che non è sordo» osservò con quei suoi occhi azzurri che mi fissavano in maniera così innocente da farmi quasi dimenticare della sua insolenza.

«È abituata a rivolgersi in questo modo al suo datore di lavoro?» le domandai, le mani strette a pugno. Sentivo il bisogno impellente di rimetterla in piedi e di eliminare quella sua impertinenza a furia di baci.

Lei strinse le iridi, come a cercare di ricordare se si trattasse di un comportamento abituale, per lei. Non volevo che lo fosse. Volevo che quel lato di lei che stavo vedendo, per quanto fosse impegnativo e inappropriato, fosse destinato a me soltanto.

«Forse» rispose. «È abituato a rivolgersi in questo modo alle donne che si trovano in ginocchio e cercano di aiutarla?» Violet sobbalzò quando si accorse di quanto fosse provocatoria quella sua domanda. Era andata troppo oltre, e lo sapeva.

Il mio cuore sbatté contro la gabbia toracica e i nostri occhi si incrociarono. Non risposi. Non ero sicuro di riuscire a non avvicinarmi a lei. Sentii solo il mio respiro pesante mentre lei si alzava in piedi e si metteva di fronte a me. Reclinò il capo da un lato e continuò a sostenere il mio sguardo. Nessuno di noi guardò altrove, come se entrambi sapessimo che quello che sarebbe successo di lì a poco sarebbe stato cruciale. Se mi avesse toccato non sarei stato capace di trattenermi.

«Signorina King» esordii, in tono di avvertimento. Doveva capire che ciò che avrebbe detto avrebbe avuto delle conseguenze. Non riuscivo a ricordare l'ultima volta in cui avevo tanto desiderato di scoparmi una donna. Il sesso mi era sempre piaciuto. Era il modo migliore per sfogare il nervosismo, ma raramente riguardava la donna con cui lo facevo, si trattava piuttosto di un desiderio inconscio e viscerale. In quel momento volevo farmi una scopata e, cosa più importante, volevo scoparmi *Violet King*. Ero quasi certo che mi stesse assecondando, dunque doveva stare attenta. Stava giocando col fuoco.

«Signor Knightley» replicò, il respiro irregolare.

Serrai la mascella e cercai di ritrovare il controllo dei miei istinti. Ero a pochissimi secondi dallo stringerle il viso tra le mani e baciarla per una settimana intera, a un minuto dallo sfilarle le mutandine e dall'infilarle le dita tra le cosce. Non riuscivo a smettere di guardarla. Qualcosa mi attirava verso di lei.

Violet si mordicchiò il labbro inferiore, come prendendo in considerazione le opzioni a sua disposizione.

Con il cuore che batteva all'impazzata, allungai una mano verso di lei e le sfiorai le labbra, e lei rilassò la bocca. Mi fermai e mi godetti la sensazione della sua pelle calda e morbida, il ronzio che risuonava sotto la mia pelle quando la toccavo. Era bella e io la desideravo, ma ci trovavamo nel mio ufficio, in pieno giorno, e lei era un membro dello staff. Non sarebbe potuto accadere, non importava quanto io lo volessi. Anche se lei mi stava incoraggiando.

«Le suggerisco di andarsene dal mio ufficio e di lasciarmi tornare al lavoro» dissi. «Adesso.» Lei sbatté le palpebre e si voltò bruscamente.

Io ripresi a respirare, lieto di essere finalmente libero dal suo incantesimo.

«Merda» esclamò lei, stringendosi un fianco. «La mia gonna buona.»

Era rimasta impigliata in un angolo della mia scrivania e si era strappata, creando un grosso buco che lasciava la sua pelle scoperta.

«Dannazione. Questo posto è un tale casino.» Si diresse furiosa verso l'uscita senza neanche guardarmi, e la mia mandibola iniziò a rilassarsi non appena la distanza tra di noi aumentò.

Con una mano sulla maniglia della porta, si voltò verso di me. «Il caso Jenkins. Quanto a lungo ci ha lavorato?»

«Sette ore» risposi senza alcuna esitazione. Avevo bisogno che se ne andasse e le avrei detto qualsiasi cosa pur di farle chiudere quella porta.

Lei annuì. Il desiderio che le aveva animato gli occhi fino a poco prima era scomparso, e ora era tornata in modalità lavorativa. «Bene.» Uscì, e io presi posto sulla mia sedia.

C'era mancato poco.

Se non se ne fosse andata, la voglia che avevo di lei avrebbe rischiato di impossessarsi del mio autocontrollo. Il modo in cui lei mi aveva guardato, come se stesse aspettando che accadesse esattamente quello – come se mi desiderasse tanto quanto la desideravo io. Anche se sapevo bene che mischiare dovere e piacere non portava a niente di buono, se l'avessi scoperta di nuovo nel mio ufficio, non ero sicuro che sarei riuscito a controllarmi. Questa ragazza stava dissipando la mia concentrazione, il mio controllo, le mie difese.

8

VIOLET

Entro soli due giorni avrei ricevuto il mio primo stipendio. Avevo cenato con formaggio grigliato per le ultime due sere, e me ne ero già stancata. Venerdì mi sarei scatenata e avrei ordinato una pizza. Forse mi sarei addirittura concessa una bottiglia di vino. Mi sistemai la gonna grigia prima di infilarmi la giacca. Sarei stata costretta a indossare questa gonna – l'unica gonna appropriata per un ufficio, dato che avevo lacerato quella nera – ogni giorno fino al momento in cui avrei ricevuto lo stipendio, perciò dovevo impegnarmi a non versarci niente sopra. O a strapparla. Di nuovo.

Presi la mia borsa e mi diressi verso la stazione della metropolitana. Non sapevo dire con certezza cosa diamine si fosse impossessato di me e di Knightley, ieri, nel suo ufficio. Sapevo solo che c'era qualcosa, e ne era consapevole anche lui. Mi aveva guardata come se fosse per metà arrabbiato e per metà desideroso di baciarmi. E io ero rimasta in attesa che lui mi toccasse, premesse le sue labbra contro le mie, poggiasse le sue mani sul mio corpo.

Dovevo mettere a tacere quei miei pensieri su di lui e restare professionale. Mi ero comportata in modo maleducato, con lui, che avrebbe potuto facilmente farmi licenziare, ma qualcosa mi diceva che, se avessi voluto continuare a lavorare, non avrei dovuto sottomettermi a lui bensì sfidarlo.

Arrivata sulla banchina, osservai le persone che la affollavano. Knightley quella prima mattina aveva preso il mio stesso treno, ma da allora non lo avevo più incontrato.

Oggi lo avrei evitato, cosa che non sarebbe stata difficile. Non lo avevo mai visto negli uffici amministrativi, e non ero sicura che avesse mai messo piede nella stanza dei cancellieri. Mi sarei concentrata sulle fatture e sui documenti che ero riuscita a sgraffignare dal suo ufficio in sua assenza.

«Buongiorno» salutai quando oltrepassai la scrivania di Jimmy e mi diressi verso la mia.

«Tutto bene?» domandò lui.

Avevo capito che "tutto bene" era il saluto d'ordinanza tra i cancellieri e lo staff amministrativo. Non volevano davvero sapere se stessi bene, semplicemente, corrispondeva a un comune "ciao" americano. Ma erano molto più formali con Craig e gli altri cancellieri. Era quasi come se noi fossimo la servitù che occupava i piani bassi di Downton Abbey – era un mondo a parte.

«Sei sempre così allegra, Violet» disse appoggiandosi con la schiena sulla sedia. «E ottimo lavoro con quella fattura, ieri.»

Non ero certa che sarebbe rimasto così impressionato dalla faccenda se avesse saputo come mi ero rivolta a Knightley e ciò che era quasi accaduto tra noi, ma magari non lo avrebbe mai scoperto.

«Grazie, Jimmy. Piccoli passi» risposi da sopra una spalla mentre entravo nella stanza dell'amministrazione. Anche stamattina ero la prima ad arrivare. Strizzai gli occhi e mi avvicinai alla mia scrivania, concentrandomi sulla scatola nera e lucida che vi era poggiata sopra. La osservai meglio e mi accorsi che era chiusa da un nastro nero. Che diavolo era?

Mi tolsi il cappotto e lo abbandonai sulla mia sedia prima di prendere il pacchetto. Il mio cuore batteva all'impazzata. Perché mai qualcuno mi aveva lasciato un regalo? Sciolsi il fiocco e sollevai il coperchio della scatola, poi mi accomodai. Rimossi della carta velina bianca ed estrassi ciò che vi era sepolto.

Oh. Mio. Dio.

Una gonna. Una gonna di Dolce & Gabbana. Knightley. Chi altri?

Sospirai. Non sapevo cosa pensare. Non potevo certo accettare in dono una maledetta gonna di una marca d'alta moda. Quella che avevo strappato l'avevo presa da Forever 21. E non era neanche stata colpa di Knightley. E dire che oggi avevo intenzione di evitarlo.

Superai Jimmy e bussai alla porta di Knightley.

«Che c'è?» abbaiò.

Io sogghignai, quindi tornai a un'espressione neutra prima di entrare e chiudermi la porta alle spalle. Lui non sollevò lo sguardo.

«Signor Knightley» lo salutai.

Lentamente, lui alzò gli occhi su di me. «Signorina King.»

Io reclinai la testa da un lato. «Un dono premuroso, ma non posso accettare la gonna.»

Lui aggrottò la fronte e sbatté le palpebre, una volta. «Certo che può» scattò. «Il danno che ha subìto l'altra è una mia responsabilità. Quest'ufficio è, effettivamente, un disastro. Ho rovinato più volte la mia toga sfregando contro quello stesso angolo. Comunque sia, dovrei trovare qualcuno che possa rammendargliela. Per ora però le ho trovato un semplice rimpiazzo.»

Io feci un passo in avanti. «Non si rimpiazza una gonna di Forever 21 con una di Dolce & Gabbana.»

Lui tornò a guardare il suo computer. «A quanto pare, si sbaglia.» Che coglione arrogante. «Beh, non posso accettarla.»

«Puoi farlo, Violet, e lo farai.»

Mi si mozzò il fiato nel sentirgli pronunciare il mio nome e darmi del tu.

«Resterò contrariato se non te la vedrò indossare domani.»

Posai una mano su un fianco. Seriamente? «Resterai *contrariato*?»

«Sì, e ora vai. Ho del lavoro da fare.»

«Il caso Generide Corporation. Quante ore?»

Non rispose, continuò invece a digitare sulla tastiera del suo computer.

«Dimmi solo quante ore e me ne andrò» insistei.

«Pazienza, signorina King. Sto verificando.» Premetti le labbra tra loro per evitare di sogghignare.

«Novanta» rispose e tornò a guardarmi dritto negli occhi.

«Nove zero?» Lui annuì.

Porca miseria; Jimmy mi avrebbe adorata. Senza aggiungere altro, mi voltai e lasciai l'ufficio, afferrando un mucchio di fogli dalla pila alla quale stavo lavorando prima di andarmene. Se aveva intenzione di comprarmi delle gonne di Dolce & Gabbana, allora poteva fare a meno di qualche altra cartella.

Chiusi la porta, mi strinsi le cartelline al petto e mi affrettai verso la mia scrivania. Un altro giorno, un'altra fattura, un altro passo in avanti per tenermi quel lavoro, però non ero riuscita a rifiutare la gonna. Cosa ancor peggiore, lui mi aveva ordinato di indossarla. Da bravo avvocato, voleva le *prove* del fatto che io avessi accettato il suo dono. Volevo forse *contrariarlo*? Approdai sulla mia sedia e mi voltai in direzione della scrivania. E il muro. No. Non volevo affatto. Volevo che fantasticasse sull'infilarmi una mano sotto la gonna, scopandomi contro la sua scrivania. Nonostante fosse burbero e astioso, avevo la sensazione di aver fatto breccia nella sua armatura, come se facessi parte di un piccolo mondo segreto e seducente – il suo, in cui solo poche persone erano invitate a entrare.

«Violet» mi chiamò Jimmy, e io mi voltai verso di lui. «Potresti scrivere il verbale della riunione che si terrà domani alle sei del pomeriggio?» chiese. «Avrei evitato di chiedere a te, ma Becky non ci sarà...»

«Sì, certo» risposi. Non avevo certo altro da fare, e la vita dello studio diventava per me sempre più affascinante. Avevo scoperto che Lincoln's Inn, questa piccola oasi nascosta nel mezzo di una delle città più affollate del mondo, era una delle quattro *Inns of Court* che forniva le certificazioni ai *barrister*. Enclavi erbose che ospitavano i *barrister* da seicento anni – da ben prima che la città intorno a loro si trasformasse nella metropoli che era oggi.

Le *Inns of Court* erano rimaste sempre uguali, mentre il resto di Londra aveva subìto una metamorfosi.

Ecco perché tutto aveva un aspetto così antico. Avevo trascorso diverse pause pranzo a esplorare le piccole viuzze che conducevano a vicoli ciechi o a un altro insieme di edifici che non sarebbe sembrato fuori posto in una novella di Dickens. Avevo vagato per diverse biblioteche giuridiche, e una volta mi ero ritrovata in quella che era chiamata la Sala Grande e doveva essere stata d'ispirazione per la Sala Grande della Hogwarts di J. K. Rowling con pannelli in rovere alti fino al soffitto puntellati di ritratti di giudici e avvocati e stemmi colorati distribuiti lungo finestre enormi, ad arco, dotate di vetrate colorate. Era tutto così diverso da ciò a cui ero abituata a New York, e qualcosa di diverso era ciò di cui avevo proprio bisogno.

Dunque ero più che felice di scrivere il verbale di quella che sembrava una riunione di una società segreta, di assistere al modo in cui tutti i *barrister* interagivano tra loro e con Knightley. Lui sembrava avere così tanti lati diversi: avvocato arrogante, estraneo cortese, prolifico elargitore di regali.

Cos'altro avrei scoperto su di lui?

ALEXANDER

Ieri, dopo che Violet si era precipitata nella mia stanza per dirmi che non avrebbe accettato il mio dono, ero rimasto in attesa del suo ritorno. Lei però non era più tornata. Non l'avevo vista neanche oggi. Normalmente non avrei badato al fatto di non aver incontrato Craig o Jimmy o qualsiasi altra persona che facesse parte dello staff dello studio prima del finesettimana, ma Violet King aveva attirato la mia attenzione.

Volevo verificare se avrebbe obbedito e indossato la gonna che le avevo comprato. Si era comportata come se il mio fosse stato un gesto incredibilmente inappropriato, ma ero semplicemente andato su Internet e me l'ero fatta consegnare in ufficio. Non mi ero sforzato più di tanto. Dopotutto, era stata la mia scrivania ad aver rovinato la gonna originale, e sapevo che non possedeva molti vestiti. Mi ero divertito a scegliere il modello online, a immaginare come il modello le avrebbe donato, come la stoffa si sarebbe arricciata sotto le mie dita. Ma poiché era un po' che non la vedevo, temetti di essere andato troppo oltre. Non che Violet sembrasse il tipo di donna che si spaventava facilmente. Ma fui portato a domandarmi se l'episodio nel mio ufficio e il conseguente regalo mi avessero fatto apparire come una specie di pervertito.

Da quando io e mia moglie ci eravamo separati tre anni prima, avevo avuto una serie di avventure da una notte, ma non ero *uscito* con nessuno, e le donne con cui ero andato a letto non avevano avuto alcun legame con lo studio. In qualche modo, Violet, con il suo fare brillante e le sue gambe lunghe, mi aveva colpito a tal punto da permettermi di perdere la concentrazione. Non potevo cedere al desiderio che provavo nei suoi confronti. In effetti, immaginare come sarebbe stata con indosso la gonna che le avevo comprato avrebbe dovuto essere l'ultima delle mie fissazioni.

Lungo il corridoio udii Craig bussare sulle porte degli altri uffici. La temuta riunione mensile dello studio. Di solito riuscivo ad evitare di partecipare, organizzando una cena con dei clienti o qualche altro evento ugualmente non rimandabile. Ma ultimamente ero stato troppo distratto. Quindi mi sarei fatto vedere, e dopo una mezz'oretta avrei finto un'emergenza.

Uscii dal mio ufficio, virai a sinistra verso la nostra sala riunioni più grande, e mi ritrovai a seguire la signorina King. Dunque non era scappata via. Semplicemente, oggi non era stata nel mio ufficio. Interessante. Abbassai lo sguardo, e notai che indossava la gonna che le avevo comprato. Una cucitura spessa e rossa conduceva a un piccolo spacco sul retro, un sentiero verso la terra promessa. Risalii con lo sguardo sul suo collo. Oggi portava i capelli legati. Io li preferivo sciolti.

«Sembra pensieroso, signor Knightley» disse Jimmy comparendo accanto a me. Violet voltò leggermente la testa, come se volesse sbirciare oltre una spalla, ma poi ci ripensò.

«Lo sono sempre» risposi. Anche se normalmente pensavo al lavoro, non alla curva del collo di una donna.

«Mi è dispiaciuto sapere che hanno rimandato il caso Mermerand.»

A Jimmy non poteva fregare di meno del caso Mermerand. E mi andava bene perché non era il suo lavoro. «Non è un problema» replicai. Non era necessario che fossi suo amico. Non avevo un briciolo di pazienza per le conversazioni di circostanza. Mi serviva solo che facesse ciò che ci si aspettava dalla sua posizione. A quanto pareva, non lo aveva ancora capito. La porta scolpita in rovere della sala conferenze era già aperta e svariati *barrister* riempivano le sedie intorno al tavolo. C'era ancora qualche posto libero, ma non ne sarebbero rimasti quando tutti fossero arrivati, così alcuni avvocati, normalmente i più giovani dello studio, avrebbero occupato alcuni dei posti disposti lungo i bordi della stanza. Jimmy si diresse su una delle sedie poste contro il muro, accanto a una finestra ad arco, mentre Violet si incamminò verso l'altra metà della stanza. Io seguii lei. Avevo sempre preso posto intorno al tavolo, anche quando ero appena stato assunto. La reputazione di mio padre poteva essere per certi versi un peso intorno al collo, ma mi aveva anche procurato qualche privilegio, come il rispetto automatico da parte dei membri più anziani dell'ordine, giudici compresi. Forse non era giusto, ma era così che funzionava la vita negli studi legali. Il nepotismo era largamente accettato. Mi dava parecchi vantaggi, ma aveva anche un aspetto negativo che nessuno vedeva – le aspettative, la reputazione da mantenere.

Mi accomodai accanto a Violet. Charles, uno dei *barrister* che rispettavo, tirò via la sedia accanto alla sua. «C'è posto al tavolo» commentò.

«Sto bene qui» risposi io.

Lui corrugò la fronte, chiaramente confuso, poi si voltò.

Volevo avere l'opportunità di sgattaiolare via in maniera discreta prima della fine della riunione, dunque sedere lì era meglio. Inoltre, mi permetteva di stare vicino a Violet. Non le ero stato più così vicino dall'episodio nel mio ufficio. Il profumo di gelsomino aleggiò verso di me, facendomi rilasciare la tensione accumulata nei muscoli. Appoggiai la schiena all'indietro e sfiorai una sua coscia con la mia. Lei non ebbe alcuna reazione. Avevo qualche effetto su di lei? Cazzo, perché mi importava?

La riunione cominciò e Violet iniziò a prendere nota. Non mi interessava l'assurdo programma del giorno che includeva la proposta di affittare uno spazio nell'edificio accanto per avere altre sale conferenza e il numero di posti rimasti per gli allievi – gli apprendisti *barrister* – per l'anno a venire. Per quanto mi riguardava questa riunione era solo una scusa per alcuni membri dello studio di sentire il suono della propria voce. Ma Violet stava registrando tutto come se stesse prendendo nota in via ufficiale di una seduta in Parlamento.

Due dei membri più anziani iniziarono a scambiarsi opinioni su un apprendista e sull'opportunità di offrirgli un posto permanente nello studio. Avevano pensieri diametralmente opposti, con uno che pensava dovesse rimanere, e l'altro che riteneva non fosse abbastanza capace. Io non avevo un'opinione. Non avevo mai lavorato insieme a lui. In generale odiavo lavorare con altre persone, ma in particolare detestavo lavorare con chi non aveva già dato prova delle proprie capacità. La mia reputazione era troppo importante, e io ero troppo un maniaco del controllo.

Peccato che non ci fosse nulla di folle nel voler avere il controllo delle cose: era semplice istinto di sopravvivenza. Un istinto che mi era sempre tornato utile. I toni iniziarono a inasprirsi e Violet si voltò verso di me, con gli occhi spalancati come se stesse condividendo con me il proprio stupore. Era la prima volta che faceva cenno di accorgersi di me, e io rimasi perplesso nel constatare quanto mi piacesse l'intimità del gesto. Come se avessimo una qualche connessione o una storia in comune.

Che cazzo mi stava succedendo?

Questa ragazza mi aveva lanciato un incantesimo.

Nella stanza faceva un caldo terribile e i miei vestiti mi stavano inspiegabilmente stretti. Cercai di prendere fiato e smossi il colletto della camicia con un dito. Sembrò avere l'effetto opposto, e mi ritrovai alla ricerca d'aria come se fossi improvvisamente divenuto allergico a quella riunione, o peggio, sopraffatto dalla possibilità che una donna ci stesse provando con me.

Mi alzai di scatto e lasciai la stanza, senza disturbarmi a fornire spiegazioni. Dovevo allontanarmi da Violet. Nessuna donna mi aveva mai agitato così tanto. Perfino mia moglie aveva trovato difficile catturare la mia attenzione, e immaginavo fosse uno dei motivi per cui avevo trascorso gli ultimi tre anni vivendo in un hotel.

Violet King non era certo speciale, nonostante il suo profumo al tramonto indiano e le sue gambe che sembravano della lunghezza perfetta per avvolgersi intorno ai miei fianchi. La curva del suo collo e la pressione nelle sue mani non avevano alcuna importanza. No. Violet non era speciale e io avrei smesso di pensare a lei.

9

VIOLET

Nonostante sapessi che il gesto l'avrebbe messa profondamente a disagio, da brava inglese quale era, abbracciai comunque Darcy fortissimo. Era venerdì. Avevo ricevuto lo stipendio. Ero pronta a flirtare con qualche ragazzo inglese e a bere qualche cocktail londinese. Per fortuna, Darcy mi aveva salvata da una serata passata a mangiare pizza di fronte alla tv. Ero entusiasta di trascorrere la mia prima serata fuori da quando ero arrivata a Londra.

«Lasciami, Violet» disse. «Sembra che tu sia appena uscita di prigione.»

Io scoppiai a ridere e presi posto su una bassa poltroncina in velluto in un bar super figo al centro di Soho. «Alcuni direbbero che sia così.»

«Come va al lavoro?»

Darcy abitava in un mondo in cui era possibile sopravvivere senza lavorare – non che lei non lavorasse. Lo faceva. Le responsabilità di gestire la tenuta di famiglia occupavano ogni aspetto della sua vita. Però non era *obbligata* a farlo. Non sapevo bene cosa si provasse a vivere in quel modo.

«Bene. Sono una "perfetta" londinese pendolare» risposi, poi agitai una mano verso un cameriere per attirare la sua attenzione.

«Mi dispiace di non essere riuscita a trovarti qualcosa di più eccitante.»

«Scherzi? È stato incredibile da parte tua. E, in verità, mi sta piacendo. Mi distrae.» Da quando avevo iniziato, non mi ero mai ritrovata a pensare a David e all'acquisizione di titoli azionari.

«Non è pieno di idioti snob che si fanno imboccare con un cucchiaio d'argento?» domandò. Io sollevai un sopracciglio. «Davvero? Parli tu che sei nipote e sorella di duchi?»

Lei rise. «Se la metti così... È solo che i *barrister* sono dei tipi strani. Sembrano esistere in un mondo a parte. Una volta sono uscita con uno di loro.»

Ora aveva catturato la mia attenzione. Era impossibile uscirci insieme? Knightley lavorava così tanto, non ero certa che avrebbe avuto tempo per fare altro che dormire. «Non ne avevo idea. Cosa è successo?»

«Era emotivamente bloccato, ovviamente.»

Io annuii. Era proprio vero. Knightley era un insieme di contraddizioni. In alcune circostanze, formale ed educato, non altrettanto quando mi fissava come se volesse divorarmi. Ma profondamente intelligente e complicato. E mi piaceva parecchio.

Il cameriere ci portò i nostri cocktail – il mio preferito: un French 75.

«Ed era un maniaco del lavoro.»

Mhm, suonava familiare. Era incredibile che qualcuno di loro riuscisse a fare sesso. Per quanto anche Knightley lavorasse parecchio, ero convinta che lui trovasse il tempo per il sesso. Anche se non riuscivo a immaginarlo dare la priorità a una relazione. Non sembrava interessato alle persone, per niente. Solo ai documenti.

«E il sesso era così così. Veniva subito. Una volta è venuto semplicemente con un bacio» proseguì Darcy. Io mi strinsi nelle spalle. «Oh, wow.» Knightley sembrava troppo controllato per avere problemi simili. «Immagino non fosse particolarmente soddisfacente.»

Lei rise. «No. Per niente. Ma suppongo che tu non debba andarci a letto insieme.»

Io mantenni un'espressione neutra, attenta a non lasciarmi sfuggire nulla. Darcy non doveva sapere che volevo andare a letto con Knightley. Dal nostro incontro nel suo ufficio, lo avevo evitato il più possibile. Poi, alla riunione di ieri, si era seduto accanto a me nonostante ci fossero posti disponibili intorno al tavolo. Forse aveva voluto rassicurarmi sul fatto che non avrei dovuto sentirmi a disagio, ma magari stavo ingigantendo il suo lato dolce.

A ogni modo, aveva lasciato la riunione con una certa fretta e io mi ero ritrovata a sentire la mancanza del calore del suo corpo accanto al mio. Si era seduto più vicino di quanto avesse dovuto, e mi era piaciuto tornare ad avvertire la scintilla tra di noi. Probabilmente me l'ero solo immaginata.

«Violet?»

«Scusa» risposi, realizzando che Darcy aveva continuato a parlare mentre io sognavo a occhi aperti.

«Mi sono appena ricordata di dover finire una cosa di lavoro.»

«Dunque ti sta piacendo?» domandò di nuovo.

Io annuii. «Non avevo mai lavorato in un ufficio prima d'ora. Alla start-up lavoravamo da casa, o in un bar, poi ho sempre lavorato come cameriera o nel settore dell'accoglienza. Ma sì, è meglio di quanto mi aspettassi.» Per molto tempo avevo rifiutato qualsiasi impiego che implicasse l'utilizzo di un computer; avevo allontanato qualsiasi associazione con la mia delusione passata.

Quando Darcy non rispose, io sollevai lo sguardo dal mio drink.

Lei sogghignò verso di me. «Magari questa nuova esperienza porterà a qualcosa.»

«Sarebbe bello, ma ne dubito.» Il lavoro d'amministrazione per il momento mi andava bene. Ma non investivo mai energie a lungo termine. Non era da me. Non ora. O almeno, pensavo fosse così. Andarmene da New York per approdare a Londra era stato il cambiamento più impegnativo che avessi mai accolto nella mia vita da quando io e David ci eravamo lasciati dopo l'università, e aveva risvegliato qualcosa dentro di me. Desideravo qualcosa di più; non ero però sicura di cosa fosse. «Basta parlare di lavoro. Voglio sapere della tua vita sentimentale.»

Darcy grugnì. «Quale vita sentimentale? Non incontro mai nessuno. Se volessi uscire con un cavallo, allora sì che avrei una chance.»

«Mi piace pensare di essere una persona dalla mentalità aperta quando si parla di uscire con qualcuno, ma non credo dovremmo neanche lontanamente prendere in considerazione l'idea di uscire con un cavallo.» Ghignai. Ero quasi sicura che stesse scherzando, ma più tempo passavo con gli inglesi, più mi accorgevo che tutto era possibile. «Dai, sono sicura che riuscirò a trovarti qualcuno di carino. Sai che sono stata io a trovare tuo fratello per Scarlett. Credo di avere un certo tocco magico in questo campo.» Esaminai la sala. Le luci erano fioche e i muri erano color bronzo. Non c'erano finestre, e i pavimenti erano neri, dunque l'atmosfera era intima e quasi cupa, ma il locale era piccolo e i tavoli ravvicinati, così si poteva riuscire a distinguere gli altri presenti. «Qual è il tuo tipo d'uomo?»

Darcy sospirò. «Qualcuno che non sia una merda totale» rispose, con un tono che sembrava dire che quel requisito non era scontato quanto avrebbe dovuto essere. Come se si aspettasse che io le suggerissi di uscire con una merda totale, se lui l'avesse portata al ristorante o se fosse stato un bravo baciatore o qualcosa del genere.

«Okay. Qualche altro requisito?» domandai.

«Beh, ovviamente qualcuno a cui piaccia la campagna. Insomma, mi piace la vita di città, ma mi fa male il cuore se passo troppo tempo senza vedere sconfinati prati verdi e filari di alberi.»

«Sono certa che riusciremo a trovare qualcuno a cui piaccia la puzza di cacca di mucca.» Sorrisi, e Darcy sghignazzò. «E dal punto di vista fisico? Qual è il tuo tipo?» Aguzzai la vista, cercando di individuare tutti gli uomini presenti nel bar che sembravano single e dell'età appropriata. Ci trovavamo chiaramente nella Mecca degli uomini attraenti e ricchi, perché era pieno di uomini affascinanti che indossavano completi costosi. Notai la nuca di un uomo dall'aspetto terribilmente familiare e mi si mozzò il fiato. Merda, Knightley.

Non avrebbe dovuto sorprendermi. Quello sembrava il tipo di posto adatto a lui – ombroso e con cocktail costosi. Raddrizzai la schiena e mantenni lo sguardo su di lui, aspettando che si voltasse.

Si sarebbe avvicinato? Osservai la sua compagna, che era rivolta verso di me. Era una bella donna bionda, più o meno della mia età, che indossava una blusa scollata. Mi si rivoltarono le viscere.

Sembrava un appuntamento. Il mio battito accelerò quando lui strinse i braccioli della sua poltroncina e si alzò in piedi. Mentre si dirigeva verso l'altro lato del bar, io mi accorsi che non si trattava affatto di Knightley, ma di qualcuno che non era neanche lontanamente robusto, alto, o bello quanto lui.

Cazzo, me lo stavo *immaginando*.

Che problemi avevo? Afferrai il mio bicchiere e bevvi il mio cocktail in un sorso solo, e trasalii a causa della sensazione di bruciore data dall'alcool in gola.

«Mi piacciono i biondi» disse Darcy. «I tipi rilassati col ciuffo sono un mio debole.»

Feci un cenno di assenso con la testa. «Come quel tipo lì?» Sollevai il mento per indicare un ragazzo che stava ordinando qualcosa al bancone con indosso una vistosa camicia rosa e un anello al mignolo.

Lei fece spallucce. «Forse. Ma la mia vita è alla tenuta. Non ha senso cercare un ragazzo a Londra.»

«Sei a solo un'ora di distanza, e come hai detto tu stessa, il signor Giusto Per Te non verrà a bussare alla tua porta da solo. Non hai *neanche* dei vicini.»

Il biondino col ciuffo prese i suoi drink e si diresse a uno dei tavoli dall'altro lato del bar dove era seduto un ragazzo alto e dai capelli scuri che non indossava né cravatta né giacca. Probabilmente era quello vestito in maniera meno formale di tutto il locale. «Aspettiamo di vedere se il tipo biondo ha compagnia.» Se non lo avesse avvicinato nessuna, allora sarebbe stata la serata fortunata di Darcy. Magari non ero stata la migliore cameriera del mondo, ma non avevo mai avuto problemi nel trovare un uomo.

«Qualche *barrister* figo ha per caso attirato la tua attenzione?» domandò Darcy mentre io fissavo i due potenziali accompagnatori.

Knightley aveva decisamente attirato la mia attenzione. La sua aria cupa da eroe inglese gli calzava a pennello. «Li sto ancora esaminando.» Presi il menu dei cocktail e lo sventolai in direzione delle mie guance arrossate. Gesù, perché ero così in imbarazzo? Gli uomini non mi mettevano mai in imbarazzo. «Se ne stanno sempre nascosti in quegli uffici, come se fossero la loro tana. Non credo di averne incontrato ancora nessuno.» Li avevo incontrati quasi tutti alla riunione della sera prima, ma nessuno di loro era affascinante quanto Knightley. O aveva la stessa presenza autoritaria. Mi agitai sul posto, cercando di rimuovere fotogrammi di Knightley nudo dalla mia immaginazione.

Bevvi un sorso del mio cocktail. «Non sembra stiano aspettando qualcuno» annunciai quando tornai a concentrarmi sul tipo col ciuffo e il suo amico. «Sono seduti da soli al tavolo e nessuno di loro ha mai alzato lo sguardo verso la porta, anche se si sono guardati intorno, il che mi fa pensare che siano alla ricerca di compagnia.» Mi voltai verso Darcy. «Sei pronta?»

Lei fece una smorfia. «Per cosa?»

Non ero interessata a conoscere quei due uomini, il che era folle perché non avevo ancora baciato nessuno dal mio arrivo a Londra. Stasera si trattava solo di Darcy. «Prendi il tuo drink e seguimi. Non ha senso andare a fare shopping di fidanzati senza provare nulla.»

«Sei pazza.»

Mi alzai in piedi e presi il mio bicchiere. «Divertiamoci un po'. È la mia prima serata fuori a Londra, anche se sono qui da settimane. Devo recuperare il tempo perduto.»

Mi diressi verso il tavolo al quale erano seduti i due ragazzi che avevo adocchiato. «Ehi, vi dispiace se io e la mia amica ci uniamo a voi?» Li osservai entrambi, ma mi trattenni più a lungo su quello dai capelli scuri. Non volevo ci fossero equivoci riguardo a chi sarebbe andata con chi.

«Niente affatto» rispose il tipo dai capelli scuri, che si alzò e mi invitò a prendere posto. «Posso offrirti qualcosa?»

Mi accomodai sulla panchina ancora calda della sua presenza. «Magari tra un po'. Ho già il mio cocktail.» Sollevai il mio bicchiere verso di lui.

Darcy rimase in piedi a poca distanza dal tavolo.

«Darcy, lascia che ti presenti i nostri nuovi amici» la incitai. «Lui è...»

Il biondino si alzò in piedi e allungò una mano. «Edward» disse, ignorandomi. Gli si era decisamente accesa una scintilla negli occhi quando l'aveva vista. Perfetto.

«Io sono Violet» mi presentai, mentre l'uomo destinato a me tornava a sedermisi accanto.

«E sei bella proprio come una viola.» Trattenni a stento una risata.

«Io mi chiamo Reginald.»

Non riuscii a trattenermi e sghignazzai. «No, non ti chiami *davvero* Reginald.»

«Beh, no, ma se anche fosse, non è molto carino ridere quando qualcuno ti dice il proprio nome.» Sorrise verso di me. «Ma ti perdonerò, dato che sei americana. Mi chiamo James.»

«Piacere di conoscerti, James.» Mi formavo un'opinione degli uomini che incontravo con una certa rapidità. Mi piacevano quelli che erano bravi a letto, per il resto, non avevo un tipo. Non avrebbe dovuto essere uno standard particolarmente elevato, eppure non era semplice trovare un uomo che sapesse come fare sesso con *me*, e anche quando riuscivo a trovarlo, voleva sempre passare alle coccole, dopo, o portarmi fuori a cena. Presto finivo con l'annoiarmi – a volte bastava una sola sera, altre volte servivano uno o due mesi, ma non passava mai troppo tempo prima che tornassi single e perdessi ogni intenzione di impegnarmi in qualcosa di duraturo. Probabilmente era lo stesso per Knightley.

Non che James non avesse del potenziale. Era carino, simpatico e provocante. La giuria era ancora incerta sul fatto se fosse o meno bravo a letto, tuttavia, mancava qualcosa. Qualcosa che mi attirasse a lui, che mi inducesse a immaginarlo nudo.

Al contrario di Knightley. Merda, perché stavo di nuovo pensando a lui? Premetti le gambe tra loro e mi rivolsi a James.

«Vivi qui?» mi domandò.

«Per qualche mese» risposi, cercando di prestargli attenzione e di non tradire il fatto che stavo pensando a un altro uomo.

«Poi tornerai negli Stati Uniti?»

«Certo. È lì che vive la mia famiglia.» Cristo, era tutto ciò che mi restava negli Stati Uniti? Niente lavoro, niente casa, nulla. Solo fratelli che stavano tutti passando allo stadio successivo delle loro vite e tre scatole di Dio solo sapeva cosa nel garage di mia sorella.

«E tu? Abiti a Londra?»

«Islington.»

Feci un cenno di assenso col capo, anche se non avevo idea di dove fosse.

«Lavoro in banca. Tutti e due lavoriamo in banca» aggiunse James, facendo un cenno col mento verso il suo amico.

«È single?»

James sghignazzò. «Ti interessa?»

«Oh, no. Intendevo per Darcy. Mi sto occupando di lei.» Non volevo dare l'impressione di non essere interessata al bel ragazzo con cui stavo chiacchierando, che fino a ora si era rivelato del tutto affascinante, ma doveva essersi accorto di qualcosa. In effetti, non ero interessata a lui.

Knightley mi era entrato sottopelle, e anche se non sarei corsa nel suo ufficio chiedendogli di farmi sua sulla scrivania, non volevo comunque andare a letto con qualcuno mentre la mia mente era concentrata su qualcun altro. Non mi sembrava giusto. Lanciai un'occhiata a Darcy e al biondino col ciuffo che la stava facendo ridere. Questa serata era dedicata a lei.

Ero felice di interpretare la parte della spalla e di restare sola con le mie fantasie su un Knightley nudo.

10

ALEXANDER

Dopo solo quattro ore di sonno, mi ero presentato alle porte della palestra all'orario d'apertura, alle cinque e mezza, ma neanche un allenamento brutale era riuscito a stancarmi. Avevo la testa da un'altra parte. Non riuscivo a concentrarmi. Appallottolai il foglio di carta su cui stavo scrivendo e lo lanciai nel cestino in un angolo del mio ufficio. Ero pieno di energia, troppa. Avevo lavorato per tutto il fine settimana in hotel, avevo fatto due lunghe corse lungo il Tamigi, e comunque non ero riuscito a dormire bene.

Dopo essere rimasto seduto accanto a Violet durante la riunione della scorsa settimana, avevo fatto del mio meglio per liberarmi dei miei pensieri su di lei. Odiavo il modo in cui, per colpa sua, mi ero comportato diversamente dal solito – anche se in misura ridotta – sedendo in un posto diverso nella sala conferenze. Anche se avevo detto a me stesso che era una posizione migliore per poter lasciare la riunione senza dare nell'occhio, conoscevo la verità.

Erano tutte cazzate.

Avevo provato il desiderio di starle vicino, di respirare il suo profumo e di percepire il calore del suo corpo accanto al mio.

E questo mi infastidiva.

Nessuna donna mi induceva a perdere la concentrazione sul lavoro. Mai. Il mio matrimonio fallito ne era la prova.

«Cazzo» esclamai sottovoce quando sentii bussare alla porta. Dal ritmo fiducioso, riuscii a capire che si trattava di Violet. Probabilmente era l'unica persona in tutto lo studio che non aveva paura di interrompermi quando ne aveva bisogno. «Avanti» dissi e volsi la mia attenzione allo schermo del computer. Non volevo guardarla, non volevo che lei si accorgesse quanto mi fosse entrata dentro, o quanto la disprezzassi per questo.

«Ha altri abiti da portare in lavanderia?» domandò. «Sarei felice di occuparmene.»

Maledizione, aveva un tono così innocente, ma sospettai che in fondo non lo fosse affatto. «Non ho bisogno che tu mi faccia da babysitter» risposi. «Posso occuparmi da solo del mio bucato.» Magari, se fossi stato meno educato, mi avrebbe lasciato in pace.

Lei non rispose, e io sollevai lo sguardo per verificare se fosse ancora lì. «Che stai facendo?» le chiesi quando la notai infilarsi tra due pile di carta.

«Un maglione all'uncinetto. Tu? Ti stai allenando per arrivare alle finali del concorso di stronzo dell'anno?» replicò prima di scomparire tra le torri di documenti.

Non sapevo bene se ridere o sculacciarla, ma la scossa che avvertii all'inguine mi suggerì che non ce l'avevo affatto con lei.

Mi alzai dalla scrivania e mi avvicinai. L'ultima cosa che volevo era che lei buttasse giù una delle pile di documenti – sarebbero finite tutte per terra con un effetto domino. «Cosa stai cercando?» domandai, sbirciandole il fondoschiena sodo mentre si piegava di fronte a me. Se avessi fatto appena due passi in avanti, sarei riuscito ad avvolgerle i fianchi con le mani. Probabilmente aveva acquisito maggiore confidenza e stava cercando di appropriarsi di qualche altro documento sul caso Ellington che aveva iniziato a rubare lentamente dal mio ufficio ogni volta che andavo via.

«Prenderò un po' di questi fogli» disse, con le braccia piene di dichiarazioni di testimoni. «Sarai anche intelligente, ma non ti sei accorto che è da un po' che ti rubo dei documenti ogni volta che non sei in ufficio.» Si alzò e si voltò per fronteggiarmi con aria di sfida. Non le avrei rovinato il divertimento rivelandole che sapevo benissimo quando entrava nel mio ufficio e quali documenti portava via con sé. Non avrei confessato che il suo profumo al gelsomino impregnava ogni angolo della stanza, me incluso, o che avevo immaginato di sentirlo per l'intero fine settimana.

«Dunque stai rubando?» domandai, le braccia incrociate.

«Sto facendo il mio lavoro.» Scosse il capo e si chinò a raccogliere un singolo foglio di carta che era sfuggito dal mucchio che reggeva tra le braccia.

Cazzo se era sexy. Ogni movimento, ogni curva, il modo con cui si rivolgeva a me... così sicuro di sé, da pari a pari.

«Non ho idea di cosa ti si sia infilato tra le chiappe» continuò, avanzando verso di me tra due pile di carta. «Ma tiralo fuori, togliti dai piedi e lasciami fare il mio lavoro.»

Io rimasi *esattamente* di fronte a lei. Non volevo che se ne andasse. Non ancora. «Cos'è che hai lì?» Posai una mano sulla sua e sistemai i fogli che reggeva in modo da dare un'occhiata. La sua pelle era morbida e liscia. Al contatto, lei sobbalzò, ma non si ritrasse. Invece, i suoi occhi si sollevarono verso il mio viso e io incrociai il suo sguardo. Il mio proposito di mantenere le distanze da Violet stava vacillando.

Lei inspirò mentre ci guardavamo senza dire una parola. Il mio cuore batteva forte nel petto, il mio pene iniziava a indurirsi nei pantaloni.

La volevo.

Ero certo che mi volesse anche lei.

La sua lingua comparve a umettarle le labbra e il mio autocontrollo evaporò.

Mi avvicinai a lei e le strinsi il collo, sfiorandole una guancia con il pollice. Lei chiuse gli occhi e si appoggiò contro il mio palmo. I miei occhi le scivolarono sul seno, per poi risalire sul suo bel viso. Feci scivolare le dita e finalmente le affondai tra quei suoi capelli luminosi e setosi. Erano morbidi e invitanti proprio come li avevo immaginati quando l'avevo incontrata in metropolitana. Ormai non c'era modo di tornare indietro.

Afferrai i documenti che aveva tra le braccia e me li lanciai oltre una spalla, a malapena consapevole della pioggia di grossi coriandoli che galleggiò verso il pavimento dietro di me. Lei sgranò gli occhi. «Che cavolo...»

Prima che potesse chiedermi cos'altro mi si fosse infilato nel culo, la attirai a me, una mano su un suo fianco, l'altra affondata tra i suoi capelli, e premetti le labbra sulle sue. Per la prima volta dopo giorni, ero concentrato su una cosa sola, e una soltanto: Violet King e la sensazione che mi dava averla sotto le mie mani, il suo sapore.

Avevo come la sensazione di essere tornato a casa dopo un lungo, difficile viaggio.

Le sue ginocchia si piegarono, e per un attimo pensai di avere già ottenuto la sua completa, incrollabile sottomissione, ma poi, come se avesse cambiato idea, lei mi spinse via posando le mani minute sul mio petto.

«Che c'è?» domandai, allontanandomi appena. Sapevo che era ciò che voleva.

Lei mi guardò con sguardo omicida. Gli occhi penetranti, le labbra arrossate e gonfie – era bellissima.

«Che stai facendo?» chiese.

«Ti sto baciando, e nel caso in cui tu non te ne sia accorta, stai ricambiando.» Non mi sentivo così bene da quando avevamo camminato vicini per dirigerci in ufficio, la prima volta che avevo posato gli occhi su di lei.

Aveva le labbra leggermente socchiuse e il suo petto premeva contro il mio. Non sembrava avesse esattamente voglia che mi fermassi. Chinai di nuovo il capo e le infilai la lingua in bocca. Lei ricambiò la mia energia e il mio desiderio, ma poi si fermò e tornò a spingere contro il mio torace.

«No. Non possiamo. Questo lavoro mi serve.»

«A me serve *questo*.» Non ricordavo l'ultima volta in cui avevo sentito il *bisogno* di una donna. Avevo desiderato il sesso, uno sfogo, ma non avevo mai provato una tale fame per una donna in particolare come era accaduto invece con Violet quando mi era comparsa accanto sulla banchina di Green Park. Scivolai con le mani al suo fondoschiena e le strizzai i glutei. «E anche a te.» Non poteva certo essere un desiderio a senso unico, no? «Inoltre, nulla di ciò che accadrà qui influenzerà il tuo lavoro. Sai di volerlo tanto quanto me.»

Lei gemette, ma non nel modo in cui avevo sperato. Non era un gemito di lussuria, quanto più di frustrazione. «Sì, sei affascinante, ma mi tratti malissimo. Non puoi certo voler baciare qualcuna che ritieni essere un'idiota.»

Raggiunsi l'orlo della sua gonna e infilai una mano al di sotto della stoffa, incoraggiato dal sapere che mi trovava attraente. «Tratto tutti malissimo.» Lei alzò gli occhi al soffitto e io mi allungai per baciarla ancora, brevemente, prima di ritrarmi. «E non credo che tu sia stupida. Hai frequentato il MIT, per l'amor del cielo.» La sua intelligenza era uno dei motivi che la rendevano attraente. Forse era per quello che non era intimidita da me. La fiducia di sé che ostentava quando eravamo insieme aveva un effetto afrodisiaco.

Lei assottigliò lo sguardo. «Ti sei informato su di me.» Ammorbidì la presa delle mani sul mio torace, e al suo tocco i miei muscoli vibrarono.

«Stai rubando documenti nel mio ufficio.» Continuai a salire con una mano lungo la sua gamba, e arrivai con le dita alla cima delle sue calze e alla sua pelle, morbida e calda. Cazzo, era deliziosa. Curvai un fianco contro di lei. «Ho dato un'occhiata al tuo curriculum.»

«Sapevi che stavo prendendo dei documenti?» Si morse un labbro e si avvicinò a me mentre io tracciavo il perimetro della sua calza.

La accompagnai verso una parete. Avrei voluto avessimo più spazio. Più tempo. Se ne avessi avuto l'opportunità avrei potuto perdermi in lei per ore, ne ero sicuro. «Neanch'io sono un idiota. Qui dentro ci sarà anche un caos tremendo, ma conosco la collocazione precisa di ogni singolo documento. Ho una memoria eccellente.»

Lei mi premette le dita contro una clavicola e sospirò. «Non credo che tu sia un idiota. Pensavo solo di essere riuscita a coprire le mie tracce.»

Con un palmo aderii completamente al suo interno coscia, e lei reclinò il capo all'indietro con un sospiro. Mi presi il mio tempo e assimilai il suo calore e i suoi rumori, avido di lei sotto ogni aspetto. La sua pelle era liscia e soda come un tamburo. La mia mano salì ulteriormente; desideravo di più. Cercai di silenziare il rumore del battito del mio cuore in modo da poterla sentire nel caso in cui avesse detto di no. Ma da ciò che riuscivo a percepire, lei non faceva altro che incoraggiarmi. Aveva condiviso le mie stesse fantasie? Era pronta per me?

Procedetti verso l'alto con la mano e raggiunsi l'orlo delle sua biancheria intima. Infilai un dito sotto la stoffa, e lei rabbrividì.

«Come ti chiami?» mi domandò, e un guizzo di desiderio si agitò dentro di me. Avevo una mano sotto la sua gonna e lei non sapeva neanche il mio nome. «O ti piace farti chiamare signore?»

Per quanto avessi un ego abbastanza grande e mi piacesse dominare in camera da letto, non volevo che lei mi chiamasse in altro modo che con il mio vero nome. Infilai un dito oltre il merletto. «Alex» risposi e poi sfregai con le dita contro le sue grandi labbra, premendo, inspirandola.

Lei sobbalzò come se avessi detto qualcosa di sconcio. «Alexander.»

Io mi fermai. Nessuno, a parte la mia famiglia, mi aveva mai chiamato Alexander, ma il modo in cui quel nome le era scivolato sulla lingua, con quella voce pigra, sexy, pronta a qualunque cosa, mi impedì di correggerla. Trovai il suo clitoride e iniziai a disegnare piccoli cerchi con un dito. Lei inarcò la schiena.

Mi infilò le mani tra i capelli nell'istante in cui le sollevai la gonna fino ai fianchi. «Alexander» mormorò, facendomelo venire duro. Mi passai una mano lungo l'erezione. Come cazzo era possibile avercelo così duro e non essere ancora svenuto per mancanza di sangue al cervello? «E se entrasse qualcuno?» domandò. Ma sapevo che ormai non le importava. I suoi occhi erano appesantiti dalla lussuria, e le sue dita stavano giocherellando con la zip dei miei pantaloni, cercando di arrivare al mio pene.

Io mi guardai oltre una spalla. «Nessuno oserebbe mai. Soltanto tu.» Con una mano mi infilai tra le sue cosce e le tirai le mutandine – dovevo arrivare al suo centro. Lo schiocco dell'elastico che si lacerava la fece gemere ancora; era il tipo di suono che non vedevo l'ora di sentire.

«Devi fare piano. So che sarà difficile perché ho intenzione di scoparti tanto da farti venire voglia di urlare e far crollare l'edificio. Ma, dovrai trattenerti.»

Lei scosse la testa. «Quanta sicurezza, signor Knightley.»

«Sto per dimostrartelo.» Lei mi liberò il cazzo e io presi il mio portafogli, da cui estrassi un preservativo. Non riuscivo a sopportare la sua presa – ero quasi sul punto di venire – così indossai il profilattico in latex, la afferrai da sotto le cosce e la spinsi contro il muro.

«Sei pronta?» le chiesi.

«Sarà meglio che tu sia bravo.»

Che piccola strega. Le avrei mostrato come scopava un vero uomo.

Le entrai dentro e lei si aggrappò alle mie spalle, gli occhi sgranati e disorientati. Sapevo già che le sarebbe riuscito difficile fare silenzio, e ora ne era consapevole anche lei.

Mi fermai, sepolto in profondità in lei, e rimanemmo a guardarci in una tacita comprensione. Lo volevamo entrambi. Ne avevamo bisogno.

Dal primo giorno in cui avevamo posato gli occhi l'uno sull'altra, ci eravamo diretti verso questo preciso istante. Ciò che era rimasto taciuto finalmente era stato confessato. Non si trattava più di uno sguardo, di un contatto, di un bacio. Lei aveva le gambe aperte e io ero dentro di lei. Non potevamo più tornare indietro. E per la prima volta capii cosa significava quando si diceva che il sesso era un affare intimo. Prima avevo pensato che fosse dovuto alla mancanza di vestiti, ma, in quel momento, compresi che si trattava di ben altro. Aver oltrepassato quella striscia nella sabbia dava come la sensazione di aver sbarrato una porta dal resto del mondo. Eravamo soli. Eravamo uniti.

Lentamente, iniziai a muovermi. Non volevo lasciare la presa su di lei ma sentivo il bisogno di scoparla. Il bisogno di bloccarla contro il muro con il mio cazzo. Seppellii il viso nella curva del suo collo e cercai di soffocare i miei stessi versi – non sapendo se sarei stato capace di trattenermi.

«Alexander» mi sussurrò a un orecchio lei quando io tornai a spingere, stavolta più a fondo. Ero *così* in profondità da avvertirla stretta, stretta contro di me. Ci avevo pensato così tanto, lo avevo immaginato, lo avevo voluto ed era perfino meglio, perfino *di più* di come pensavo che sarebbe stato.

Volevo che Violet mi dicesse che aveva atteso a lungo questo momento, che aveva fantasticato sul farsi scopare da me contro una parete del mio ufficio. Volevo capire se quel bisogno che avevo percepito negli ultimi giorni fosse contraccambiato. Avevo bisogno che si arrendesse. Le sue dita rafforzarono la presa tra i miei capelli mentre il suo corpo si rilassava tra le mie braccia. Aveva ceduto, mi aveva affidato il controllo – la sua lotta era stata rimpiazzata dal desiderio che provava per me. Una vittoria.

Quando iniziai a uscire e rientrare dentro di lei, Violet si aggrappò al mio torace e mi sbottonò la camicia con un che di disperato. Cristo, la volevo nuda. Avrei voluto farla venire solo stuzzicandole i capezzoli con la bocca. Da come reagiva a ogni singolo stimolo, sapevo che a breve mi avrebbe supplicato di liberarla da quel tormento. Se avessi avuto più tempo a disposizione, avrei trascorso ore a godermi il suo corpo, avrei trovato ogni angolo segreto di lei con la lingua, ed ero certo che ne avrei trovati parecchi. La stretta della sua vagina perfetta era solo la punta dell'iceberg. Ne ero sicuro.

«Te ne vai sempre in giro tutta bagnata? Pronta a farti prendere?» domandai, grugnendo a ogni parola. «O è solo per me?»

«Non fermarti» mormorò. «Dio, ti prego non fermarti.»

Certo che no – non credevo ci sarei riuscito. Volevo rimanere lì, a scoparla per sempre, ad assaporare la sensazione di scivolarle dentro mentre le affondavo contro, con la probabilità che, se fossi arrivato abbastanza in fondo, avrei ottenuto tutto ciò che mi serviva.

Il suo respiro si fece affannoso, le sue unghie si conficcarono nelle mie spalle e tutto il suo corpo si tese mentre si dimenava contro di me, con la bocca aperta e gli occhi sbarrati. Per poco non persi la presa su di lei quando iniziò a pulsare intorno a me e venne silenziosamente sulla mia lunghezza. Cazzo, avrei voluto sentirla urlare. Infastidito dal fatto che il luogo in cui ci trovavamo condizionasse il modo in cui stavamo facendo sesso, continuai a spingere contro di lei; la osservai tornare in sé con un sorriso e poi allungare il collo per posarmi un bacio sulla mandibola. Era un bacio dolce, e sexy, e premuroso, e quasi interruppe il mio ritmo.

Con lei non avevo ancora finito. Volevo che capisse cosa ero capace di farle. Non si trattava di una semplice scopata. Non ero semplicemente un tizio con cui lavorava. Sentivo il bisogno di marchiarmi a fuoco nel suo cervello – di avere su di lei l'impatto che lei aveva avuto su di me. E per quanto riguardava Violet King, in questo momento, ne avevo avuto abbastanza di lottare contro i miei desideri. Mi ci sarei abbandonato completamente.

Lei sobbalzò, e da come si strinse intorno al mio pene capii che sarei riuscito a resistere abbastanza a lungo da farla venire di nuovo. Curvai i fianchi e i suoi occhi incrociarono i miei, nel panico.

«No, non di nuovo» disse, scuotendo il capo.

«Sì.»

«Alexander, non posso.»

«Puoi, e lo farai.»

Le sue mani si strinsero alle mie spalle, ma il suo intero corpo si rilassò. Si stava abbandonando a me – concedendomi il suo prossimo apice – e non c'era niente di più sensuale. Inclinai la testa per baciarla, alla ricerca di ogni stralcio di connessione che potesse donarmi.

Ora sapeva che non ero il solito uomo incapace di capire quanto fosse bella, quanto fosse intelligente. Sapeva che non se la sarebbe cavata con degli orgasmi finti come faceva di solito. No. L'avrei fatta venire non una, ma due volte. Le avrei dimostrato quanto poteva essere bello tra noi.

Spinsi con più forza e affondai il cazzo dentro di lei finché Violet non inclinò la schiena e allungò la testa in avanti, la sua bocca contro la mia, aperta, disperata e intima. Sarei venuto a breve se fosse rimasta così, e non ero pronto. Non ancora. Di soppiatto, prima che fosse troppo tardi, mi tirai indietro. le lasciai andare le gambe e mi appoggiai al muro per riprendere fiato.

Le sue mani scivolarono sul mio torace. «Non sei...»

Mi piaceva che neanche lei avesse finito. «Quasi» sussurrai. «Sei fantastica, cazzo.» Arretrai di un passo. «Voltati e poggia le mani contro il muro.» Riuscivo a stento a parlare, tanto ero eccitato, ma senza fare domande, lei si voltò e fece come le avevo ordinato.

Perfetto.

Poteva anche avere la lingua tagliente sul lavoro, ma quando si trattava di sesso sapeva obbedire.

La osservai per qualche secondo, analizzando le splendide curve disegnate dal suo corpo, poi avanzai e le posai le mani tra le gambe. «Apri.»

Lei divaricò le gambe, sospirò e spinse col fondoschiena all'indietro, tentandomi da brava strega qual era.

Mi avvicinai a lei, e chinai il capo. «So che ti piace essere scopata, Violet, ma normalmente non è così, vero? Di solito non è così bello. E invece dovrebbe esserlo sempre. E tu vuoi disperatamente che io ti faccia venire ancora.»

Le sue unghie graffiarono il muro quando chiuse le mani a pugno. «Disperatamente tanto quanto te» rispose.

Io ridacchiai. Certo che aveva una bella faccia tosta. Le avrei fatto vedere chi era disperato. Sporsi leggermente con un pollice oltre il suo ingresso, facendo pressione e picchiettando con le dita sul suo clitoride.

La sua testa scattò e lei mi guardò tormentata. «Ti prego» disse, le sue parole impregnate di desiderio.

Sotto la mia mano la sentii pulsare, e io mi ritrovai a rilassarmi, sapendo che lei mi desiderava quanto la desideravo io.

Violet premette le labbra tra loro e cercò di sopprimere i suoi stessi gemiti. Il suo corpo si contrasse, e lei mi guardò come supplicando misericordia, mentre le mie dita la mandavano in estasi. Non avevo intenzione di fermarmi. Se l'era cercata. Doveva fare più attenzione a ciò che chiedeva.

Il suo clitoride gonfio palpitò sotto le mie dita nell'istante in cui riprese a gemere e rilasciò la sua umidità sulla mia mano. Dio, volevo leccarla, succhiarla, assaporarla, e ci mancò poco che mi inginocchiassi per farlo. Mi fermai quando i suoi gemiti diventarono più intensi.

Dovevo entrare dentro di lei. Volevo sentirla stringersi intorno alla mia lunghezza mentre raggiungeva l'orgasmo.

La penetrai e quasi persi i sensi per il piacere ottenebrante che mi inondò. Ora proprio non sarei più riuscito a fermarmi.

Violet c'era quasi e io la stavo rincorrendo, stavo cercando di arrivare alla fine nello stesso momento mentre continuavo a scoparmela, e scoparmela ancora. La sua vagina si chiuse attorno a me e io eseguii un'ultima spinta prima di venire come se quella fosse la mia prima volta. Il mio corpo si irrigidì, desideroso di prolungare il più possibile la nostra connessione. Ero certo che i nostri respiri affannosi si potessero sentire riecheggiare per tutto l'ufficio, ma ero troppo appagato perché mi importasse. Lei era la scopata dell'anno. Del fottuto decennio.

«Visto? Ti avevo detto che saresti venuta con tanta veemenza da vedere le stelle» dissi, poi lasciai andare la presa sulle sue gambe e rimossi il preservativo.

«Datti una calmata. Non ho visto nessuna stella» replicò lei, ancora ansimante mentre si raddrizzava la gonna.

Sogghignai. Le sue guance rosse e le sue mutandine strappate raccontavano tutt'altra storia.

«Davvero?» Sollevai le sopracciglia.

Lei fece spallucce, ma una volta tanto, non ribatté.

Io sì che avevo visto le stelle, Cristo santo. Era stato stupendo. Era stato *più* che stupendo. E, dalla dolcezza nei suoi occhi e dal modo in cui ancora faticava a riprendere l'equilibrio, riuscii a capire che lo era stato anche per lei. Mi piaceva che non facesse moine né mi dicesse quanto fossi stato fantastico – non ero abituato alla sua reazione, e per quello la rispettai ancora di più. Magari ora avrebbe smesso di invadere i miei pensieri e di distrarmi da ciò che era importante. Tuttavia, quando rimasi incantato dal suo collo mentre si lisciava i suoi lucidi capelli neri e mi concentrai sulle sue gambe mentre si infilava di nuovo i tacchi alti, capii che non sarebbe stato così semplice.

11

VIOLET

Niente più fantasie su Alexander Knightley. Niente di niente su Alexander Knightley. E decisamente niente più sesso in ufficio. Dovevo evitare di comportarmi di nuovo in maniera così sconsiderata. Non volevo perdere il lavoro perché mi piaceva. E non ero sicura quale membro dell'ufficio fosse amico del nonno di Darcy, ma l'ultima cosa che volevo era metterla in imbarazzo facendomi beccare a fare sesso con uno dei *barrister*.

«Violet» mi chiamò Jimmy alle spalle.

Io sobbalzai e mi voltai sulla sedia. «Ehi.»

«Sei riuscita a ottenere qualche altra informazione per le fatture del signor Knightley?»

Grazie a Dio. Per un istante avevo pensato che stesse per comunicarmi che ero stata licenziata. O che tutti sapessero cosa io e Alexander avessimo combinato nel suo ufficio ieri. Ero paranoica. Normalmente passavo da un lavoro da cameriera a un altro, licenziandomi quando me ne ero stancata o volevo semplicemente provare qualcosa di nuovo. Questa volta, però, il lavoro mi stava piacendo – era diverso. Il timore di incrociare David mi aveva sempre tenuta lontana dal provare di nuovo a entrare nel settore della tecnologia. Ma qui ero a un mondo di distanza. Avevo iniziato a usare di nuovo il cervello, ed era una bella sensazione. Gli incarichi erano piuttosto semplici, però era bello sapere che c'era chi contava su di me; era bello svolgere un buon lavoro perché lo volevo e non solo per ottenere una mancia. E mi piaceva il fatto che mi fosse stato assegnato un compito quasi impossibile e che si fidassero di me per realizzarlo. Nessuno aveva contato né aveva fatto affidamento su di me per molto tempo.

«Non ancora. Stavo lavorando a questo.» Indicai la tabella che avevo aperto poco prima.

«Sono tutti gli importi che sono stati pattuiti ma che vanno ancora fatturati. Ho aggiunto le stime comunicate dai cancellieri. In questo modo, Knightley… il signor Knightley può limitarsi a confermare quelle che sono corrette. Di quelle che restano potremo occuparci separatamente.»

«Gran bell'idea» commentò Jimmy, sbirciando dal limitare della mia scrivania. «E sta andando bene? Insomma, non è troppo un...»

«Uno stronzo?» Terminai la frase per lui. «Certo, lo è.» Scrollai le spalle mentre Jimmy faceva una smorfia. «Ma posso gestirlo.» Chiusi le gambe al pensiero della sua mano al di sotto della mia gonna e della sua lingua nella mia bocca.

Jimmy annuì. «Ottimo. Magari però non dargli dello stronzo in un luogo in cui potrebbe sentirti.»

«Hai ragione» dissi e picchiettai con la penna contro la tabella.

«Ti stai trovando bene a Londra?» domandò, chiaramente non ancora pronto a rinunciare al suo posto sulla mia scrivania.

«Certo» risposi. «È una gran bella città. E molti dei musei sono gratis, il che è grandioso.»

«Beh, semmai avessi bisogno di una guida, questa qui è gratis» propose, indicandosi con un pollice. Io sorrisi. «Buono a sapersi.»

Lui tornò ad aprir bocca, senza dubbio per invitarmi a fare un giro turistico nel finesettimana, ma per fortuna il capo dell'ufficio, Lance Eddington, uno dei *barrister* più anziani, ci interruppe. Che diavolo ci faceva nella sala dell'amministrazione?

«Ahh, Jimmy, ti stavo cercando.» Jimmy saltò giù dalla mia scrivania come se avesse ricevuto una scarica elettrica dritta nel fondoschiena.

«Cosa posso fare per lei, signore?»

«La prossima settimana ci sarà il Premio per l'Avvocato dell'Anno e stiamo ricevendo rifiuti su rifiuti, come al solito. Solo stamattina ho ricevuto tre disdette.»

Ne avevo sentito parlare. Apparentemente, questi premi erano roba grossa – perlomeno, tutti i cancellieri erano su di giri.

«Rimangono solo un mucchio di vecchi raggrinziti che non dovrebbero stare svegli fino a tardi, e te. Abbiamo bisogno di un po' di carne fresca. Ho detto ad Alex che deve esserci, niente scuse.»

Al sentir menzionare Alexander, il mio stomaco si contorse. Mi misi a fissare il pavimento, augurandomi che nessuno si fosse accorto della vampata di rossore che mi aveva acceso le guance. Come era possibile che quell'uomo mi facesse arrossire? Di certo non ero mai arrossita per nessun motivo in tutta la mia vita.

«Ma abbiamo bisogno di più giovani. E più donne» continuò Lance.

«Certo. Chiederò alla signorina Atlee e alla signorina Jenkins.»

Lance scosse il capo. «No, nessuna di loro può. Una è in vacanza, l'altra sarà in aula quella settimana. E ho già interpellato sia Pollyanna che Bea, non verranno neanche loro.» Lance sospirò. Non era strano che stessero avendo difficoltà a trovare donne che si unissero a loro. L'ufficio era a esclusiva dominazione maschile. Non solo tra gli avvocati, ma anche tra i cancellieri.

«Abbiamo bisogno di maggiore diversità, nell'ufficio» continuò. «Sono anni che lo dico.»

«La situazione è migliorata rispetto al passato» commentò Jimmy, e Lance borbottò sottovoce.

«E tu, mia cara?» domandò Lance, adocchiandomi.

«Oh, ho solo un contratto a tempo determinato.»

«Violet, giusto?»

Come diavolo faceva a conoscere il mio nome? Annuii. «Sì, signore.»

«Mi chiami Lance. So che sta facendo un lavoro eccellente. Ed è americana» disse, come se la mia nazionalità fosse una disabilità che avevo superato per miracolo. Ma non mi sentii insultata. Il mio cuore si gonfiò d'orgoglio sapendo che mi conosceva e che aveva sentito che stavo svolgendo un buon lavoro.

«Sì, signore.»

«Per caso giovedì sera ha la possibilità di venire al Grosvenor a Park Lane? Saremo tutti in smoking. Avrà la possibilità di vedere un mucchio di avvocati ubriachi.»

«Non saprei» risposi, sorpresa che avesse pensato a me. «Credo di avere già degli impegni. Ma posso controllare.» Ovviamente sapevo di essere libera, ma sapevo anche che non avevo nulla da indossare.

«Oh, mi fa molto piacere. Sarà la ventata di aria fresca che ci serve. Segni Violet per un biglietto d'ingresso, Jimmy.»

«Sì, signore» replicò Jimmy, e Lance andò via.

«Com'è successo?» domandai a Jimmy, una volta tornati soli. «Ho detto solo che avrei controllato, e invece ho dato la mia adesione?»

«Ecco perché è uno dei migliori avvocati della sua generazione. Ottiene ciò che vuole. Sa esattamente quanto fare pressione.» Tornò a sedere sulla mia scrivania.

Dopotutto era una cena gratis, no? E magari avrei potuto prendere in prestito un abito da Darcy.

«Immagino che il prossimo giovedì andrò al Grosvemor a Park Lane.» Almeno non avrei dovuto spendere soldi per un taxi, avrei raggiunto l'hotel a piedi vista la scarsa distanza da casa di Darcy e Ryder. «Sarà divertente?»

«Certo» replicò lui ammiccando. «Ci sarò *io*, e sai che significa?» Sporse un orecchio in attesa che io finissi la frase.

«Spasso?» risposi.

Lui fece schioccare le dita e poi le usò per indicarmi. «Esatto.»

Sorrisi velatamente. Ero quasi sicura che Jimmy stesse tastando il terreno con me, per verificare se rispondevo o meno ai suoi flirt non esattamente sottili. Speravo che si stufasse in fretta e passasse oltre. Avevo già abbastanza affari da gestire in quell'ufficio.

Jimmy non dava l'impressione di volersi spostare, ma io volevo che quella conversazione terminasse, così mi alzai. Jimmy mi seguì lungo il corridoio e continuò a chiacchierare riguardo cosa aspettarsi dalla cerimonia finché, finalmente, io riuscii a intrufolarmi in bagno.

Sulla strada del ritorno, svoltai un angolo e vidi che Alexander si dirigeva verso di me in compagnia di un altro *barrister*. Cazzo. Stavo cercando di evitarlo. Non potevo certo voltarmi e tornare indietro senza fare la figura dell'idiota. Già solo sapere che si trovava nel mio stesso edificio era troppo. In qualche modo, sembrava riuscire a privarmi di ogni difesa e a guardarmi nell'anima.

Sorrisi con il capo chino ed evitai il contatto visivo con entrambi, ma una volta oltrepassati, non riuscii a resistere dal lanciare un'occhiatina a quel suo sedere sodo da sopra una spalla. Quando voltai la testa, i miei occhi incrociarono i suoi. A quanto pareva, anche lui mi stava sbirciando il fondoschiena. Era già abbastanza difficile stare lontano da lui anche senza sapere che mi voleva, forse quanto io volevo lui.

Ero decisamente fottuta.

12

ALEXANDER

Tornato dal pranzo, trovai una tabella sulla mia scrivania. Ovviamente, ancor prima di sedermi, sapevo che lei era stata nel mio ufficio. Il profumo di Violet ormai aveva invaso quasi permanentemente il mio spazio. Era solo più forte se era entrata da poco. E questo dettaglio mi piaceva parecchio. Da quando io e mia moglie ci eravamo separati, avevo lavorato più duramente che mai. I miei incontri con esponenti del genere femminile erano stati sporadici e puramente fisici. E per un buon motivo. Avevo capito che ero bravo in alcune cose, e meno bravo in altre. Le donne non erano il mio forte. Non capivo mai cosa volessero da me ed ero certo di non avere niente da offrire.

Mantenere i rapporti sul piano fisico mi garantiva di non far arrabbiare nessuno; non mandavo mai messaggi fraintendibili. Mia moglie mi accusava sempre di dare la priorità al lavoro più che a ogni altra cosa, ed era vero. Ero bravo, con la legge. La capivo, e non mi chiedeva più di quanto potessi darle. Più lavoravo, più ferrato diventavo nel mio lavoro. Più ero rimasto sposato, più le cose tra me e mia moglie erano peggiorate.

La mia concentrazione era stata altrove da quando Violet era arrivata in ufficio.

Avevo sperato di togliermela dalla testa facendo sesso con lei, ma non era successo. Solo averla scorta per un attimo in corridoio, ieri, aveva risvegliato la mia virilità, che ne voleva ancora.

Però ora basta. Basta. Ero qui per lavorare, per concentrarmi su ciò in cui eccellevo. Sarebbe stato un anno importante, per me. I prossimi casi di cui avrei dovuto occuparmi avevano il potere sia di far decollare che di distruggere la mia carriera. Dovevo fare del mio meglio. E negli anni passati avevo ferito abbastanza donne da sapere che a Violet avrei potuto procurare solo dolore e disappunto.

Esaminai la tabella e notai i nomi familiari di casi e importi. Merda. C'erano parecchie fatture da emettere. Non mi ero reso conto di aver lasciato che la cosa mi sfuggisse tanto di mano. Presi una matita e iniziai a esaminare la lista. Violet aveva annotato tutto in maniera brillante, raggruppando insieme i casi simili e calcolando una stima di quanto sarebbero costati. Mi rendeva le cose più semplici. Proseguii rigo per rigo, o confermando l'importo supposto da Violet, o disegnandovi accanto una croce e annotando a quanto dovesse ammontare la cifra. Se fossi riuscito a completare quell'incarico, forse Violet non avrebbe più avuto bisogno di disturbarmi.

Nonostante fossi sovraccarico di lavoro, dedicai a quella tabella più tempo di quanto avrei dovuto. Volevo che Violet avesse tutto ciò che le serviva. In parte perché così non avrebbe dovuto farmi altre domande, ma anche perché volevo che si guadagnasse una buona reputazione, in ufficio. Era intelligente, e anche se la maggior parte dei cancellieri e dello staff aveva paura di me, di certo Violet non ne aveva. Mi intrigava il modo in cui ribatteva a ogni cosa che dicevo. Mi piaceva.

Troppo. Esattamente il motivo per cui dovevo tenerla lontana.

Spuntai l'ultima voce della lista e andai alla ricerca di Violet. Dovevo togliermi il cerotto, dirle in maniera chiara che tra noi non sarebbe dovuto accadere nient'altro e che avremmo dovuto mantenere un rapporto esclusivamente lavorativo. *Meglio tardi che mai.*

Spalancai la porta e mi diressi dritto nella stanza dei cancellieri, e ci mancò poco che sbattessi contro Violet.

«Vi... signorina King.»

Lei chinò il capo e si spostò di lato, cercando di superarmi.

«In verità la stavo cercando.» Sollevai la tabella a mo' di spiegazione.

«Oh» disse, esaminandola. «Gli ha dato un'occhiata?» Non mi stava guardando di proposito o era davvero così affascinata dai documenti?

«Sì. Posso parlarle un attimo nel mio ufficio?»

Lei assottigliò lo sguardo e premette le labbra tra loro. «Okay» rispose. Mi voltai e aprii la porta.

«Chiuditi la porta alle spalle, se non ti dispiace.»

La porta scattò dietro di me mentre mi dirigevo verso la mia scrivania. Quando mi voltai, Violet era rimasta nei pressi dell'ingresso.

«Credo sia meglio che io resti qui.»

Io alzai gli occhi al soffitto e presi posto sulla scrivania. Certo, volevo tenerla a debita distanza, ma non c'era bisogno che si comportasse come se fossi un ammasso di scorie tossiche. Gesù, questa donna di certo non si curava di far nulla per lusingare l'ego di un uomo.

«Volevo solo restituirti la tua tabella e suggerire...»

Lei sollevò una mano per zittirmi. «Voglio che le cose tra noi restino puramente professionali» affermò. «Tu laggiù. Io quaggiù. Meno ci vediamo, meglio è. Nel caso in cui ti servisse qualcosa, puoi scrivermi un'email. Lavorativa, ovviamente.» Vagò con lo sguardo lungo la stanza e si concentrò su tutto tranne che su di me. «In quanto tua assistente.»

Non era così che mi ero aspettato che sarebbe andata questa conversazione. Mi ero aspettato di fornirle delle spiegazioni, di doverla convincere che dovevamo rimanere lontani.

«Sono d'accordo» dissi, poi mi alzai in piedi e affondai le mani nelle tasche del completo. «Siamo colleghi. Non credo sia il caso di confondere i nostri reciproci confini.»

Lei mi guardò per la prima volta da quando aveva messo piede nel mio ufficio. «Oh.» Annuì.

«Bene. Esattamente quel che pensavo io.»

«Sono lieto che concordiamo» continuai, non riuscendo a trattenere un ghigno che fece capolino a un angolo delle mie labbra.

Chiaramente si era aspettava che io non fossi d'accordo. Immaginai che la maggior parte degli uomini protestasse, quando lei li rifiutava. Grazie a Dio aveva facilitato le cose a entrambi. In questo modo, avremmo potuto comportarci da adulti e continuare a fare il nostro lavoro come se nulla fosse mai successo tra noi.

«Verrò a prendere altre cartelle quando sarai a pranzo o in aula.» Feci cenno di sì col capo. «Ha senso.»

«Se avrò delle domande, te le invierò via email o ti lascerò un biglietto qui in ufficio.»

«Va bene.» Voleva davvero starmi lontano e, anche se fino a pochi minuti prima avevo voluto lo stesso, il suo bisogno di mantenere le distanze mi intrigava. Mi trovava forse così irresistibile da non riuscire a fidarsi di sé stessa se si fosse trovata accanto a me? Mi sentivo esattamente allo stesso modo.

«Bene» disse lei.

«Eccellente» replicai io.

Quando mi guardò con quei suoi occhi azzurri, sbattendo le palpebre con lentezza calcolata, avvertii il desiderio di sbottonarle la blusa e avere libero accesso al suo seno. Di infilarle una mano su per la gonna e tastare per un'ultima volta la sua figa morbida. Mi ispirava un istinto animale che non avevo mai avvertito prima d'allora.

A che pensavo? Probabilmente era una strega. Non c'era altra spiegazione. Di solito le donne non mi condizionavano a tal punto, non tenevano in ostaggio la mia concentrazione come faceva Violet. Mi schiarii la gola e le porsi la tabella. «Ecco, gentilmente, chiudi la porta una volta fuori.»

Lei avanzò e afferrò la tabella. «Grazie» disse; le nostre dita si sfiorarono. Quel tocco ingigantì il mio bisogno nei suoi confronti, il desiderio di attirarla a me. Resistetti, arretrai e la guardai voltarsi, con una piccola fossetta tra le sopracciglia come se si sentisse profondamente confusa.

Alzai lo sguardo quando la maniglia in ottone cigolò. Lei guardò all'indietro, oltre una spalla. «Arrivederci, Alexander.»

«Arrivederci, Violet.»

Ripresi a guardare il computer portatile e tornai al mio lavoro – qualcosa che mi faceva sentire a mio agio, un ambito della mia vita in cui sapevo di essere bravo.

13

VIOLET

«Puoi prendere quello che preferisci, davvero» disse Darcy mentre io me ne stavo seduta sul pavimento a gambe incrociate ai piedi del suo enorme letto a baldacchino, osservando il suo armadio.

Feci una smorfia al sentire le grucce cigolare. Darcy stava cercando nel suo armadio degli abiti che avrei potuto prendere in prestito per la cerimonia.

«Ma quale ti piace di meno?» domandai.

«Sono abiti, non ex fidanzati» replicò. «Prendi quello che ti piace di più.» Prese una gruccia e fece una giravolta, reggendo in mano un abito avvolto in un sacco di plastica protettivo.

«Questo colore ti donerebbe tantissimo.»

«Viola?»

«Ha una cintura di strass. È così bello.» Aprì il sacco e ne estrasse una fontana di chiffon viola dalle sfumature bluastre. «È color blu fiordaliso.»

Mi sporsi in avanti per tastare la stoffa. «Sembra costoso… è fin troppo bello per me.»

«Non essere ridicola. Provalo.»

Mi alzai in piedi, deliziosamente tentata da quell'abito da favola ma incapace di liberarmi dalla sensazione che non sarei mai riuscita a rendergli giustizia.

«Dai. Spogliati e togliti il reggiseno. È monospalla.»

Darcy mi guardò ansiosa e io iniziai a svestirmi. «Allora, come va la situazione uomini?» domandò con gli occhi curiosi.

Non le avevo ancora parlato di Alexander. «Non c'è nessuna situazione» dissi intanto che mi sfilavo i jeans.

«Di certo non sarà trascorsa un'altra settimana senza che tu abbia irretito qualche uomo con un incantesimo dei tuoi?» Darcy mi porse il vestito e io iniziai a infilarlo. Lo chiffon sfiorava la mia pelle come un migliaio di baci. Rabbrividii.

«Wow. Ti sta d'incanto.» Diede una smossa alla stoffa sulle mie spalle. «La spallina funziona un po' come uno scialle o una sciarpa» spiegò mentre il tessuto galleggiava alle mie spalle. Sulla gruccia il corpetto era sembrato di vestibilità ampia, ma una volta indossato mi aderiva alla gabbia toracica e mi avvolgeva tutta con un taglio attillato.

«È troppo bello» ripetei, abbassando lo sguardo. «Non posso assolutamente prenderlo in prestito.»

«Ovvio che è bello; è un Elie Saab, e *devi* prenderlo in prestito. Guardati allo specchio.» Indicò lo specchio a figura intera dall'altro lato della stanza. «Sei splendida.»

Mi sollevai sulle punte per evitare di far strisciare la gonna lungo il pavimento. «Oh wow, ha uno spacco» notai quando il tessuto si aprì, rivelando una gamba quasi fino all'altezza del fianco.

«Solo da un lato» rispose Darcy. «Con quelle gambe, è l'abito perfetto per te.»

Rimasi di fronte allo specchio – sembravo così diversa. E non ero sicura si trattasse solo del vestito. *Le cose* erano diverse a Londra. *Io* ero diversa a Londra. La spavalderia che normalmente indossavo a mo' di scudo era stata rimpiazzata da una genuina voglia di imparare e di sperimentare.

«Se ancora non sei riuscita a trovare un uomo a Londra, ci riuscirai con questo vestito» disse Darcy con un sorriso.

Non avevo mai indossato nulla di così bello e certamente di così costoso. Mi voltai da un lato. La mia vita sembrava molto più stretta di quanto fosse in realtà, e il movimento della stoffa lungo i miei fianchi mi faceva sentire come se fossi appena uscita dal set di *High Society*. Per un attimo, immaginai la faccia che avrebbe fatto Alexander quando mi avesse vista. Quel suo ghigno riluttante mi faceva venir voglia di avvolgergli una mano intorno al collo e baciarlo. Scossi la testa e cercai di liberarmi di quell'immagine.

«Forse» dissi. Non sarei stata più capace di indossare nulla all'infuori di quell'abito, ormai. Me ne ero innamorata. Ma non ero così preoccupata di trovare un uomo. Mi stavo solo godendo la mia vita a Londra.

«Sono felice che tu esca, finalmente. Non sembri farlo tanto quanto eri abituata a New York. Sei sicura che tu ti stia divertendo?»

A New York uscivo ogni volta che le mance me lo permettevano. Ovviamente, a Londra avevo meno amici. Qualcuno dello staff amministrativo o dei cancellieri mi aveva invitata ad andare al pub, un paio di volte, ma avevo sempre trovato una scusa per declinare l'invito. Per qualche motivo, non volevo trascorrere le mie serate a bere e flirtare. A Londra non vedevo l'ora di andare al lavoro al mattino, anziché maledire ogni passo che mi avvicinava al ristorante. Mi piaceva trascorrere le mie serate da sola a casa invece di trovare qualche collega a caso con cui uscire e andare a caccia di ragazzi.

«Mi sto divertendo molto. Solo che non è il mio solito tipo di divertimento.» Era la prima volta, da molto tempo, che mi sentivo come se mi trovassi nel posto giusto. A New York mi ero talmente sforzata di vivere il momento, senza preoccuparmi di cosa ci fosse ad aspettarmi più in là lungo la strada, che non ero mai riuscita ad assicurarmi che valesse la pena di viverlo, quel momento. Avevo semplicemente dato per scontato che impegnarsi per un obiettivo futuro fosse uno spreco, ma ora non ne ero più così sicura. In ufficio ero sempre circondata da gente che lavorava sodo in prospettiva del domani, e non sembrava più così spaventoso. Stavo iniziando ad accorgermi che forse le cose per me potevano cambiare, che non dovevo più sottostare al peso del mio passato.

Potevo scegliermi un nuovo percorso.

«Sono molto felice che sia così. È bello averti vicina.» Darcy e io osservammo il mio riflesso allo specchio.

«Sei sicura che non ti dispiaccia prestarmelo?»

«Insisto. Che mi dici delle scarpe? Che numero porti? Oh, e la borsa!»

Darcy era probabilmente una delle persone più generose che avessi mai incontrato.

Tornammo verso il suo armadio. «Prova queste.» Mi porse un paio di scarpe col tacco argentate.

«Non posso. Sono troppo alte.»

«Stanno benissimo sotto quel vestito, e hai a disposizione qualche giorno per fare pratica. Inizia indossando dei calzini per evitare le vesciche.» Darcy era chiaramente abituata a quel mondo di feste ed eventi mondani londinesi, ma io non lo ero. Avevo osservato Scarlett prepararsi per occasioni del genere un milione di volte, però non avevo mai pensato che mi sarebbe piaciuto andarci io stessa, figuriamoci sentirmi eccitata al riguardo. E invece lo ero. A Londra mi sentivo più libera di quanto ricordassi di essere mai stata. Non mi era mai sembrato di essere in trappola a New York, ma guardandomi indietro, lo ero stata. Avrò anche lavorato in un centinaio di ristoranti diversi, circondata da un migliaio di persone diverse, ma le mie giornate erano sempre state tutte uguali. Ero stata vincolata in un modo in cui qui non lo ero. A New York, il mio passato mi rincorreva e avevo la sensazione che tutti mi guardassero di sottecchi, ricordandomi perché ero ancora bloccata in quel punto. A Londra invece non mi conosceva nessuno.

«Non so davvero come ringraziarti, Darcy.»

«Te l'ho già detto, non è niente. Sono felice che qualcuno torni a indossarlo: è troppo bello per lasciarlo ammuffire in un armadio.»

«Non parlo solo dell'abito. Grazie per avermi consigliato di venire a Londra, per avermi permesso di vivere in questa casa. Non hai idea di quanto io mi senta meglio.»

Lei sogghignò. «Sono felice per te. Ora ci serve solo che tu trovi un bel cavaliere in armatura scintillante che ti salvi, e tutto il resto sarà perfetto.»

Feci cenno di no col capo. «Non ho bisogno di essere salvata.» Dicevo sul serio. Ero sempre seria quando affermavo di non avere bisogno di un uomo, ma normalmente non facevo altro che andare a letto con un tizio qualunque per circa un mese fino a stancarmene. Ora non andavo a letto con nessuno, e mi andava bene. Mi andava più che bene. Londra mi stava cambiando.

14

ALEXANDER

Controllai il mio orologio, poi afferrai lo schienale della sedia e mi alzai in piedi di fronte al tavolo rotondo a cui erano seduti i membri del nostro studio. Mi guardai intorno e riconobbi alcuni volti. Con alcuni avevo lavorato. Altri erano familiari perché partecipavano sempre a questo genere di eventi.

Ero stato uno dei primi ad arrivare al tavolo. Prima ci saremmo accomodati, prima la serata avrebbe avuto inizio, e prima sarebbe terminata.

«Alex» mi chiamò un uomo alla mia destra. Mi voltai e riconobbi Graham Ridley che si stava dirigendo verso di me con un braccio teso.

Ci stringemmo la mano. «Graham. È un piacere vederti.»

«Grazie per il tuo aiuto con il caso United Streets.»

Graham era socio di uno studio legale con cui collaboravo spesso. Uno dei suoi colleghi mi aveva affidato un po' di lavoro, l'anno precedente.

«Grazie per avermi scelto per il caso.»

«Sospetto che presto non potremo più permetterci di assumerti. In un paio d'anni ti nomineranno senz'altro *King's Counsel.*»

Avevo intenzione di ricevere la nomina il prima possibile, ma dubitavo che sarebbe accaduto prima di diversi anni. Diventare *King's Counsel,* o ricevere la seta, come si diceva in gergo, era la massima promozione che un *barrister* potesse ricevere e non si verificava prima di dieci anni dal richiamo all'Ordine. Visto il tipo di lavoro di cui mi occupavo, a me sarebbero serviti almeno vent'anni. Mio padre c'era riuscito al suo diciottesimo anno di professione, e io non volevo metterci neanche un anno in più di lui. «Manca ancora un po'» replicai. «Che mi dici di te? Come stai?»

Dopo aver chiacchierato per qualche minuto, Graham si diresse verso il suo posto e un altro socio di uno studio legale mi si avvicinò. Presentarmi in anticipo al tavolo era stata chiaramente una pessima strategia. Avrei dovuto aspettare fino all'ultimo minuto.

Il tavolo continuò a riempirsi con Lance, Craig, Jimmy e altri. Rimanevano solo un paio di posti.

«Chi manca?» domandai, sporgendomi verso Craig.

«James arriverà a momenti» rispose Lance, prima di rivolgere un cenno alla scalinata. «E Violet King è appena arrivata.»

Cazzo. Mi guardai intorno. C'erano un posto libero accanto a Jimmy e un altro accanto a me. Quindi l'avrei avuta o di fronte, o accanto. Se avessi saputo che sarebbe venuta avrei inventato una scusa per non presenziare. Non ci vedevamo da qualche giorno e anche se il mio desiderio nei suoi confronti non mi aveva abbandonato del tutto, era diminuito. La sua presenza qui di certo lo avrebbe riacceso, che era esattamente ciò che volevo evitare.

«Ho saputo che ti ha messo in riga» disse Lance.

«Ah sì?» replicai.

«Gran bella fortuna» commentò Lance. «Sai cosa penso delle condizioni del tuo ufficio.»

Lance aveva palesato in più occasioni quanto ritenesse che al mio ufficio servisse una sistemata. Aveva lavorato come *junior* di mio padre e quando ero appena approdato allo studio, mi aveva detto che tutto ciò a cui aspirava era riuscire a farmi da mentore anche solo la metà di quanto mio padre lo era stato per lui. Era l'unico a cui davo retta a parte Craig, ed era più che un mentore, era più di quanto potessi sperare. Aveva un sesto senso per capire quando ero sul punto di rottura e riusciva sempre a tenermi su di morale senza che neanche me ne accorgessi. Aveva un gran bel cervello e un tocco delicato, e io lo rispettavo molto.

Lance e Craig iniziarono a discutere di qualcosa, e io non riuscii a resistere alla tentazione di voltarmi per osservare Violet. La individuai subito, a metà della scalinata curva, che esaminava la sala alla ricerca del nostro tavolo.

Il mio cuore iniziò a palpitare all'impazzata. Non averla vista per giorni aveva peggiorato le cose, e ora era qui. Ed era da mozzare il fiato. L'avevo sempre trovata attraente, ovviamente, ma non credevo di essermi pienamente reso conto di quanto fosse bella fino a oggi. La sua pelle era luminosa e i suoi capelli scuri le accarezzavano le spalle. Quando fece qualche altro passo in avanti, lo spacco del suo abito rivelò una delle sue lunghe gambe affusolate. Merda. Il cuore mi rimbombò nelle orecchie e soppresse il suono della musica e il rumore del chiacchiericcio, lasciando solo lei. Volevo precipitarmi sulle scale e trascinarla via da quella maledetta serata. Riportarla in hotel e limitarmi a guardarla, per un po', prima di toglierle di dosso quel bel vestito e venerarla.

Più si avvicinava al tavolo, più avevo il fiato corto, e anche se sapevo che sarebbe stata una mossa insensata, volevo assicurarmi che sedesse accanto a me e non a Jimmy.

Notai James farsi strada tra la folla verso il nostro tavolo, e mi spostai così da celare il posto libero affianco a me, in modo che lui finisse col prendere la sedia accanto a Jimmy. Non sapevo se sarebbe bastato a distrarlo.

«Gordon» esordii e strinsi la mano di un altro *barrister* di uno studio rivale. «È bello vederti.» Mantenni la presa sulla sua mano più del necessario, creando un'ulteriore barriera tra James e il posto libero accanto a me.

Gordon mi guardò, con gli occhi stretti, la fronte aggrottata come se fosse appena scivolato in un universo alternativo. «Anche per me è un piacere vederti, Alex. Buona fortuna per stasera.»

Con la coda dell'occhio, vidi James oltrepassare la barriera umana che avevo creato insieme a Gordon per accomodarsi accanto a Jimmy. «Grazie.» Sogghignai verso Gordon. Probabilmente non mi aveva mai visto sorridere. Non accadeva spesso, ma ero piuttosto soddisfatto del modo in cui avevo manipolato l'assegnazione dei posti.

E giusto in tempo, dato che Violet era a pochi passi di distanza.

Jimmy la notò e le offrì il suo posto, probabilmente perché desiderava farla sedere accanto a Craig per poi occupare lui la sedia affianco alla mia. Non sarebbe successo, cazzo.

«Questo posto è libero» dichiarai a voce alta, così da farmi sentire dall'intera tavolata.

Violet rifiutò l'offerta di Jimmy – non poteva fare altrimenti senza risultare maleducata. Magari non assecondava i miei maltrattamenti, ma non era scortese, o comunque non più scortese di quanto servisse. Si spostò lungo il tavolo e salutò tutti i membri dello studio.

Ci mise un secolo, o almeno ebbi quest'impressione, per arrivare da me.

Mi offrì un sorriso timido mentre le scostavo la sedia e alla fine si accomodò. Annusai una zaffata di gelsomino e chiusi gli occhi, li tenni serrati per qualche istante. Forse avrei dovuto lasciarla sedere accanto a Jimmy.

Il tavolo era pieno, tutti noi eravamo seduti. La mia gamba destra era a breve distanza dalla sua, il suo calore mi riscaldava, il suo respiro mi rilassava.

Cazzo. Non avevo idea di come avrei fatto ad affrontare la serata. Allo stesso tempo, non avrei voluto che andasse diversamente.

Sapevo di sbagliare a volerla. Diamine, la conoscevo a malapena, ma il modo in cui non si sentiva affatto intimidita da me, il modo in cui mi parlava, era come se si fosse liberata di tutti i miei strati e avesse visto il vero me. Per lei non ero il figlio di mio padre. Né il futuro dello studio, né un marito fallito, né un brillante avvocato. Ero solo un tizio che le rendeva il lavoro difficile ma che sapeva farla venire. Non badava ai dettagli irrilevanti, il che non faceva che farmela desiderare ancora di più. Se fossi stato attratto solamente dalla sua bellezza, resisterle sarebbe stato più semplice.

Con mia sorpresa e sollievo, la maggior parte della cena trascorse con Violet intenta a fare conversazione con il *barrister* alla sua destra. Non credevo di avergli mai rivolto la parola. Forse si chiamava Robert. Cosa aveva da dire di tanto affascinante?

Mentre veniva servito il *pudding*, il presentatore della serata comparve sul palco e ci intrattenne con qualche battuta poco divertente. Dopodiché, ci informò della lotteria di beneficenza obbligatoria e di come avremmo dovuto scrivere i nostri nomi su una banconota da venti sterline e infilarla in una delle buste dorate che giacevano accanto al centrotavola nel bel mezzo del tavolo.

Sospirai ed estrassi il mio portafogli e la mia penna dall'interno della giacca. Presi due banconote da venti sterline e le posai sul tavolo.

Violet aveva la sua borsa in grembo e vi stava scavando dentro. Posai una mano sulla sua. «Ci penso io» dissi.

Lei mi guardò con gli occhi leggermente sgranati. «Sono sicura di...»

«Violet, non devi pagare di tasca tua per il biglietto della lotteria. Nel nostro studio ci sono fin troppe tradizioni antiquate e sessiste, ma qui si tratta solo di buone maniere. Guarda.» Feci un cenno verso l'altra metà del tavolo. «Lance sta pagando per i biglietti di Craig e Jimmy. È così che funziona.»

Lei sospirò e richiuse la borsa. «Grazie.»

«È solo...»

«Il modo in cui funzionano le cose. Ho capito. Non intendo prenderla sul personale.»

Non era personale, ma per qualche ragione desiderai che lo fosse. Mi sarebbe piaciuto farla sentire speciale, perché lei *era* speciale.

Infilai le banconote viola nella busta dorata e la passai a chi sedeva alla mia sinistra. Tutti gli occupanti del tavolo erano impegnati a chiacchierare, e nessuno stava guardando me e Violet. Feci scivolare le dita lungo il ginocchio che lo spacco del suo abito aveva lasciato scoperto. «Sei bellissima stasera.» Che stavo facendo?

Lei inspirò a fondo. «Alexander. Eravamo d'accordo.»

Io annuii. Era vero, e per migliaia di motivi diversi, era la cosa giusta da fare.

Eppure le mie dita continuarono a salirle lungo la gamba. Era un gesto involontario. Non riuscivo a fermarmi. Avevo decine di validi motivi per fermarmi, ma non avevano alcun potere di fronte al bisogno che provavo, al desiderio che lei mi causava.

Violet posò una mano sulla mia. «Alexander.»

«Non vuoi?» domandai, facendo del mio meglio per fingere di stare semplicemente chiacchierando.

«Non la senti, questa... energia tra noi?» Gesù, suonavo banale e patetico. Era solo che non mi ero mai sentito così profondamente connesso a una donna, prima di allora, e averla così vicino stava facendo dissipare tutti i motivi per cui dovevo tenermi lontano da lei.

«La sento. Ed è un problema.» Mi osservò attraverso le sue lunghe ciglia. «Smettiamola finché siamo in tempo.» Si guardò intorno come alla ricerca di un'uscita. «Perdonatemi, devo andare alla toilette» annunciò, poi si alzò e la mia mano scivolò via dalla sua coscia.

Mangiai il mio *pudding* mentre la osservavo passare attraverso i tavoli finché Jimmy non la raggiunse. Si fermarono, parlarono per un po', e lei si dimostrò più partecipe con lui di quanto lo fosse stata con me. Sfoggiava un sorriso ampio e un paio di volte chinò la testa all'indietro per ridere. Lo trovava attraente? Stava flirtando con lui? Senza alcun dubbio, lui stava flirtando con lei. D'altronde possedeva un pene e per quanto ne sapessi era eterosessuale, e insomma, chi diavolo non ci avrebbe provato con Violet King? Era stupenda.

Avvertii un accenno di pelle d'oca sulla nuca. Jimmy doveva lasciarla perdere o lo avrei licenziato, preso a pugni, oppure avrei fatto una pessima figura.

Alla fine tornò al tavolo, e la mia urgenza di connettere il mio pugno al suo mento cessò.

Dovevo riprendere il controllo. Ero completamente nel pallone. Stavo permettendo alla mia eccitazione di governare la mia mente.

Violet era stata chiara: qualsiasi cosa fosse successa tra di noi non si sarebbe ripetuta. Di certo non avrei dovuto stare seduto accanto a lei per una cerimonia ogni settimana. Eravamo giunti a un accordo grazie al quale, in ufficio, non avrei dovuto incrociarla.

Mi alzai in piedi con l'autocontrollo e la disciplina che mi scorrevano nelle vene. Girai intorno al tavolo fino ad approdare da Lance. «Perdonatemi, ma devo andare via. Ho appena ricevuto una telefonata per un'ingiunzione d'emergenza.»

Lance si voltò. «Ma certo. Buona fortuna, ragazzo mio.»

«Grazie, Lance. Ci vediamo domani.»

Attraversai la sala da ballo con lo sguardo fisso davanti a me, determinato a non cercare con gli occhi Violet King.

VIOLET

Ero stata costretta a lasciare il tavolo. Al tocco di Alexander mi era sembrato di affondare nelle sabbie mobili, e avevo dovuto andar via prima di cedere e di farmi inghiottire per intero. Uscii dal bagno delle donne più sicura di prima, e tornai al tavolo. Normalmente avrei più che incoraggiato le avances di un uomo alto, cupo e sexy come Alexander, anche se era uno stronzo arrogante. Non ero abituata a rifiutare dell'ottimo sesso, ma per la prima volta nella mia vita, avevo sentito il tintinnio di una campana che mi metteva in guardia da Knightley, motivo per cui avevo insistito per restare nient'altro che colleghi. Avevo delle motivazioni pratiche per continuare a lavorare con lui, il che significava che continuare la nostra relazione fisica era una pessima idea, già solo perché non intendevo mettere Darcy in una posizione scomoda, ma ancor di più, perché qualcosa del mio istinto mi stava dicendo di stargli alla larga. Mi stava piacendo vivere a Londra –

concentrarmi su me stessa e riflettere sul mio futuro. Non volevo incasinare tutto. E c'era qualcosa nel modo in cui Knightley mi guardava, mi toccava, nel modo in cui il mio corpo si scioglieva sotto le sue mani, che mi suggeriva che avrebbe solo portato guai. E non avrei permesso a nessun uomo di causarmi problemi. Non più.

Alexander non era più al tavolo. Era venuto a cercarmi? Tornai a sedermi e mi voltai verso il palco, nel momento in cui il presentatore introdusse la categoria successiva.

Trascorsero quindici minuti. Alexander non era ancora tornato, e seguire un mucchio di persone che non conoscevo che ricevevano una serie di premi non era di certo l'attività più eccitante a cui avessi mai partecipato. Volevo accelerare fino alla categoria dello Studio dell'Anno.

Uno degli altri *barrister* seduto a tre sedie di distanza da me si sedette al posto di Alexander.

«Dunque, Violet, non ci siamo ancora presentati. Io sono Charlie.» Aveva un che di vezzoso nella voce, ma non ero sicura che fosse gay. Forse era solo una caratteristica degli inglesi.

«Piacere di conoscerti, Charlie.»

«Il piacere è tutto mio. Stasera sei splendida. Elie Saab, non è così?» domandò, fissandomi il décolleté.

Sì, decisamente gay. Un uomo eterosessuale non avrebbe riconosciuto la stilista.

«Non è buffo come qualsiasi uomo, gay o etero che sia, adori una bella donna?» domandò. Io risi. «Non sono sicura di poter rispondere.»

«Beh, sei bellissima» aggiunse, spudoratamente ossessionato. Poi sospirò. «So che hai domato il nostro signor Knightley.»

A disagio con quel cambio di argomento, strinsi le labbra tra loro. Non mi sentivo spesso a disagio, ma avvertivo della lealtà nei confronti di Knightley e non volevo che Charlie pensasse che me ne sarei stata lì a spettegolare su di lui. Allo stesso tempo, non volevo dare l'impressione di essere una sciocca ragazzina con una cotta dicendo che lavorare con lui era una gioia. «Sto cercando di aggiornare le sue fatture.»

«E ho saputo che stai svolgendo un ottimo lavoro.» I suoi occhi danzarono e sogghignò verso di me come se avesse cattive intenzioni. Stava forse insinuando qualcosa?

«Sto facendo progressi. È il mio lavoro.» Sorrisi, forzata.

«Sono colpito. Molti prima di te ci hanno provato e hanno fallito.»

Afferrai un bicchiere di vino e sperai che lo prendesse come un invito a bere piuttosto che a parlare.

«Voi due sembrate avere una certa chimica, se posso permettermi» proseguì.

Non sapevo come replicare. Mi ero comportata in maniera esclusivamente educata con Alexander in pubblico. Non avevamo flirtato e nessuno poteva averlo visto posare una mano sulla mia gamba. Avrei detestato se la gente avesse iniziato a sparlare e se le voci fossero giunte fino al contatto di Darcy.

«Se anche qualcuno riesce a convincere Alexander a partecipare a un evento simile, è difficile che scambi anche solo mezza parola con noi. Invece questa sera era decisamente loquace.»

«Beh, suppongono che i soldi in più che gli sto facendo guadagnare lo abbiano rallegrato.»

Charlie sghignazzò. «Sono quasi sicuro che sia più ricco della regina. Con tutti quei soldi di famiglia.»

«Viene da una famiglia facoltosa?» domandai. Mi ero aspettata il contrario. Dal modo in cui lavorava, avrei sospettato che sapesse cosa significava non avere un soldo. Altre contraddizioni. Ogni volta che pensavo di averlo inquadrato, lui tornava a sorprendermi.

«Beh, suo padre era Alexander il Grande» disse, come se avessi dovuto sapere di chi si trattasse.

«Qualcosa mi dice che non ti riferisci all'antico sovrano greco» replicai.

Charlie rise ancora. Aveva una risata contagiosa e rumorosa, tanto da indurre gli altri occupanti del tavolo a guardarsi intorno.

«No. Ma era il miglior *barrister* che l'Ordine abbia mai avuto.» Fece una pausa. «O almeno così dicono.»

«Dunque su di lui pesano grosse aspettative» commentai, quasi tra me e me. Era quella la ragione per cui era così motivato?

«Con quell'eredità non deve neanche sforzarsi. Tutti i giudici lo adorano a causa di suo padre. In aula riuscirebbe a scampare anche a una condanna per omicidio. Insomma, chi altri ha a disposizione un'assistente personale e un ufficio tutto suo?»

Alexander era di certo arrogante, e umorale e complicato, ma l'immagine di lui che mi stava fornendo Charlie mi lasciò sorpresa. Alexander non era affatto un lavativo che si adagiava sulle spalle della reputazione del padre. Era il più gran lavoratore che avessi mai conosciuto. Ammiravo la sua energia e la sua concentrazione.

Prima di poter porre altre domande a Charlie, giunse il momento dell'assegnazione del premio che tutti stavamo aspettando. E ancora nessuna traccia di Alexander. Dov'era finito?

Vennero letti i nominativi dei candidati e il nostro tavolo esultò al sentir menzionare il nostro studio. La sala da ballo tornò in silenzio nell'istante in cui venne aperta la busta dorata. Sembrava la versione giuridica degli Oscar.

Nonostante stessi lavorando solo da qualche settimana, percepii una strana ondata di lealtà che non avevo mai provato prima. Volevo che vincessimo. Con me lavoravano delle persone fantastiche, anche se alcune di loro erano un tantino eccentriche. Quel posto mi piaceva.

Quando venne annunciato il nome del nostro studio, saltai in piedi e iniziai ad applaudire, proprio come fece Charlie affianco a me. Dov'era Alexander? Di certo ne sarebbe stato felice. Qualcuno sarebbe dovuto andare a chiamarlo.

Lance e Craig salirono sul palco per accettare il premio. Ovviamente, tutti erano fin troppo inglesi per poter recitare un discorso, e dopo le fotografie, fecero ritorno al tavolo. Eravamo tutti entusiasti ed esaminammo a turno il piccolo premio in acrilico che ritraeva un ghiacciaio con la scritta "Studio dell'Anno".

Con il passare della serata, gli astanti iniziarono a stancarsi e vennero annunciati i vincitori della lotteria. Charlie mi stava sussurrando qualcosa riguardo alcuni pettegolezzi che giravano nello studio.

«Violet!» Lance esplose dall'altro lato del tavolo. «Hai vinto!»

«Congratulazioni» disse la giovane donna che mi si avvicinò. «Volevo davvero vincerlo io.» Mi porse una busta e si allontanò.

Non sapevo neanche che cosa avessi vinto.

«Charlie, non avresti dovuto distrarla. Ha vinto il secondo premio» lo rimproverò Lance. «Stasera siamo proprio un tavolo di vincitori.»

«Come sempre» replicò Charlie, sollevando il bicchiere. Poi inghiottì l'intero contenuto prima di lasciare il tavolo.

Voltai la busta e la aprii. Non avevo mai vinto nulla. Sarei stata felice anche se si fosse trattato solo di un palloncino e di un cappellino da festa. Estrassi uno spesso biglietto bianco che riportava una scritta dorata.

Fortescue Hall Hotel & Spa.

Porca miseria. Un trattamento in una spa? Non potevo accettarlo. Alexander aveva pagato per il mio biglietto. Dovevo darlo a lui. Mi guardai intorno, sperando di notarlo da qualche parte in modo da poterglielo dire, ma non vidi nessuno a parte Jimmy che si avvicinava verso di me.

Si accomodò al posto che era stato di Knightley a inizio serata e che aveva poi occupato Charlie. Sembrava di giocare al gioco della sedia.

«Congratulazioni» esordì.

«Grazie.» Rinfilai il biglietto nella busta e la misi nella borsa.

«Dunque, dato che stasera questo sembra il tavolo vincente...» proseguì Jimmy.

Sentii il cuore sprofondare. Sapevo che stava per succedere, come se avessi avuto davanti un colosso diretto proprio verso di me.

«Volevo chiederti se ti andasse di uscire per bere qualcosa. O a cena. Quello che vuoi.» Inspirai prima di rispondere. «Mi andrebbe di bere qualcosa, non ho molti amici a Londra.» Enfatizzai la parola *amici*.

«Amici?» trasecolò. «Ti dirò la verità, mi si è appena spezzato il cuore.» Sorrise, sconfitto, e fui sollevata dal fatto che aveva chiaramente recepito il messaggio. «Ma amici andrà bene.» Annuii. «Mi fa piacere. Non rimarrò a lungo a Londra» continuai. «E sono decisamente meglio come amica che come partner.»

Non che Jimmy non mi piacesse – al contrario. Era attraente, premuroso e di animo buono. E se tutto questo fosse successo un mese fa e a New York, avrei accettato. Ma non avvertivo quella sensazione che mi faceva venir voglia di baciarlo e di prenderlo a pugni allo stesso tempo. E dopo Knightley, qualsiasi cosa di inferiore mi sembrava un compromesso che non mi sentivo di accettare. E oltretutto uscire con Jimmy, per quanto in modo superficiale, mi pareva comunque un po' sbagliato, dal momento che avevo fatto sesso con Knightley. Di solito non mi preoccupavo di cose del genere, ma qualsiasi cosa fosse successa tra me e Knightley meritava di più. E se ci fosse stata anche la più misera possibilità di mettere in imbarazzo Alexander, l'avrei evitata.

Lui meritava di più.

15

ALEXANDER

Mi veniva spesso fatto notare che ero di cattivo umore anche quando non era vero – ero semplicemente concentrato, o indaffarato, o entrambe le cose. Ma oggi non c'era alcun dubbio che fossi di umore nero. Fissavo lo schermo del mio computer anche se non stavo assorbendo nulla di ciò che mi mostrava. Non riuscivo a vedere attraverso tutta la furia che sentivo.

Ero arrabbiato con me stesso per averci provato con Violet ieri sera. Entrambi avevamo concordato di porre fine a qualsiasi cosa ci fosse tra noi. Non ero sicuro di cosa, ieri, mi avesse fatto tornare sui miei passi. Ovviamente era stupenda. Non era stata certo una sorpresa – era una bella donna. Averla avuta così vicino era stata una tentazione. Ma ero sempre stato capace di resistere alle tentazioni.

Perché ero così ossessionato da lei?

Vederla insieme a Jimmy era stata la goccia che aveva fatto traboccare il vaso. Anche se da lei non volevo nulla, non riuscivo a pensare all'eventualità che qualcuno oltre me potesse averla. Non credevo che nessun altro uomo sarebbe riuscito ad apprezzarla quanto la apprezzavo io. Non era semplicemente un'impiegata con un bel visino e un corpo fenomenale.

Nulla delle mie reazioni in risposta a Violet King aveva senso, ma di una cosa ero sicuro: non mi piaceva sentirmi in balìa delle azioni di qualcun altro. Così, la sera prima me n'ero andato. «Avanti» sbraitai al sentir bussare alla porta del mio ufficio e digrignai la mascella. Oggi non avevo proprio bisogno di essere interrotto.

Con la coda dell'occhio, notai Violet scivolare nel mio ufficio per poi chiudere la porta. Cazzo. Perché non poteva starmi lontano?

«Sei andato via ieri sera» disse mentre si avvicinava alla mia scrivania.

Non avevo voglia di fare conversazione. «Cosa posso fare per te, Violet?» domandai e mi voltai per osservarla.

«Sono solo venuta a darti questi.» Lanciò dei documenti sulla scrivania. «Li ha consegnati il corriere e sono marcati come documenti privati e confidenziali. Pensavo fossero urgenti.»

«Grazie.»

Si voltò per andarsene.

«Aspetta. Che cos'è?» la fermai quando aprii un'altra busta.

Lei si fermò e mi adocchiò da sopra una spalla. «Il mio biglietto della lotteria per cui hai pagato è risultato vincente. È per due giorni in una spa.» Fece spallucce. «Goditelo.»

«Non lo voglio» risposi. «E comunque sei stata tu a vincere, non io.»

«Ma lo hai pagato tu, quindi non posso accettarlo.»

Sospirai. Questa donna era esasperante. «Ti ho già spiegato come funziona. Prendilo.» Tornai a guardare il mio computer, nella speranza che levasse le tende.

«Mi dispiace se ti ho infastidito ieri sera. Non volevo che andassi via.»

«Avevo degli affari urgenti da gestire, tu non c'entri nulla» mentii.

«Penso solo che sia meglio limitarci a lavorare insieme. Non è che non ti trovi attraente» spiegò. La mia testa scattò. «Violet, per favore. Non ho bisogno delle tue rassicurazioni. Non mi hai infastidito, e sono proprio conversazioni come questa che sto cercando di evitare.» Mi passai una mano tra i capelli. «Torniamo al lavoro, okay?»

«Quindi sei semplicemente in uno dei tuoi umori normali, da palo-nel-fondoschiena, maleducato-con-tutti-non-con-Violet-nello-specifico?»

Non riuscii a non sorridere quando feci cenno di no col capo in risposta alla sua insolenza. «A quanto pare.» Raccolsi dalla scrivania il biglietto per la spa e glielo porsi. «Ecco, prendi.»

Lei scosse il capo. «Non posso. È per due persone, e l'unica amica che ho qui in Inghilterra quel weekend si troverà a New York.»

Non sapevo molto di Violet a parte la sensazione che mi procurava il toccarla e il modo in cui nutriva la mia eccitazione ogni volta che era nei paraggi. Pensavo che qui avesse un minimo di legami.

«Vacci da sola» dissi. «Come dice Jean-Paul Sartre: "L'inferno sono gli altri".»

Lei scoppiò a ridere e io non riuscii a non sorridere, guardandola scossa dai risolini. Non importava che indossasse un abito da sera o una gonna e una blusa, era sempre bellissima.

«Se non ne avessi conosciuto la fonte, avrei attribuito questa citazione a te. Vacci *tu*, da solo» ribatté.

«Hai vinto tu. E comunque non mi prendo quasi mai una serata libera, figurati un finesettimana intero.»

«Gesù, ma non ti godi mai il momento?» domandò. Sollevò le mani a mezz'aria e poi si riappropriò del biglietto.

Mi stavo godendo *questo* momento un po' troppo. «Chiudi la porta una volta fuori, per favore.» Mi rilassai sulla poltrona e mi voltai verso lo schermo. Doveva andarsene prima che la mia forza di volontà potesse vacillare e potessi finire col fare qualcosa che sapevo di non dover fare. Sapevo quanto soffice fosse la sua pelle, quanto riuscissi a farla bagnare. Doveva andarsene. «Solo un'altra cosa.»

Violet si guardò oltre le spalle, e nella mia mente comparve un barlume del ricordo della mia mano al di sotto della sua gonna. Lo ricacciai indietro. «Non sono affari miei e non ti serve certo il mio permesso, ma se volessi uscire con qualcuno dello studio, dal mio punto di vista non sarebbe un problema.»

«Qualcuno dello studio?» domandò, tornando a voltarsi verso di me.

«Sai, se tu e Jimmy usciste insieme, o qualsiasi altra cosa, sarebbe...» Fottutamente terribile. Sentivo una sorta di diritto di proprietà su Violet, ma di certo non lo avrei ammesso.

«Beh, hai ragione» concordò lei con una mano sul fianco. «Non sono affari tuoi e non mi serve il tuo permesso.»

Mi voltai di nuovo verso lo schermo. Avevo cercato di rasserenarla, e convincermi che davvero non sarebbe stato un problema. Non avrei dovuto dirle niente.

«Ma non uscirò insieme a Jimmy.» Sporse un fianco all'esterno e reclinò il capo. «Mai.» Cercai di mantenere un respiro regolare. Volevo che continuasse a parlare. Volevo che mi fornisse i dettagli che mi mancavano riguardo ciò che era accaduto tra loro.

«Me lo ha chiesto» proseguì. «Io gli ho detto di no. Non è il mio tipo.»

Mi schiarii la gola nel tentativo di nascondere un sorriso mentre, mentalmente, sollevavo vittorioso una mano stretta a pugno. Odiavo pensare alle mani di Jimmy su Violet. «Non è il tuo tipo?» ripetei.

«Già. A quanto pare, preferisco gli stronzi.»

Il sorriso che arrivò dopo non riuscii proprio a evitarlo. «Buono a sapersi.» Violet si voltò per andarsene e io finsi di digitare sulla tastiera finché lei non si chiuse la porta alle spalle. L'unico modo in cui sarei riuscito a resistere al bisogno animale di rincorrere e conquistare questa donna era restare ad almeno dieci chilometri di distanza da lei. Per ora avevo a disposizione lo spazio che mi serviva, ma quanto sarebbe durata? Violet stava continuando a tirare la corda, un filo tramite il quale mi stava lentamente disfacendo.

Sprofondai nella poltrona e afferrai il pacchetto che Violet mi aveva recapitato. Strappai un'estremità sigillata e ne versai il contenuto sulla scrivania. Documenti. Documenti legali. Non aspettavo niente. Li voltai. Sentenza provvisoria.

Mia moglie aveva chiesto il divorzio. L'ennesima dimostrazione che avrei dovuto limitarmi a ciò in cui ero bravo ed evitare qualsiasi accenno di relazione con l'altro sesso.

16

VIOLET

Negli ultimi giorni ero riuscita a chiudere quasi tutte le fatture di Knightley, tranne qualcuna. Mancavano solo un paio di importi da far arrivare al reparto finanziario, e saremmo stati in pari. Sollevai lo sguardo sulla pila di cartelline archiviate che occupava la maggior parte della mia scrivania. Mi ero data da fare con la categorizzazione e l'archiviazione, ma il suo ufficio aveva ancora l'aspetto di una zona di guerra. Perlomeno, ora che avevo terminato con le fatture, avrei potuto dedicarmici a tempo pieno.

«Violet» chiamò Craig dall'ufficio dei cancellieri.

Chiaramente non ricordava ancora dove si trovasse la mia postazione. «Sono qui» risposi e poi mi alzai per raggiungerlo.

«Oh, eccola. Possiamo scambiare qualche parola nel mio ufficio?»

Era dal giorno del mio colloquio che non avevo parlato di qualcosa nel dettaglio con Craig. Incuriosita, lo seguii.

«Si accomodi, Violet.» Craig mi indicò la sedia posta di fronte alla sua scrivania mentre anche lui prendeva posto. «Non avevo ancora avuto l'opportunità di dirle quanto stia facendo un lavoro fantastico. Ha più che superato ogni mia aspettativa.»

Sorrisi. «Non capisco se sia un complimento o meno.»

Lui ridacchiò. «Beh, non ha tutti i torti, non avevo grandi aspettative visti i precedenti del signor Knightley e il compito impossibile che le era stato affidato, ma è riuscita a farci incassare più di un milione di sterline. Una parte delle quali avrebbe dovuto arrivarci cinque anni fa. È incredibile.» Sbatté con una mano contro la scrivania, evidentemente compiaciuto.

Nessuno mi aveva detto di essere brava in qualcosa dai tempi del college. Ma all'epoca non mi ero davvero mai sforzata. Ero orgogliosa di essere riuscita in qualcosa, qui. Orgogliosa del lavoro di tutti. Facevo parte di una squadra ed era una bella sensazione. Craig si stava comportando come se mi avesse dato il nodo gordiano e mi avesse detto che non potevo tagliarlo. Invece, io lo avevo sciolto con meticolosità. «Sono felice che sia andato tutto bene.»

«Lo sono anch'io, mia cara. Lo sono anch'io. E si è guadagnata la fiducia del signor Knightley, che non è un'impresa da poco. La maggior parte dei *barrister* che lavora qui non c'è ancora riuscita, per non parlare dei cancellieri o degli amministrativi.»

Feci spallucce. «Non è così male. Semplicemente, non è abituato a vedere corrisposta la sua saccenza.»

«È proprio vero.» Craig sogghignò. «E le sta piacendo il lavoro?»

«Sì. Più di quanto mi aspettassi, in verità.»

«Mi fa piacere sentirglielo dire, dato che avevo intenzione di prolungare il suo contratto di altri tre mesi.»

Se si fosse voltato, sbottonato i pantaloni e mi avesse mostrato il fondoschiena, non mi avrebbe sorpresa più di così. «Altri tre mesi?» Avevo in mente di tornare a New York dopo la fine del mio lavoro qui, anche se non ero sicura a cosa avrei fatto ritorno.

«Non so che piani lei abbia o se abbia altri programmi...»

«Ma entro la fine del mio contratto avrò finito con l'archiviare i documenti del signor Knightley. Cosa dovrò fare?»

«Beh,» rifletté lui, giocherellando con le dita, «qualcosa mi dice che una donna brillante come lei si è guardata intorno, nello studio, e ha già individuato vari modi in cui potrebbe migliorare. Ho ragione?»

Ci pensai per qualche secondo. Mi ero chiesta come mai non avessero aggiornato il loro sistema di gestione dei documenti e perché gli amministrativi non potessero emettere fatture. C'era anche il problema delle sale riunioni piene e delle lamentele del personale al riguardo. Feci una smorfia.

«Potrei aver notato una o due cosette.»

«Come immaginavo. Penso che riuscirebbe facilmente a trovare qualcosa con cui tenersi impegnata. Magari potrebbe inviarmi una lista di idee e suggerimenti per migliorare e potremmo decidere insieme a quale dare la priorità.»

Non riuscivo a credere alle sue parole. Mi stava dando l'opportunità di crearmi un lavoro su misura per me. «Sembra...» Si fidava di me. Credeva in me. Mi mordicchiai un labbro per distrarmi dalla crescente emozione che provavo. «Incredibile.»

«Significa forse che rimarrà per altri tre mesi? Posso occuparmi io del suo visto.»

«Posso prendermi del tempo per rifletterci?» chiesi. Non sapevo se Darcy mi avrebbe permesso di restare ancora in casa sua.

Sentivo di essere sul punto di trovare quello che stavo cercando quando ero arrivata a Londra. Una parte di me voleva restare e verificare se fosse vero. Ma l'altra parte era nervosa. E se non mi fosse piaciuto ciò che avrei trovato?

Inoltre, cosa avrebbe pensato Knightley? E se non avesse voluto che rimanessi? Forse non gli importava affatto. Non sapevo perché lo stessi prendendo in considerazione per la mia decisione, ma per qualche motivo, lo stavo facendo.

«Ma certo. Stili un piano e poi decida lei come metterlo in pratica.»

«Sta riponendo parecchia fiducia in me.» Lui annuì. «Se l'è guadagnata.»

«Grazie, signore.»

Era da parecchio che non credevo più all'antico proverbio per cui "si raccoglieva ciò che si seminava". Ed era passato ancora più tempo da quando avevo smesso di credere nel karma e nel fatto che l'universo fosse un posto giusto ed equo. Ma proprio in quel momento avvertii una parte di me iniziare a rigenerarsi, e per la prima volta dopo tanto tempo, iniziai a pensare al mio futuro.

17

ALEXANDER

Mentre me ne stavo seduto nella mia auto, quasi alla fine del percorso che mi avrebbe condotto a casa della mia, a breve, ex-moglie, sapevo che stavo rischiando un ordine restrittivo. Sembrava che la stessi stalkerando. Non era così. Stavo solo rimandando l'ultima parte del viaggio. Nonostante fossimo separati da tre anni, non mi ero aspettato una richiesta di divorzio. Avevo supposto che prima o poi sarebbe successo, ma come al solito, ero stato indaffarato. Non avevo granché pensato alla cosa – né a lei. Prima che ci sposassimo ero già pieno di lavoro, e mi ero addormentato durante la cerimonia del nostro matrimonio perché, per tutta la settimana precedente all'evento, avevo lavorato giorno e notte in modo da potermi prendere un giorno libero. E avevo lavorato tutti i giorni degli scarsi due anni che avevamo trascorso insieme. Nonostante ci fossimo fidanzati, sposati, e poi separati, il mio mondo non era cambiato molto.

Dopo la rottura, trasferirmi in hotel non era stato doloroso quanto avrebbe potuto esserlo per altri. Non avevo alcun impegno a parte il mio lavoro. Non dovevo sentire Gabby urlare perché ero rientrato tardi o perché avevo passato un'ora al telefono durante una cena. Il mio letto era rifatto, qualcuno cucinava per me, e il tragitto era breve. Se avessi dovuto essere del tutto onesto, quando Gabby mi aveva detto di andarmene, per me era stato un sollievo.

Da allora non l'avevo più vista. Anche se le nostre telefonate occasionali erano state amichevoli, non ero mai tornato in quella casa. Mi aveva detto di aver inscatolato i miei averi, però non ero mai passato a recuperarli. Volevo concentrarmi sul futuro, non sul passato. Volevo costruire la carriera che avevo sempre sognato.

Avevo pensato per la prima volta alla nostra separazione soltanto quando avevo ricevuto la sentenza provvisoria. Avvertivo una morsa allo stomaco che ancora non mi aveva abbandonato da quando avevo aperto la busta, ma non riuscivo a capire quale fosse la causa. Avevo chiamato Gabby, e mi aveva detto che, se non fossi passato a recuperare le mie cose, le avrebbe date via in beneficenza, dunque eccomi qui, giunto a destinazione, a rimandare il momento in cui avrei parcheggiato nel vialetto di casa e avrei posto la parola fine a quello che eravamo stati io e Gabby.

Che stavo facendo? Poggiai la nuca contro il poggiatesta. Stavo inutilmente rivangando il passato. Non sapevo bene cosa ci fosse nelle scatole che aveva conservato per me per tre anni, però non si trattava certo di nulla che mi fosse mancato. Forse non sarei dovuto venire, ma non avevo intenzione di tornare indietro ora che lei mi stava aspettando. Dovevo solo farla finita. Magari il contenuto delle scatole mi avrebbe liberato del nodo allo stomaco che sentivo il bisogno di sciogliere.

Accesi il motore ed entrai nel vialetto. Lo aveva fatto asfaltare. Per due anni avevo percorso quel tragitto, eppure ora mi sembrava di trovarmi lì per la prima volta in vita mia.

Gli alberi e i cespugli nei dintorni erano cresciuti, negli ultimi anni, ma il resto era rimasto uguale. Proprio come io e la mia vita non eravamo cambiati poi molto, così era stato per Gabby. Effettuai una svolta e parcheggiai di fronte alla casa. Negli ultimi mesi prima di andarmene, ero spesso rimasto seduto in quest'auto, a controllare i messaggi prima di entrare, preparandomi per l'inevitabile scenata riguardo i miei orari o qualcosa che avevo dimenticato di fare. La situazione si era fatta talmente insopportabile che era un miracolo che non me ne fossi andato ancor prima che fosse Gabby a suggerirlo.

Aprii la portiera e uscii dall'abitacolo. Avevo ancora le chiavi della casa attaccate al portachiavi. Avrei dovuto restituirle.

Sollevai il batacchio e bussai, non riuscendo a immaginare il tipo di benvenuto che mi sarebbe stato riservato.

Gabby aprì la porta, con espressione neutra. «Entra.» Si diresse nel corridoio, verso la cucina. Aveva perso peso. Il suo viso si era fatto un po' più spigoloso. Come al solito, era vestita di tutto punto e sembrava appena uscita dal salone di un parrucchiere. Era una delle principali caratteristiche di Gabby: era curata. In molti modi era davvero la moglie perfetta. Semplicemente, voleva più di quanto fossi stato capace di darle. Quando ci eravamo sposati non ero cambiato affatto. Avevo sempre lavorato sodo. Lei lo sapeva e aveva comunque fatto pressione perché ci sposassimo. Mi aveva sciorinato un lungo discorso, dicendomi che avevo bisogno di una moglie che mi desse supporto nel lavoro. Ma aveva cambiato le regole, una volta sposati, cominciando a chiedermi di più dopo che eravamo andati all'altare.

«Grazie per aver conservato le mie cose» dissi quando arrivammo in cucina. Gabby aprì uno dei cassetti dell'isola e ne estrasse una serie di chiavi. «Pensavo le avresti bruciate.»

«Mi sono fermata all'effigie. Mi stava entrando il fumo negli occhi.» Incrociò le braccia al petto.

«Le scatole sono in garage.»

Avrei voluto ridere, ma sarebbe stato inappropriato.

Fece scivolare le chiavi sul piano di lavoro. «È quella verde. Sono nel garage in fondo.» Mi diede un'occhiata e assottigliò lo sguardo. «Ti trovo bene.»

Sorrisi. «Grazie. Anche tu.»

Lei sospirò senza rispondere. «Ti serve qualcosa qui in casa?» domandò.

Non avevo pensato di volere qualcosa. Era stata lei a occuparsi dell'arredo. Lì non c'era nulla per me. «Non credo.» Raccolsi le chiavi e la seguii mentre apriva le porte finestre e si dirigeva fuori al garage. Si fermò all'esterno, davanti alla porta, con le labbra curvate all'ingiù, gli occhi cupi, privi della scintilla che ricordavo. Volevo fare qualcosa, migliorare la situazione.

«Mi dispiace davvero» ammisi. «Non era mia intenzione ferirti.»

«*Certo* che ne avevi l'intenzione, Alex. Non si lavora *inconsciamente* per tutto il tempo.» Trasse un lungo, profondo sospiro. «Non è come respirare. Avevi una scelta, e ogni volta tu hai scelto di lavorare anziché badare al tuo matrimonio. Il lavoro veniva prima di ogni altra cosa; nulla contava di più, per te.»

«Ma era il nostro accordo, no? Sapevi cosa sarebbe successo.»

Incrociò le braccia e fissò il selciato. «So che la nostra non era chissà che storia d'amore – noi non siamo così. Eravamo entrambi concreti e diretti, ma pensavo comunque che avrebbe potuto funzionare.» Scosse la testa come per bacchettare sé stessa per la propria stupidità. «Pensavo che, una volta sposati, avresti voluto passare più tempo con me. Avevo pensato che saresti riuscito ad amarmi.» La sua voce si abbassò e lei si schiarì la gola.

«Mi dispiace.» Odiavo averla ferita. Non lo meritava.

«È successo tanto tempo fa.»

Per me tre anni non sembravano così tanti. Erano passati in un lampo. Gabby era stata l'ultima donna con cui ero uscito a cena. L'ultima donna con cui avevo fatto la doccia insieme. L'ultima donna con cui avevo passato il Natale. Tre anni per lei saranno stati molti, ma per me erano sembrati tre settimane. Negli anni a venire non era cambiato nulla eccetto per il fatto che avevo iniziato a lavorare meglio e a guadagnare di più.

Mi prese le chiavi di mano e aprì il lucchetto del garage. Per quanto ricordassi, lì non tenevamo nulla. Aprì la porta e accese la luce. Al centro del pavimento in cemento c'era una mezza dozzina di scatole e la scrivania di mio padre, che era avvolta da strati di cartone e plastica. Avevo dimenticato che si trovasse lì, ma dove altro avrebbe potuto essere? Cristo, era tutta lì la storia della mia vita?

Una ex moglie e qualche scatola di cartone?

«I tuoi trofei sportivi sono nella scatola in cima, credo. Per il resto, si tratta quasi solo di abiti che non hai portato con te quando sei andato via.»

«Grazie» replicai, anche se mi sentivo a disagio. Avrei voluto che li avesse bruciati insieme alla mia effigie.

«Vuoi fare un giro in casa?» domandò. «Puoi prendere quello che vuoi, dovrò comunque liberarmi di molte cose in previsione della vendita.»

«Vuoi vendere?» Aveva trovato questa casa dopo il nostro fidanzamento, e ricordavo ancora la sua espressione quando me ne aveva parlato. Non ricordavo di averla mai vista più felice di allora. Per lei era stato amore a prima vista. Una casa per la vita, aveva detto. Ma quella vita era durata solo due anni.

«Dovrò farlo per forza. Non è intestata a me.»

Non riuscivo a credere che potesse pensare che avrei potuto fare una cosa simile. «Gabby, questa è casa tua. So quanto è speciale per te. L'hai trovata tu, l'hai arredata, hai piantato il giardino, l'hai ristrutturata. La intesterò a te.» Aveva ragione. Durante il nostro matrimonio mi ero comportato in maniera egoista, ma ciò non significava che lo avrei fatto anche in fase di divorzio.

«Non farlo» disse, scuotendo il capo. «Non cercare di fare la cosa giusta.»

«Stavo solo cercando di essere gentile.» Ero abbastanza sicuro di aver appena proposto di fare qualcosa che non ero costretto a fare.

«Esatto. Non essere gentile con me quando è ormai troppo tardi.»

«Okay» replicai. Probabilmente era per questo che non tornavo qui da tre anni. Avevo evitato di fronteggiare ciò che avevo fatto a Gabby.

«Non avresti dovuto sposarmi se non avevi intenzione di comportati da marito.»

Giusto o sbagliato che fosse, non mi ero chiesto se volessi fare il marito quando avevo sposato Gabby. Non ero stato avverso all'idea del matrimonio in sé, ma non ci avevo neanche riflettuto abbastanza. Mi ci ero buttato alla cieca, supponendo che la mia vita sarebbe andata avanti come al solito. «Dico sul serio, quando dico che mi dispiace.» E lo ero. Aveva ragione: non avrei mai dovuto sposarla. Mi avvicinai e la attirai in un abbraccio. «Meritavi un marito migliore.»

«È vero. Ma si impara dai propri errori. Non mi sposerò più pensando che le cose miglioreranno dopo essere andati all'altare.» Si ritrasse dalla mia stretta.

Desiderai di poter fare qualcosa per lei.

«Tu lo farai?» domandò.

«Cosa?»

«Imparare dai tuoi errori?»

Corrugai la fronte. Di sicuro non mi sarei sposato mai più. Non avrei più costretto nessuno a sopportare ciò che aveva vissuto lei. Si riferiva a questo?

«Magari inizia col liberarti di quella maledetta scrivania» disse.

Io ridacchiai. «Credi che disfarmi della scrivania di mio padre sarà la mia salvezza?»

«Non scherzo.» Mi guardò dritto negli occhi. «È un simbolo. Non ho mai capito perché tu ti senta tanto in competizione con un uomo morto.»

La mia schiena si irrigidì. «Competizione?» Di che stava parlando?

«Devi essere sempre il migliore e lavorare più di Alexander *il Grande*. Non so se sia perché stai cercando di dimostrare agli altri o a te stesso di essere meglio di tuo padre. Forse stai solo cercando di giustificare il fatto che non si sia mai fatto vedere a uno dei tuoi tornei sportivi o alla tua cerimonia di laurea.» Fece spallucce. «Ma non è più un mio problema.»

Osservai la scrivania che mia madre mi aveva ceduto dopo la morte di mio padre. Non l'avevo mai utilizzata. Era rimasta nello studio di questa casa, ma avevo sempre finito col lavorare al tavolo della cucina. C'era più spazio. E da quando l'avevo lasciata qui, non ci avevo più pensato. La riteneva un simbolo? Di cosa? Della fine del nostro matrimonio? Dei miei fallimenti? Fui quasi sul punto di chiederglielo, però non ero sicuro di voler conoscere la risposta. Avevo sempre ammirato mio padre ed ero sempre stato orgoglioso del suo lavoro, della sua carriera. Ancora oggi in tribunale veneravano il suo nome. E io volevo la stessa cosa – essere il migliore. Che c'era di male? Ero motivato e concentrato come lo era stato lui. E non avevo figli che avevano bisogno della mia presenza ai tornei sportivi. Era vero che avevo seguito le orme di mio padre. Ma non avevo mai pensato fosse sbagliato. Quando avevo iniziato a lavorare, avevo sperato che nessuno facesse un paragone tra me e mio padre da cui sarei uscito sconfitto. Forse era questo che intendeva Gabby: mi stavo sforzando di avere una carriera di successo quanto lo era stata la sua. Era quello che avevo desiderato fin da bambino. Non ero convinto che questo mi mettesse in competizione con un uomo morto, come l'aveva descritta lei. Diventare il migliore richiedeva grandi sforzi. Mio padre aveva soddisfatto quei requisiti. Che erano gli stessi requisiti a cui dovevo rispondere io. Non aveva senso cercare il pelo nell'uovo, distinguere ciò che era giusto da ciò che era sbagliato. Non si poteva diventare un grande *barrister* senza lavorare sodo proprio come non si poteva diventare un attore di Hollywood senza essere famosi. O un pescatore, se non si aveva voglia di passare del tempo all'aria aperta. Non avevo scelta.

«Per quanto sposarmi con te sia stato doloroso,» continuò lei, «voglio che tu sia felice.»

Le sue parole mi tolsero l'aria dai polmoni. Detestavo che il nostro matrimonio la addolorasse, mentre io me ne ero a malapena reso conto. Avrei dovuto provare più emozioni alla fine di una relazione che si supponeva durasse per sempre. Non era così.

«Ora vado. Non hai bisogno che ti accompagni alla porta» disse. «Puoi assicurarti di rimandare indietro i documenti entro la fine della prossima settimana? Voglio davvero chiudere la questione prima che il mio avvocato vada in ferie la settimana prossima.»

«Certo» replicai. Non c'era motivo di prolungare i tempi. «E sai che anche io voglio che tu sia felice, Gabby» aggiunsi mentre lei si avvicinava all'uscita.

«Grazie.» Proseguì senza guardarsi indietro, lasciandomi in una stanza fredda e buia con sei scatole che contenevano il sunto della mia vita. E la scrivania di mio padre.

18

VIOLET

Mi guardai intorno e mi resi conto che tutte le scrivanie dell'area amministrazione erano vuote. C'era forse una riunione in corso? Feci girare la mia sedia e mi diressi nella stanza dei cancellieri. Controllai l'orario. Oh mio Dio, erano quasi le nove. Come avevo fatto a non accorgermi che erano andati tutti via? E come avevo fatto a lavorare per quattro ore oltre il mio orario stabilito senza rendermene conto? Quando lavoravo come cameriera, abbandonavo i clienti nell'istante in cui terminava il mio turno, anche se c'era ancora del cibo da servire ai tavoli.

Sogghignai. Chi avrebbe mai immaginato che sarei stata lieta di fare gli straordinari? Vagai verso il corridoio per sgranchirmi le gambe e andare in bagno.

Oltrepassai l'ufficio di Alexander in silenzio, quasi camminando sulle punte. Era trascorsa una settimana dalla nostra conversazione dopo la cerimonia. Avrei davvero voluto parlargli del prolungamento di tre mesi del mio contratto, ma non volevo dare l'impressione di ingigantire ciò che era successo tra di noi. Solo che era l'unico *barrister* che conoscevo in tutto lo studio, e non mi sarebbe dispiaciuto avere la sua opinione riguardo alcune delle mie idee.

Poco dopo aver superato la sua porta, il cigolio familiare della maniglia di quest'ultima riecheggiò lungo il corridoio quando lui la aprì. Io proseguii senza voltarmi.

«Violet?» mi chiamò.

Mi fermai e mi voltai. «Ehi» replicai. «Ti serve aiuto con qualcosa?» Lui controllò il suo orologio. «Che ci fai qui a quest'ora?»

«Oh, stavo solo preparando delle cose per Craig.» Non avevo voluto tralasciare il lavoro per Knightley, dunque avevo iniziato a lavorare sui miei suggerimenti per delle migliorie dopo la fine del mio turno.

«Stavo per ordinare da mangiare. Vuoi qualcosa?»

Mi ero ripromessa di evitarlo. Non ero sicura di riuscire a non saltargli addosso, ma era tardi, e a casa non avevo cibo, e nonostante non lo conoscessi poi così bene, mi piaceva. «Sarebbe fantastico.»

«Vieni, così puoi scegliere cosa ordinare.» Scomparve nel suo ufficio e io lo seguii.

Ero sempre così veloce a entrare e uscire dal suo ufficio quando lui non c'era, che era da un po' che non mi prendevo del tempo per esaminare quel posto.

Ora era molto diverso da com'era all'inizio. Riuscivo perfino a dirigermi verso la scrivania di Knightley senza dover percorrere un labirinto di documenti. La stanza sembrava anche molto più spaziosa.

«Quasi non riuscivo a crederci quando ho trovato quella scrivania lì sotto» osservai, facendo un cenno col mento verso la scrivania di fronte alla porta.

«Lo so. Avevo dimenticato quanto fosse grande questa stanza. Mi tornerà utile avere dello spazio in più.»

«Potrei procurarti un tavolo da mettere lì.» Indicai il muro contro il quale avevamo fatto sesso, e mi pentii immediatamente di averlo menzionato.

«Magari» disse. «Siediti e decidi cosa vuoi.» Mi invitò a prendere posto sulla sua poltrona. Lo feci, mentre lui si appoggiò contro la scrivania accanto a me.

«C'è troppa scelta» borbottai, osservando il menu online sullo schermo del suo computer. «Tu cosa prendi?»

«La bistecca» rispose.

«Ha senso.»

«Ah sì?»

Feci spallucce e continuai a scorrere verso il basso fino ad arrivare alle opzioni a base di pesce. «Sì. Sembri il tipo d'uomo che ordina sempre bistecca. Filetto, giusto? Al sangue. E un bicchiere di merlot?»

Lui ridacchiò. «Cos'è, sei una divinatrice di cibo?»

«No, è solo che ho lavorato a lungo come cameriera.» Cliccai sul merluzzo. Era costoso e non potevo proprio permettermelo, ma se avessi accettato l'estensione del contratto e avessi ottenuto altri tre mesi di stipendio, ci sarei riuscita.

«Hai messo a frutto la tua laurea al MIT?» Lo guardai e sorrisi. «È una lunga storia.»

Mi guardò come se si aspettasse che continuassi. Quando non lo feci, aggrottò la fronte. «Ho il merlot qui in ufficio, se ti va di unirti a me. Temo di non essere il tipo che ordina il vino al bicchiere.»

Risi. Ovvio che no. «Certo, perché no?» Sospirai. Era stata una lunga giornata. Del vino, specialmente del vino che probabilmente valeva più di una settimana di stipendio, era proprio ciò che mi serviva. E anche se sapevo di dover tenere le distanze da Alexander, non volevo davvero farlo.

Si alzò e recuperò due bicchieri dall'ultimo cassetto della sua scrivania, e una bottiglia di vino dalla mensola in basso alle sue spalle, poi iniziò a stapparla. Le sue dita si mossero rapidamente e con efficienza, e mentre lui era concentrato, io osservai la sua mascella aguzza e le labbra che mi avevano sussurrato parole sconce all'orecchio. Che ci facevo lì, a bere vino insieme a quest'uomo quasi irresistibile?

«Devo spostarmi?» Mi sporsi in avanti pronta per alzarmi.

«No, resta lì» rispose. «Ci stai bene.»

«Sulla tua poltrona?»

Mi porse un bicchiere e mi sfiorò le dita con le sue. I nostri occhi si incrociarono e il mio cuore saltò un battito. Non avrei proprio dovuto farlo. Quest'attrazione iniziale non avrebbe dovuto ormai essere sparita? Normalmente avrei dimenticato perfino il nome di un uomo se non gli avessi parlato per una settimana.

Lui sollevò il suo bicchiere e chinò il capo. «Cin cin.»

«Cin cin» risposi, sollevando il mio bicchiere. Non li facemmo tintinnare. Era forse un'abitudine inglese?

Alexander si sporse verso il bordo della scrivania, le lunghe gambe distese di fronte a lui, e bevve un sorso. Non riuscivo a togliergli gli occhi di dosso mentre portavo il bicchiere contro le labbra. «Buon Dio» esclamai quando il vino setoso mi scivolò in gola, attirando la mia attenzione. «Non ho mai assaggiato niente del genere.» Mio fratello possedeva delle ottime bottiglie, ma questa era tutta un'altra storia.

«Ne rimangono solo quaranta bottiglie in tutto il mondo.»

«Perché l'hai aperta allora? Avresti dovuto conservarla per un'occasione speciale.»

Lui fece cenno di no col capo. «Credo che bere un bicchiere con te sia un'occasione abbastanza speciale di per sé.»

Io sollevai le sopracciglia. «E io che pensavo che fosse il vino a essere intenso.»

Un ghigno gli curvò appena gli angoli delle labbra. «Ho esagerato?»

Io reclinai il capo dal lato opposto. «In realtà, no. Mi piace.»

Il suo pomo d'Adamo tremolò quando inghiottì un altro sorso di vino. Come faceva a rendere sexy perfino bere del vino?

«Hai saputo che Craig ha intenzione di prolungare di tre mesi il mio contratto?» domandai. Volevo soppesare la sua reazione. Gli avrebbe dato noia? Gli avrebbe fatto piacere? Ero stata io a interrompere qualsiasi cosa ci fosse tra di noi, ma adesso, mentre condividevamo un bicchiere di vino, qualcosa che sapevo non era abituato a fare con nessun altro membro dello studio, l'atmosfera si era fatta intima, come se mi reputasse una sua pari. Per un uomo brillante come Knightley, era più che lusinghiero... era intossicante.

«No, ma è ovvio che voglia farlo. Hai avuto un certo impatto, qui.»

«Su di te… cioè intendo sulle tue fatture.»

«Su di me» mi corresse. «E a causa delle fatture.»

Non riuscivo a immaginare di essere riuscita a colpire una persona della risma di Alexander. Non pensavo di essere tipa da colpire chicchessia. Se l'edificio avesse preso fuoco, lui era il tipo d'uomo che si sarebbe diretto con calma verso l'uscita circondato da gente che correva strillando.

«Anche dopo la cerimonia? Pensavo che ce l'avessi con me» domandai. Significava forse che mi voleva ancora? In quel momento, desiderai sentire le sue labbra sulle mie, la sua lingua infilarsi nella mia bocca. Era un desiderio che stavo cercando di combattere. Ragione contro sentimento, mente contro cuore.

«Hai fatto la cosa giusta. Non potevamo certo continuare a scopare in ufficio.»

Era come se mi avesse immersa in una vasca di acqua ghiacciata. Mi agitai sulla sedia e raddrizzai appena la schiena.

«Ma magari una sera potrei portarti fuori a cena?» chiese.

Oh.

«Una cena che non comporti un ragazzo delle consegne su un motorino e delle posate di plastica.» Il cellulare di Knightley vibrò sulla scrivania, interrompendo la conversazione.

Mi stava chiedendo di uscire. Lontano dall'ufficio. Avevo partecipato a migliaia di primi appuntamenti, ma qualcosa mi disse che una cena insieme ad Alexander sarebbe stata tutt'altro che ordinaria. Non mi facevo mai delle aspettative prima di uscire con qualcuno per la prima volta, ma se Knightley e io fossimo andati a cena insieme, avrei voluto che mi trovasse piacevole. Che mi baciasse, dopo, e mi scopasse come aveva fatto la prima volta.

Alexander ripose il telefono. «Scusa, era solo…»

«Sì» proruppi. «Una cena andrebbe bene.» Ero stanca di resistere a ciò che c'era tra noi. Era diverso da tutti gli altri uomini di New York. Complicato e disorientante ma impegnativo e incredibilmente sexy. E non riuscivo a stargli lontana.

Non lo volevo.

Il modo in cui lui cercò di trattenere un sorriso mi fece rabbrividire.

«E terremo tutto al di fuori dell'ufficio» aggiunse.

«Tutto?»

Inspirò a fondo. «Intendo la nostra cena, e...» Si strinse nelle spalle.

Non l'avevo mai visto in imbarazzo. Era oltremodo carino, e avrei voluto sedergli in grembo, giungere le braccia intorno al suo collo e dargli un bacio su una guancia. «La nostra cena» gli feci eco, sogghignando.

«Cibo!» Sobbalzai quando il citofono della porta d'ingresso suonò. «Vado io. Tu fai spazio.» Rivolsi un cenno ai documenti sparsi sulla sua scrivania.

Feci ritorno ed estrassi il contenuto della busta in carta marrone. Alexander sedeva sulla sua poltrona e io presi posto di fronte a lui.

Ci scambiammo contenitori, tovaglioli e forchette di plastica, e iniziammo a mangiare.

«È delizioso» dissi, chiudendo gli occhi mentre assaporavo il primo boccone. «Non riesco a credere che sia semplice cibo da asporto.»

«È meglio, perché non ho dovuto fare la spesa né cucinarlo per poterlo mangiare.»

«Cucini?» domandai. Era capace di gestire un ambiente domestico? Non riuscivo a immaginarlo con indosso un grembiule.

«No. Vivo in hotel.»

«Aspetta, cosa? Il letto in cui dormi non è il tuo?»

Quasi si strozzò, posando il suo bicchiere di vino. «Non ci avevo mai pensato, ma no. Non possiedo neanche il divano su cui mi siedo o il televisore che non guardo. Ma tu a Londra vivi in affitto. Non è la stessa cosa?»

«Io vivo... dalla cognata di mia sorella. Non so bene come definirla. Comunque sia, vivo a casa sua. Di solito lei risiede in campagna.»

«Hai qualche possedimento in America?»

Mangiai un altro boccone di merluzzo. In America possedevo unicamente vestiti. La mia vita riusciva a star tutta in un'auto. «No. Ma non vivo in un hotel.»

«Per me funziona bene.»

«Quindi questo finesettimana te ne starai in hotel? Ha almeno una piscina o cose del genere?» Aveva degli amici? Degli hobby?

«Questo finesettimana sarò in ufficio» rispose. «Lavoro anche il sabato e la domenica.»

«Ti riposi mai?»

«Ti rendi conto che mi stai ponendo certe domande mentre mangi la tua cena al lavoro alle dieci di sera?»

Risi. «Lo so, ma per me è insolito.»

«E tu? Che programmi hai per questo weekend?»

Prima di poter rispondere, notai il nome dell'azienda che avevamo fondato io e David sul bordo di un quotidiano rosa ripiegato. Mollai la presa sulla forchetta e presi il giornale. Poi lo dispiegai così da poter leggere.

Cazzo. Non c'era via di fuga. Erano settimane che non pensavo a David e all'acquisizione di azioni. Perché dovevo vederlo proprio ora?

Non avrebbe dovuto inseguirmi fino a Londra.

Esaminai il breve articolo. Forniva qualche dettaglio sulle azioni e su come l'azienda sarebbe ufficialmente entrata nel mercato il lunedì successivo.

«Violet?»

Alzai lo sguardo e Knightley mi stava guardando con le sopracciglia corrugate.

«Sì, perdonami. Mi stavi chiedendo che programmi avessi per il finesettimana. Avevo in mente di andare alla spa. Ma...» L'ultima cosa che volevo era restare da sola con i miei pensieri per tutto il weekend, con la consapevolezza che David si stava preparando a guadagnare una fortuna il lunedì successivo grazie al mio duro lavoro.

«Va tutto bene?»

Mi strinsi nelle spalle e mi riaccomodai sulla mia sedia. «Sì. È solo che un'azienda con cui ho avuto a che fare entrerà in borsa lunedì.»

«Ed è una cosa brutta?»

Avrebbe dovuto essere una cosa fantastica. Era l'obiettivo per cui avevo passato ore e ore a lavorare. E ora era il futuro di qualcun altro.

«Non è finita bene. Me ne sono andata. È solo che per me è difficile...»

«Mi dispiace» commentò. «Forse la spa è proprio ciò che ti serve.»

«Sempre se non impazzirò a starmene da sola per due giorni, perdendo la bussola durante un massaggio.»

«Non so cosa sia successo, ma so che ti meriti una pausa. Qui stai lavorando sodo e facendo enormi progressi. Vai alla spa. Cerca di dimenticare...» Si guardò intorno. «Ogni cosa.»

Aveva ragione. Non avrei dovuto permettere a ciò che era successo di rovinarmi il weekend quando me ne aveva già rovinati fin troppi. Sarei dovuta andare alla spa a cercare di rilassarmi. «Vorrei solo che Darcy venisse con me per distrarmi un po'.»

«Darcy?»

«Mia cognata. Più o meno. È l'unica vera amica che ho in Inghilterra.»

«Hai me.»

Alzai gli occhi al soffitto. «Vuoi venire con me alla spa questo fine settimana?» Lui ridacchiò.

«Ma che vado pensando» sospirai con fare drammatico. «Non potresti mai prenderti un giorno libero. Sarebbe un sacrilegio, o una cosa simile.» Sorrisi e mi strinsi nelle spalle. «Non saprei. Probabilmente ci andrò. Mi dispiacerebbe sprecarlo, e vorrei vedere un po' di Inghilterra al di fuori di Londra prima di andar via. Dovrei buttar giù una lista di cose da fare prima di tornare negli Stati Uniti.»

«Ottima idea.»

«E tu? Hai una lista? Posti che vorresti visitare, cose che vorresti fare prima del tuo prossimo compleanno – cinquant'anni, giusto?»

Knightley sollevò un sopracciglio e affondò la forchetta nella sua insalata. «Stia attenta, signorina King.» Continuai a fissarlo, cercando di convincerlo a continuare. Sarei riuscita a gestire qualunque cosa avesse in serbo per me.

«Il mio prossimo obiettivo è prendere la seta, ma non succederà di certo prima dei miei quarant'anni. E no, niente lista di cose da fare o vedere.»

«Prendere la seta significa che ti verrà assegnato il *King's Counsel* e che indosserai una parrucca più lunga e scemenze simili?»

Lui ridacchiò. «Sì, non vedo l'ora di indossare la parrucca più lunga.»

«Avete tutti un aspetto un po' ridicolo quando indossate quelle cose, se posso permettermi. Insomma, siamo nel ventunesimo secolo, ed esiste Prada.»

Sollevò il suo bicchiere e agitò leggermente il liquido rosso al suo interno. «Il che rende ancora più importante il fatto che né il giudice né la giuria siano influenzati da niente al di fuori della discussione. La parrucca e la toga servono a non farli distrarre dal caso. Nel tuo Paese si spreca troppo tempo a pensare a ciò che indossano gli avvocati e al loro aspetto. Noi preferiamo una legge concreta.»

Argomentò con tanta autorità e convinzione che anche se ciò che stava dicendo non avesse avuto alcun senso, gli avrei creduto comunque. «Mi piace parlare con te» ammisi, guardandolo negli occhi. Non sapevo cos'altro rispondere, e lo pensavo davvero.

«Anche a me piace parlare con te.»

Ero così felice di non trovarmi a New York in questo momento. Per via di David e della faccenda delle azioni. Per via della mia mancanza di una carriera e di prospettive, ma anche perché non avrei voluto essere in nessun altro posto, a vivere nessun altro momento.

19

VIOLET

O mi trovavo nel posto migliore sul pianeta o in qualche strano villaggio vacanze per mogliettine. La giuria doveva ancora emettere il verdetto. Strinsi la cintura del mio accappatoio e poi dalla piscina mi diressi in camera con il mio e-reader. Quando ero arrivata in Inghilterra, ero alla ricerca di un nuovo inizio, una scintilla di ispirazione. L'ultima cosa che mi ero aspettata era ritrovarmi da sola alla spa, a fare il conto alla rovescia perché l'azienda che avevo co-fondato debuttasse in borsa senza che io vi avessi nulla a che fare.

Avevo pensato che la mia permanenza in Inghilterra non sarebbe stata molto diversa da quella a New York, a parte per l'architettura e gli accenti. Invece era stato tutto diverso. Avevo bevuto meno cocktail e fatto meno sesso di quanto mi fossi aspettata – anche se la quantità era stata compensata in qualità con Alexander, nonostante fossimo stati insieme soltanto una volta. Nulla era come avevo immaginato.

A New York avevo capito che c'era qualcosa che non andava nella mia vita, ma adesso, per la prima volta in assoluto, stavo davvero cercando di capire cosa fosse e cosa volessi dal futuro. Non ero giunta ad alcuna conclusione, però, almeno, ero proiettata un po' più in là che alla fine della prossima settimana.

Oltrepassai una coppia che indossava accappatoi coordinati e gli sorrisi. Il mio futuro contemplava accappatoi coordinati? Avrei potuto trasferirmi in Montana e vivere in una fattoria, se avessi voluto, magari andare al Cordon Bleu a Parigi o ritornare in Connecticut. Nulla poteva fermarmi dall'andare dove volessi o dal fare ciò che preferissi.

Entrai nella mia stanza e iniziai a prepararmi per la cena, ma il mio telefono squillò prima che potessi entrare in doccia.

«Scarlett, non indovinerai mai dove mi trovo! Sto letteralmente vivendo una vita di privilegi come la tua» annunciai a mia sorella.

«Che c'è, per caso ti trovi in cucina, coperta di saliva, impegnata a decidere se togliere la cacca di cane dal viale o cambiare il pannolino di tuo figlio?»

«Beh, se la metti così. Forse per una volta mi trovo in una situazione migliore della tua. Sono alla spa.»

«*Vorrei* essere in una spa. Com'è?»

«Oh, piuttosto perfetta. Stamattina sono andata a fare una camminata e nel pomeriggio mi sono concessa un bel massaggio completo. Mi stavo giusto preparando per la cena.»

«Una camminata? Tu? Chi sei? Dimmi che non hai rinunciato all'alcool.»

Mi stesi sul letto e osservai le cime dei pini al di fuori della mia finestra stagliarsi sempre più nere contro il cielo che andava scurendosi.

«Ero preoccupata per te. Non avevo idea se avessi letto o meno l'articolo.»

«Non voglio parlarne.» Non c'era nulla da dire. Scarlett sapeva tutto. Parlarne non avrebbe cambiato nulla. Avrei solo voluto che lei o Darcy fossero qui a distrarmi. «Credi riuscirai a venire a Londra mentre sono qui?»

«Ci proverò, ma non ti prometto niente. Vorrei essere lì adesso. Avrei proprio bisogno di un massaggio.»

Mia sorella mi mancava. Non avremmo potuto avere vite più diverse, ma lei e mio fratello erano una delle poche costanti del mio universo. Era stato solo nelle ultime settimane che mi ero resa conto quanto facessi affidamento su di lei.

«Non importa. Comunque sarò presto a casa.»

«Non hai intenzione di accettare il prolungamento del contratto?»

«Oh, non ne sono ancora sicura. Voglio prima sapere cosa pensa Craig delle mie idee. Ma anche se rimanessi, sarebbe solo per altri tre mesi.»

«E in quanto a uomini? Non è da te restare senza così a lungo.»

Non le avevo raccontato di Alexander – non che ci fosse qualcosa da dire. Anche se mi aveva chiesto di uscire a cena insieme, ero quasi certa che se ne sarebbe dimenticato o che sarebbe stato troppo impegnato col lavoro. Come aveva detto lui stesso, era raro che si prendesse una sera libera.

Dunque, anche se avevamo fatto il miglior sesso di sempre ed ero incredibilmente attratta da lui, non aveva senso menzionarlo a Scarlett.

Mini Scarlett, o Gwendoline, come mia sorella si ostinava a chiamare sua figlia, iniziò a piangere in sottofondo. Scarlett gemette. «Devo andare. Pensavo avrebbe dormito un po' di più. Mi dispiace molto.»

Avrei voluto parlare ancora con lei, ma compresi che occuparsi di un piccolo essere umano era più importante. «Non c'è problema. Richiamami presto, d'accordo?»

«Te lo prometto. Ti voglio bene.»

Posai il telefono sul letto e mi diressi nel bagno per aprire l'acqua. Non avrei avuto la compagnia di mia sorella per cena, ma di certo ciò non mi avrebbe impedito di acconciarmi i capelli e di truccarmi come se avessi un appuntamento con Ryan Gosling.

La scorsa settimana avevo acquistato un abito da cocktail nero super carino in un negozio a Covent Garden. Lo avevo notato in vetrina appena arrivata e lo avevo desiderato talmente tanto che quasi avevo premuto il naso contro il vetro. Mi ci erano volute tre settimane di stipendio e un po' di sacrifici, ma finalmente ero riuscita a permettermelo. Non ricordavo l'ultima volta che avevo risparmiato dei soldi per qualcosa, ma quando ero tornata a casa e lo avevo indossato, avevo subito capito che ne era valsa la pena. Non ero tipa da mettere in mostra il seno, tuttavia con la scollatura di quel vestito non avevo altra scelta; per fortuna la V si assottigliava delicatamente verso il basso, senza risultare volgare. La stoffa nera riluceva appena e la gonna ampia e la cintura a fasce lo sdrammatizzavano un po'.

Londra era stata piena di nuove esperienze. E questa sera avrei avuto un appuntamento con me stessa.

ALEXANDER

O era una delle mie migliori idee in assoluto, o una delle peggiori. Violet mi aveva detto che sarebbe andata alla spa da sola, ma magari aveva cambiato programmi... non era certo obbligata a riferirli a me. Non conoscevo tutti i dettagli del suo coinvolgimento con l'azienda che aveva menzionato, ma dopo che era andata via dal mio ufficio, io avevo letto l'articolo del Financial Times. Parlava di un'azienda del settore tecnologico fondata da un tizio del MIT. Violet aveva detto di aver avuto a che fare con quell'azienda, ma il suo sguardo affranto e la curva cadente nelle sue spalle dopo aver visto l'articolo mi avevano fatto intuire che ci fosse dell'altro.

Cosa era successo per farla finire a lavorare come cameriera dopo essere stata coinvolta in un'azienda che stava per guadagnare centinaia di milioni di dollari? Aveva detto che per quel finesettimana avrebbe avuto bisogno di distrarsi, ed era sembrata così turbata che avevo voluto fare qualcosa. E mi aveva invitato, anche se per scherzo. Avevo pensato che presentarmi qui sarebbe stata una buona idea. Per tutta la settimana non avevo smesso di pensare al mio incontro con Gabby dello scorso weekend. Non ero interamente d'accordo con ciò che aveva detto sul mio rapporto con mio padre, ma erano trascorsi tre anni e io quasi non me ne ero accorto perché avevo alzato raramente lo sguardo dalla mia scrivania. Non ricordavo di essere mai uscito da Londra dal mio trasferimento in hotel, e di certo non avevo alcun ricordo che non avesse a che vedere con il lavoro da quando ero stato con Gabby. Prendermi una serata libera per andare a cena con una bella donna sembrava d'obbligo.

Eppure ora che mi trovavo qui, ad aspettare Violet, mi sembrava tutto così ridicolo. Forse avrei dovuto chiamarla per chiederle se a lei andasse bene. Di certo non ci stavamo frequentando. Né stavamo andando a letto insieme. Era solo che avevo percepito un certo cambiamento, tra noi, durante la nostra cena in ufficio. Come se fossimo *amici*, come le avevo detto a mo' di battuta. Non avevo molti riferimenti per misurare l'amicizia, però Violet mi piaceva.

Mi spostai sulla poltroncina ai piedi della scalinata dell'hotel e intrecciai le braccia. Il mio piano consisteva nell'intercettarla sulla strada per il ristorante e chiederle se le andasse o meno di anticipare il nostro appuntamento. Speravo che non mi avrebbe considerato un idiota. Ero quasi sicuro che me lo avrebbe detto, se fosse stato così. Ridacchiai al pensiero.

In chi cazzo mi stavo trasformando? Mi ero preso una serata libera dal lavoro quando ero ancora indietro con la preparazione per le udienze della prossima settimana, e per lei avevo persino indossato un completo di Prada. Forse avrei dovuto andar via prima di rendermi ridicolo. Mi alzai in piedi, affondai le mani nelle tasche e mi avviai verso la porta.

«Knightley?» mi chiamò Violet dalle mie spalle. Troppo tardi.

Mi voltai e guardai la scalinata.

«Alexander, sei tu?» domandò Violet con un sorriso mentre scendeva le scale, le lunghe gambe che si muovevano con eleganza, la gonna che indossava che le sfiorava metà coscia in modo provocante.

Questa donna.

Il suo sorriso si allargò ulteriormente quando si avvicinò a me e io non riuscii a non ricambiare, la sua positività contagiosa mi rilassava.

«Che ci fai qui?»

La curva del suo collo, appena visibile al di sotto dei suoi capelli ondulati, e il suo impercettibile profumo al gelsomino mi lasciarono senza fiato.

Era la donna più bella che avessi mai visto.

«Avevi detto di aver bisogno di una distrazione, dunque sono qui per portarti a cena – a meno che tu non abbia altri piani. Dopotutto hai accettato di uscire con me.»

Mi strinse un polso e sgranò gli occhi. «*Eccellente!* Come dite qui in Inghilterra.» Le offrii un braccio e insieme ci dirigemmo verso la sala ristorante.

«Sei venuto fin qui per cenare con me? È molto carino da parte tua.»

«Credo che tu ne valga la pena» replicai. Non riuscivo a ricordare quando fosse stata l'ultima volta in cui avevo pensato che una donna ne valesse la pena. Non ricordavo nemmeno di aver mai fatto qualcosa di carino per rendere felice mia moglie.

Violet si fermò all'improvviso e io mi voltai a guardarla.

«Voglio solo dire che è molto premuroso da parte tua essere qui. Grazie.»

Non pensava che fossi un pazzo. Mi rallegrò sapere che il mio giudizio non era del tutto sbagliato. «Non vedo l'ora di cenare insieme a te. Come ho già detto, mi piace parlare con te.»

Lei sogghignò e mi strinse il braccio, poi riprendemmo il nostro tragitto verso la sala ristorante.

«Non è incredibile?» chiese Violet guardandosi intorno mentre prendevamo posto. «Ieri sera a cena sono riuscita a leggere solo mezza pagina, per quanto ero rapita da questa piccola casetta da hobbit.»

Il soffitto della sala ristorante era basso e, al pari delle pareti, era irregolare e composto da travi a vista. Probabilmente si trattava di un tradizionale edificio in canne e fango. Per me somigliava ad altre migliaia di posti in cui ero già stato, ma era bello che a Violet piacesse così tanto.

«Com'è il cibo qui?» le chiesi.

«È buono. Insomma, se non sono io a doverlo servire, il cibo ha sempre un buon sapore.»

«Facevi davvero la cameriera a New York?» le domandai, prima di posare il tovagliolo in grembo e prendere la lista dei vini e il menu dal cameriere.

«Non mi credi?»

«Ti credo. È solo che non capisco.»

«Per quattro anni.» Scrollò le spalle ed esaminò il menu, con i capelli che le accarezzavano il collo.

«Volevo un lavoro che mi permettesse di godermi la vita.»

Mi sembrava così bizzarro che una donna intelligente e affascinante come Violet potesse essere felice di servire ai tavoli. «E lavorare come cameriera ti ha permesso di goderti la vita?» domandai. Lei posò il menu e mi guardò come se stesse pensando seriamente alla domanda. «Sì e... no. Forse pensavo che me lo avrebbe permesso.»

Stava tacendo un migliaio di cose che si nascondevano appena al di sotto della superficie delle sue parole. Ma ero abituato a tirare fuori la verità dalle persone. Volevo dissotterrare tutti quei segreti.

«Cosa sognavi di fare quando hai iniziato il college?»

«Volevo fondare la mia azienda. Mi sono laureata in scienze informatiche, quindi avevo parecchie opzioni disponibili.»

«Sei pronta?» chiesi a Violet quando si avvicinò il cameriere per le ordinazioni. «E ovviamente, non dimenticare di prevedere il mio ordine.»

Violet non alzò neanche lo sguardo. «Oh, sceglierai sicuramente la selvaggina.» Alzai lo sguardo sul cameriere. «A quanto pare, prenderò la selvaggina.»

«Credo la prenderò anch'io. Non l'ho mai assaggiata. È buona?» domandò lei.

«Dipende.»

Violet scosse il capo verso di me. «Non esagerare con l'entusiasmo, eh.» Si rivolse al cameriere.

«Prendo lo stesso. Come si dice: Paese che vai, usanze che trovi, o qualcosa di simile.»

«Vuoi del vino?» le chiesi allora.

«Solo se ti va di prendere una bottiglia. Non ordino vino al bicchiere» replicò tentando un accento inglese.

Mi impegnai a non darle la soddisfazione di un sorriso e ordinai qualcosa che sembrava potesse essere almeno decente. La lista dei vini non era eccezionale, ma la compagnia compensava abbondantemente quella mancanza.

«Dunque mi stavi parlando di cosa sognavi di fare all'inizio del college.» Fece cenno di no col capo. «Non c'è altro da dire.»

«Hai semplicemente cambiato le tue ambizioni da maga del computer a cameriera?»

«Esatto.» Allungò le mani e scambiò di posto saliera e pepiera così da farle toccare. «Tu cosa volevi fare ai tempi dell'università?»

«Diventare avvocato.»

Alzò gli occhi al soffitto. «Ma certo, perché tuo padre era avvocato?»

Non le avevo mai parlato di mio padre, il che mi indusse a chiedermi chi gliene avesse parlato. «Mi è sempre piaciuto studiare legge» risposi, evitando la domanda.

«Ho saputo che era tipo il miglior *barrister* del mondo o una cosa del genere. Aveva un soprannome...»

«Alexander il Grande» terminai la frase per lei.

«Ecco. Com'è ripercorrere le orme di un uomo che aveva il soprannome di un re greco che conquistò il mondo intero prima di compiere trent'anni?»

Non riuscii a non scoppiare a ridere. Aveva riassunto tutto alla perfezione, arrivando al cuore della questione come al suo solito. «È come pensi che sia.»

«Beh, mi sembra proprio una risposta da avvocato.»

Il cameriere ritornò e ci versò il vino. Violet e io non smettemmo mai di guardarci, come se volessimo salvaguardare il momento prima di essere interrotti.

«Bisogna assomigliarsi per riconoscersi» risposi una volta rimasti soli. Fece una smorfia. «Io non sono un avvocato.»

«Sì, ma rispondi come se lo fossi.»

«Non è vero.» Bevve un sorso di vino. «Buono.» Sollevò il mento per indicare la bottiglia.

«È okay, e stai di nuovo evitando la domanda. Cosa è successo al college che ti ha fatto pensare di non poterti godere la vita se non facendo la cameriera?»

«Cosa ti fa pensare che sia successo qualcosa? Le persone possono cambiare idea.»

Non replicai. Stava dicendo scemenze e io volevo la verità. Per la prima volta da quando l'avevo incontrata, Violet non aveva manifestato la sua solita sicurezza di sé alla vista di quel quotidiano. Volevo sapere cosa l'avesse turbata in quel modo.

«Se proprio vuoi saperlo, io e il mio ragazzo avevamo sviluppato un software insieme. Avevamo stilato un business plan al nostro ultimo anno d'università e dopo la laurea avevamo lavorato sodo per lanciarlo sul mercato. Avevamo iniziato anche a ricevere l'interesse di alcuni investitori. Avevamo pianificato i successivi tre anni delle nostre vite, tutte le idee riguardo il futuro della nostra azienda, quanto sarebbe cresciuta. Ci saremmo fidanzati dopo la laurea e sposati dopo aver raggiunto una certa stabilità. Avevo *molti* programmi.»

«E poi?»

«E poi ho scoperto che andava a letto con la mia compagna di stanza e che l'azienda che pensavo avessimo fondato insieme era intestata soltanto a lui.»

Mi sentii ribollire. «Ti ha ingannata?»

«E mi ha tradita.»

Strinsi le mani a pugno. «Anche quello è ingannare. Mi dispiace così tanto, Violet.»

Lei fece spallucce come se non le importasse, ma dal modo in cui abbassò lo sguardo sulle cosce, capii che si sentiva ancora ferita.

«E la compagnia che hai fondato è quella che entrerà in borsa lunedì.» Lei alzò gli occhi su di me con la fronte corrugata.

«Ho letto l'articolo dopo che te ne sei andata.»

Inspirò a fondo e annuì. «Già. Quando la mia sveglia suonerà, lunedì mattina, lui sarà un multi milionario.»

Raddrizzai la schiena. «Gesù, Violet. Non è giusto. Non hai intrapreso alcuna azione legale?»

«No. Ero talmente turbata che me ne sono andata e basta. Ho abbandonato tutti i miei progetti. Non volevo ripensare ai modi diversi in cui mi aveva tradita, men che meno rivivere tutto per via di una lunga causa legale.»

«Dunque hai mollato tutto e sei diventata una cameriera.»

«Mi serviva un nuovo posto in cui vivere e guadagnare subito qualche soldo. Non avevo niente. E lavorare come cameriera era divertente.» Fece una pausa e reclinò il capo da un lato. «All'inizio. E la gente che mi circondava era tutta presa dal vivere il momento. Il college di solito ruota intorno al bere e al fare festa e sesso, ma a quell'epoca ero stata troppo impegnata a lavorare per il mio futuro. A concentrarmi sul mio ragazzo. Volevo cogliere l'attimo, crogiolarmi al sole quando sbucava fuori oltre le nuvole.»

«Ma non avresti voluto, prima o poi, fare qualcosa per sfruttare la tua laurea?»

«Non volevo avere niente a che fare con il MIT. Era tossico. Maledetto. E non avevo altre capacità. Tutto il tempo e gli sforzi che avevo investito nell'azienda erano andati sprecati. Non volevo ripetere lo stesso errore.»

«Posso capirlo.» Tutto tornava, i motivi per cui questa donna intelligente e affascinante viveva la sua esistenza senza una meta precisa. Volevo tirarla sulle mie gambe per dirle che avrei sistemato tutto, che avrei denunciato quel tipo e lo avrei fatto uccidere.

«Tu non ti saresti mai comportato in modo tanto azzardato, ovviamente. Ti piace pianificare, non è così?» Violet diede una sistemata alle sue posate, assicurandosi che fossero tutte parallele tra loro.

Una parte di me desiderò non aver mai menzionato il college, dato che non sembrava farle piacere, ma un'altra parte di me era compiaciuta di averlo fatto perché desideravo davvero scoprire cosa fosse a motivare Violet.

Non volevo vedere soltanto la donna che vedevano tutti. Mi piaceva ancora di più quella che si scorgeva appena al di sotto della superficie. Mi piaceva capire perché faceva ciò che faceva e diceva ciò che diceva.

«Non sono molto bravo a vivere il momento. O a crogiolarmi al sole.»

«Sei forse alla ricerca della pentola d'oro alla fine dell'arcobaleno? Hai un obiettivo finale? O lavori per lavorare?»

Non avevo una risposta brillante. Forse una risposta onesta sarebbe andata altrettanto bene. «Non lo so. Suppongo che il mio obiettivo sia diventare il migliore.»

«Ti piace lavorare?»

«Assolutamente sì. Amo il mio lavoro e non riuscirei a immaginare di fare nient'altro.»

«Ma sei condannato a non sentirti mai soddisfatto di te stesso.»

Avvertii un moto di nausea alle viscere. «Perché lo dici?»

Lei aspettò qualche secondo prima di rispondere, chiaramente per pensare con attenzione alle parole da usare. «Perché essere "il migliore" è una questione soggettiva, ed è l'insoddisfazione a motivarti. Penserai sempre di poter migliorare perché è così. Nessuno è perfetto.»

Mi aveva lasciato a bocca aperta e non riuscii a fare altro che fissarla.

«Hai mai pensato che potresti essere più felice se abbassassi un po' le tue aspettative? Se cambiassi i tuoi obiettivi?»

Lo disse come se fosse un gioco da ragazzi. Come se avessi potuto semplicemente sentirmi soddisfatto della mia mediocrità con un semplice schiocco di dita. «Crescendo, in casa nostra la mediocrità è sempre stata considerata una colpa. Da me ci si aspettava non che portassi a casa buoni voti, ma che fossi il migliore della classe. Se sceglievo di praticare uno sport, dovevo o essere il migliore o sopportare la disapprovazione di mio padre. Forse sono programmato per fare sempre di più, per mantenere le aspettative il più alte possibile.»

«A che costo?» domandò lei.

«Preferisco concentrarmi sulla ricompensa» replicai io.

Lei scosse il capo. «Ti capita mai di riflettere su questa ricompensa? Di chiederti se ne vale la pena? Ho visto quanto lavori.»

Rabbrividii. Non ci avevo mai pensato. Avevo sempre e solo trovato un obiettivo e lo avevo rincorso... a qualunque costo. Avevo scelto il mio futuro da bambino e, guardando mio padre, avevo subito capito quali sarebbero stati i requisiti. Non avrei avuto altra scelta, se avessi voluto ottenere ciò che aveva lui. Da allora non avevo mai messo in dubbio l'obiettivo né esaminato la portata del sacrificio.

Alzai lo sguardo e Violet mi sorrise, e quel sorriso annullò il brivido che mi era corso lungo la schiena.

«Sono qui» risposi. «Non conta forse qualcosa? Puoi anche prendermi in giro, ma concedermi una serata libera è davvero qualcosa di considerevole per me.»

Mi aspettavo che lei scoppiasse a ridere. Invece fece solo un cenno di assenso col capo. «Lo so, ecco perché lo prendo come un complimento.»

Le sorrisi. «Lo è. Volevo venire qui, stasera, per trascorrere la serata insieme a te. E non è facile farmi distogliere l'attenzione dal lavoro.»

«Beh, allora sarà meglio che ti intrattenga per bene» rispose, con una scintilla negli occhi.

«Non vedo come potresti non riuscirci.»

Ora rise. «Sei folle. Follemente affascinante, sì, ma comunque folle.»

VIOLET

«Ordino un'altra bottiglia di vino?» domandò Alexander nel momento in cui io abbassai il mio calice. Mi guardava come se volesse mettere a nudo i miei segreti più reconditi, anche se stasera c'era già riuscito. Era passato molto tempo dall'ultima volta in cui avevo parlato del MIT o di David. Avevo chiuso a chiave quei ricordi in un baule impermeabile e lo avevo gettato in fondo all'oceano. Ma ultimamente era riaffiorato in superficie, e Alexander lo aveva recuperato e aperto di forza. Ormai da qualche mese, forse un po' di più, percepivo una morsa allo stomaco che mi diceva che qualcosa non andava, che mi serviva un cambiamento. Forse era stato per via delle notizie riguardo le azioni o perché avevo perso il lavoro, o forse era iniziato tutto ben prima. Qualunque fosse la ragione, mi aveva portata in Inghilterra. Non avevo intenzione di lavorare per sempre nell'amministrazione, ma lavorare in ufficio mi stava restituendo la fiducia in me che mi serviva per tornare a pensare a cosa volessi davvero dalla mia carriera, dalla mia vita. Solo, non lo avevo ancora capito.

«Prima di decidere, devi sapere che accetterò il prolungamento del mio contratto.»

Alexander poggiò la schiena contro la spalliera della sua sedia e allungò le gambe in avanti. «Significa che vuoi un'altra bottiglia per festeggiare?»

«Per te va bene?» Non mi aspettavo che dicesse di no. Ma volevo sapere cosa ne pensasse.

Mi guardò come faceva sempre quando cercava di estrapolare da me più informazioni di quante gliene stessi fornendo. «Certo, stai facendo un ottimo lavoro.»

«Quindi non è un problema se siamo seduti qui e continueremo a lavorare insieme?» Era chiaramente un uomo riservato. Non ero sicura che volesse qualcosa di intimo con una persona con cui lavorava, ma io invece sì.

Non credevo di aver mai voluto nessuno quanto volevo Alexander Knightley.

«No, a meno che non saremo noi a complicare le cose.»

«In questo caso, possiamo ordinare un'altra bottiglia da portare in stanza?» domandai.

«Oh, sì, certo. Dovrei comunque andare. Chiamerò un taxi.» Si guardò intorno come alla ricerca di un cameriere.

Il mio cuore sprofondò. Stava per andarsene? «Te ne torni a Londra?»

«Tu sei pronta ad andar via, no?»

«Nella mia stanza… con te, speravo.»

Lui sgranò gli occhi e un angolo della sua bocca fu scosso da un tremolio. «Stavo cercando di essere un gentiluomo.»

Reclinai il capo e sorrisi. «Non voglio che tu lo sia troppo.» Alexander gemette. «Ne sei sicura?»

Io annuii. «Restiamo svegli tutta la notte a parlare e a bere vino, spogliamoci, scopiamo, e parliamo ancora. Possiamo trascorrerla interamente a vivere il momento.»

«Un'altra bottiglia di vino da portar via,» disse Alexander a un cameriere di passaggio, «e il conto, grazie.»

Mentre salivamo lungo l'ampia scalinata, feci scivolare una mano in quella di Alexander. Non ricordavo quando fosse stata l'ultima volta in cui mi ero aperta tanto con qualcuno. Capitava spesso che mi spogliassi, al cospetto degli uomini, ma raramente gli permettevo di vedere tanto di me quanto avevo concesso a Knightley. Neanche con Scarlett parlavo più di David, ormai. Spesso mi rimproverava di essere volubile e distratta, ma in realtà non ne aveva mai capito il motivo. Nel tempo di un'unica conversazione, Alexander aveva scoperto di me più di quanto sapessero persone che erano nella mia vita da decenni.

Alexander prese la chiave e la fece scivolare nella serratura elettronica, poi tenne la porta aperta per permettermi di entrare.

Posai i calici che mi ero portata dietro e Alexander iniziò a versare il vino.

«Mi piace il tuo completo» dissi. «È meglio di una toga.»

Mi porse un bicchiere. «È di Prada. Perché, come ben sai, è ciò che tutti i *barrister* dovrebbero indossare.»

«Approvo» replicai, dopodiché sollevai una mano al suo petto e scivolai con le dita sulla sua nuca.

«Grazie al cielo.»

Sogghignai in risposta al suo sarcasmo. In qualche modo sapeva essere affascinante senza esagerare. Riusciva a trovare il giusto equilibrio.

Alexander chinò la testa in avanti e premette le labbra contro le mie, e io fui avvolta dalla stessa sensazione leggera e inebriante che avevo percepito quando mi aveva baciata nel suo ufficio. Si tirò indietro troppo presto. Ero impaziente. Volevo di più. Dovevo arrivare alla parte in cui le sue mani mi avrebbero toccata, la sua lingua mi avrebbe leccata e il suo pene sarebbe entrato dentro di me.

Avevo bisogno di capire se fosse una sensazione fantastica tanto quanto la ricordavo.

«Aspetta» mi fermò, prese il mio calice e lo posò sul comodino insieme al suo. Dopodiché si tolse la giacca, la sistemò sullo schienale di una sedia, e si tolse le scarpe.

«Vieni qui» mi invitò. Posò le mani sui miei fianchi e mi sollevò sul letto. «Avere un letto a disposizione è una bella novità per noi.»

Risi. «Suppongo di sì.»

Ancora vestito, si sdraiò accanto a me, tenendo la testa poggiata su una mano mentre con l'altra mi accarezzava il fondoschiena. Non sembrava aver fretta, e anche se per me era il contrario, sapevo che stava impostando il ritmo e non mi avrebbe permesso di prenderne il controllo.

«Riesci a trovare il tempo per il sesso?» domandai. Era così concentrato sul lavoro che mi chiesi se avesse avuto molte partner, o delle fidanzate.

«Per farlo con te? Sì.» Mi attirò a sé, i nostri corpi che si toccavano nella loro interezza.

Gli tracciai i contorni del viso con le dita. Era tutto spigoli, e la sua barba era ispida. Speravo di scoprire presto cosa si provava ad averlo tra le gambe. «Chi c'è stato prima di me?»

Lui sospirò e si distese sulla schiena. «Qualche ragazza conosciuta in un bar.»

«Frequenti i bar?»

Lui ridacchiò. «Ogni tanto faccio le stesse cose che fanno le persone normali. Una sera mi sono fermato a bere un whiskey. Era tardi. Lei mi ha avvicinato. Sono andato a casa sua. Me ne sono andato dopo aver finito.»

Era il genere di rapporto sessuale che si addiceva a Knightley – pratico, fuggevole, e che non gli costava troppa attenzione. Con me era diverso. Non solo stasera, ma anche nel suo ufficio. Quando stavamo insieme sembrava che lui pensasse esclusivamente a me, e per un uomo che pensava a così tante cose tutte insieme, era un incredibile complimento. Ricevere quel grado di attenzione e di intensità mi esaltava.

Gli sbottonai la camicia, e lui mi infilò una mano al di sotto del vestito per poi stringermi il fondoschiena.

«Desidero vederti nuda» disse, prima di affondare il viso nella curva del mio collo e accarezzarmi la pelle con la bocca. «Ci penso spesso.»

Premetti una mano contro la zip dei suoi pantaloni e lo trovai duro, della dimensione perfetta per il palmo della mia mano. Spinse contro di me e gemette. «Cosa hai immaginato di trovare?»

«Pelle morbida.» Strofinò una mano contro la mia coscia. «Un seno incredibile.» Fece scivolare le dita oltre la mia schiena, alla ricerca del gancio del reggiseno. «Proprio così.» Gemette ancora e mi distese sulla schiena. «Ho intenzione di cambiare l'ordine delle attività previste per la serata.»

«Ah sì?»

Posò un pollice sul mio labbro inferiore, come se volesse informarmi del fatto che presto mi avrebbe baciata. «Scoperemo, poi berremo, poi scoperemo, poi parleremo. Poi ricominceremo da capo.» Premette le labbra contro un angolo della mia bocca e si issò sopra di me. «E faremo le cose con calma a ogni singolo step.» Mi baciò di nuovo. «Voglio assicurarmi che quando lasceremo questa stanza io conosca il tuo corpo e la tua mente meglio di chiunque altro.»

Rabbrividii a quel pensiero, perché gli credevo. Ormai sapevo che Alexander Knightley non diceva cose che non pensava.

ALEXANDER

Dopo aver trascorso quelle che parvero ore interminabili a baciarci come due adolescenti, ero arrivato al limite: dovevo spogliarla, volevo conoscere ogni centimetro del suo corpo, scegliere quali parti toccare, accarezzare, baciare, succhiare, depredare. Mi inginocchiai ai piedi del letto e feci scivolar via il suo vestito, rivelando ogni piccola parte di lei, poi mi soffermai a godere della meraviglia che era il suo corpo. Come se fosse un dipinto, i colori a olio ancora freschi, ogni linea, ogni curva, era perfetta e morbida. Scivolai con lo sguardo sul suo seno sodo e impudente, dai capezzoli turgidi e sporgenti, che puntavano verso di me come se stessero implorando la mia attenzione. Gliel'avrei data.

Presto.

Dopo averle tolto il vestito, le tirai giù le mutandine e la lasciai completamente nuda. La sua assenza di imbarazzo nutrì il mio desiderio e mi spinse a prendermi del tempo per guardarla, per riflettere su cosa le avrei fatto. Estrassi la camicia dai pantaloni e me la strappai di dosso. «Hai un corpo magnifico» commentai.

«Grazie» rispose lei, poi mi sorrise e il suo seno si sollevò impercettibilmente.

Non volevo allontanarmi, ma avevo bisogno di sentire la sua pelle sulla mia. Mi alzai rapidamente, rimossi i pantaloni, e trovai i preservativi nel mio portafogli.

«Tu hai un corpo fantastico» osservò lei quando io tornai a letto. «Devi trascorrere un bel po' di tempo in palestra.»

«La mia mente non funziona bene senza un po' di esercizio. Mi prepara per affrontare la giornata.»

«Beh, grazie mille.»

Ridacchia. «Figurati.» Le baciai le labbra, con l'intenzione di limitarmi a una toccata e fuga, ma non riuscii a scostarmi. Approfondii il bacio e premetti con la lingua contro la sua. Avvertii delle scariche di elettricità lungo la spina dorsale date dalle sue dita affondate tra i miei capelli.

Ogni bacio con Violet sembrava il mio primo bacio. Ogni ricordo delle donne che l'avevano preceduta scomparve. Violet aveva cancellato ogni memoria del mio passato. Le liberai il viso da alcune ciocche di capelli nell'istante in cui le sue gambe scivolarono verso le mie, a mo' di incoraggiamento.

A lei scappò un gemito e io mi ritrassi. «Sei una grande baciatrice» commentai.

«Anche tu.»

Spostai le labbra sul suo stomaco sodo, poi salii fino al suo seno lasciandomi dietro una traccia umida con la lingua. «Tutto questo è un piacere decadente.» Non trovai altre parole per descrivere la soddisfazione che percepivo a essere qui con lei.

«Il sesso?»

«Averti qui, nuda. Passare del tempo con te.»

Non amavo fare quasi nient'altro all'infuori di lavorare, ma in quel momento mi trovavo esattamente dove avrei voluto essere.

«Davvero?»

«Sì, molto meglio di te con la gonna sollevata ai fianchi e di me con i pantaloni tra i piedi.» Meritava più di una scopata contro un muro, per quanto fosse stata stupenda. Per quanto fosse venuta con violenza.

Lei scoppiò a ridere. «Beh, anche quello è stato divertente.»

«Mi piace prendermi del tempo con te. Per assaporarti.»

Mi passò un dito su un sopracciglio e sorrise. «È bello sentirtelo dire.»

«Dico sul serio.»

«E tu non dici mai cose in cui non credi davvero, ecco perché è ancora più importante.»

Aveva ragione. Mi piaceva trascorrere del tempo con questa donna – nuda o vestita – e mi piaceva che mi conoscesse abbastanza da sapere che non dicevo tanto per dire.

Sospirai e la guardai. «Non so da dove cominciare.» Per tutta risposta, lei aprì le gambe.

Io ridacchiai. «Ah sì?» scherzai, e lei si limitò a sorridere. Era abbastanza sicura di sé da chiedere ciò che desiderava, ma sapevo che aveva capito che ero io ad avere il controllo. Ero io a decidere quanto sarebbe stato forte, profondo e duraturo.

Mi spostai tra le sue gambe e gliele aprii ulteriormente, poi sollevai gli occhi. Violet stava osservando me e il modo in cui io ero rapito dalla sua vagina. Stavo rimandando il momento in cui l'avrei assaporata. Inspirai a fondo e posai la lingua sul suo centro, così da sfiorarle l'apertura con la punta. Profumava di gelsomino dappertutto, era la combinazione perfetta di dolce e sensuale.

Le sue mani corsero alla mia nuca mentre io iniziavo a leccarla e a esplorarla. Il modo in cui lei inarcò la schiena e gemette inviò una scarica di adrenalina al mio cazzo. Chiusi gli occhi e cercai di ignorare le curve del suo corpo e il calore della sua pelle, e mi concentrai a farla bagnare per bene. Nel momento in cui sarei entrato dentro di lei, avrei voluto che fosse così disperata da obbedire a qualsiasi mio ordine.

Violet provò a sollevare i fianchi, ma io la tenni ferma. «Alexander» gemette. «Alexander.»

Non mi era mai piaciuto sentirmi chiamare per nome, eppure Violet ne aveva preso possesso, e quando era lei a pronunciarlo mi faceva sentire il più grande sovrano di tutti i tempi.

Tracciai dei cerchi e diedi dei piccoli colpetti al suo clitoride prima di affondare dentro di lei con la lingua e tornare fuori. Avevo bisogno che fosse affamata di me, così da concentrarmi su ogni angolo della sua vagina. Volevo che provasse il bisogno della mia lingua e si sentisse disperata quando questa si allontanava da lei.

Iniziò a gemere più forte insieme all'inturgidirsi del suo clitoride contro la mia lingua e quando fu travolta da un'ondata di sensazioni, io le strinsi le cosce. Le sue dita abbandonarono i miei capelli per aggrapparsi alle lenzuola. Inarcò la schiena e urlò il mio nome, ancora, e ancora, e ancora.

Il suo corpo si sciolse contro il materasso e le piccole scosse post-orgasmo pulsarono contro la mia bocca.

«Cristo» esclamò.

Mi asciugai la bocca con uno scampolo di lenzuolo e mi arrampicai su di lei. «Uno è andato.»

«Non sono mai venuta così. Non con del sesso orale.»

Non mi sorprendeva. Quando stavamo insieme si verificava qualcosa che non era normale. Non era ordinario. «Questo perché non te l'avevo mai praticato io.»

Lei sospirò. «A quanto pare.»

La baciai sulle labbra e lei spinse la lingua nella mia bocca alla ricerca del suo stesso sapore, avvolgendomi le braccia intorno al collo.

«Muoio dalla voglia di sentirti dentro di me» mi disse quando io mi allontanai.

Dio, sentirla pronunciare quelle parole fu quasi troppo, era come se sapesse esattamente cosa dire a un uomo. Ma dalla fame che le scorsi negli occhi e dal suo respiro irregolare capii che lo pensava davvero. Era esattamente come si sentiva. Io non dicevo cose che non pensavo, e Violet non era da meno.

«Sei così impaziente.»

«Sono passate settimane» si lamentò.

Il mio cazzo turgido era d'accordo con lei. «Sdraiati sulla pancia.» Mi allungai verso il comodino e presi uno dei preservativi che vi avevo lasciato poco prima. Poi aprii l'involucro e lo indossai.

Lei si era già disposta a cavalcioni, ma non avremmo iniziato in questo modo. «Sulla pancia» ripetei.

Violet mi guardò da sopra una spalla e corrugò la fronte, però alla fine fece come le avevo chiesto. Cazzo, mi piaceva questa donna.

Mi misi sopra di lei, reggendomi sui gomiti e gli avambracci. Iniziai con un affondo dolorosamente lento e cercai di andare al ritmo dei suoi gemiti finché non arrivai il più a fondo possibile – lei conteneva in sé ogni tipo di piacere che mi ero negato.

Mi fermai e provai a ricompormi, sforzandomi di regolare il respiro. Ogni volta che inspiravo tiravo dentro una nuvola di gelsomino che diventava parte di me. Chiusi gli occhi, mi concentrai sul suo calore, la pressione che esercitava intorno alla mia lunghezza, il modo in cui le mie dita si sentivano a casa quando le sfioravano la pelle.

«Lo senti, quanto è perfetto il mio cazzo dentro di te?»

Violet non era abbastanza in sé da riuscire a rispondermi a parole, ma mi godetti i suoi gemiti, i suoi sospiri, i suoi lamenti. Mi dicevano tutto ciò che avevo bisogno di sapere. Capii che avvertiva le mie stesse sensazioni – di connessione, di perfezione. Quando l'avevo spinta contro il muro nel mio ufficio avevo pensato che sarebbe stata la scopata del decennio, ma questo era perfino meglio.

Affondai i denti in una sua spalla. Volevo mi sentisse dappertutto.

Mi sorressi sulle mani e lei urlò a causa del cambio di angolazione. «È bellissimo.» La vibrazione della sua voce riverberò lungo la mia spina dorsale e fino al mio pene. A questa donna bastava aprir bocca per eccitarmi.

Mi tirai quasi del tutto fuori da lei per poi tornare immediatamente ad affondare, a corto di fiato per la lussuria. «In questa posizione posso accorgermi quando il tuo respiro cambia. Posso sussurrarti all'orecchio quanto tu sia eccezionale.» Affondai ancora, preciso e determinato. «E posso dirti quanto ti scoperò forte.»

Lei gemette e io iniziai ad accelerare. Avevo intenzione di procurarle un altro orgasmo prima di venire io stesso. Violet cercò di spostarsi, provò a sollevarsi sulle mani, ma non aveva speranze. Era proprio dove la volevo: completamente in mio controllo, domata e conquistata. Quando le bloccai le braccia a ridosso dei fianchi, lei rabbrividì, affondò la faccia nel materasso e poi urlò.

Io continuai ad affondare, consapevole che non sarei durato ancora a lungo con lei così scossa dai brividi dell'orgasmo.

«Caaaazzo» gemetti e, premendola contro il materasso a ogni spinta, venni appena dopo di lei.

Collassai sul suo corpo, poi rotolai sulla schiena e mi liberai del preservativo. Sentivo il cuore picchiare all'impazzata contro il mio petto e il battito mi rimbombava nelle orecchie.

«Violet?» Non aveva mosso un muscolo.

Lei si voltò; era ancora sdraiata sulla pancia, con le braccia lungo i fianchi.

«Stai bene?» domandai.

Lei sbatté le palpebre come se fosse appena uscita fuori al sole dopo aver trascorso ore nell'oscurità.

«Credo di sì. È stato così... intenso.»

La avvicinai a me e lei mi si adagiò accanto. «Si è accumulata parecchia tensione sessuale tra noi negli ultimi giorni.»

«Forse» rispose, accarezzandomi il torace con le dita. «Ma credo ci sia dell'altro. Non so esattamente di cosa si tratti, però credo che trascenda il semplice sesso.»

Avevo capito cosa intendeva. Avrei potuto liquidarlo come del semplice buon sesso, ma lei aveva ragione, c'era dell'altro. Forse era per via di ciò che avevamo condiviso durante la cena. Non era *solo* lussuria. Tra di noi c'era stata una connessione straordinaria durante la nostra prima volta nel mio ufficio, ma stasera non era stata solo una faccenda puramente fisica. Era stato più intenso. Più intimo. Più profondo. Non mi era mai capitato prima, e ora mi domandai se ne avrei mai avuto abbastanza. Sarei mai riuscito a rinunciare a Violet?

Mi accarezzò il petto e si sporse verso di me. Infilò le gambe tra le mie e sfregò la sua vagina calda e bagnata contro una mia coscia. «Ne ho *bisogno* ancora» mormorò.

Il modo in cui *sottolineò* la parola bisogno. Sapevo che era più di un desiderio.

Violet si issò sulle mani e si mise a cavalcioni su di me. Strusciò la sua fessura sul mio pene per farlo diventare duro e continuò nel mentre a guardarmi. Le passai le mani sui seni e le strinsi i capezzoli tra pollice e indice, punzecchiandoli pigramente e lasciandoli andare mentre ondeggiavano davanti ai miei occhi. Violet si godette ogni sensazione e brivido. E poi iniziò a muoversi. Merda, ero venuto pochi minuti prima e sapevo che me ne sarebbero serviti altri pochi per tornare ad avere un'erezione.

Violet posò le mani aperte sul mio torace e spinse i suoi seni l'uno contro l'altro. Il mio pene apprezzò il gesto, così le strinsi i fianchi, affondai con le dita nella sua pelle, proprio laddove dovevano stare, e incoraggiai lo scivolare della sua vagina bagnata contro la mia erezione sempre più intensa.

Violet iniziò ad ansimare e la sua testa crollò all'indietro. E mentre si muoveva sempre più rapidamente, incoraggiata dalla mia solida presa, i suoi luminosi capelli neri iniziarono ad accarezzare le sue braccia e le mie spalle, unendoci ulteriormente.

«Cazzo, che sensazione stupenda» grugnii.

«Voglio che mi scopi» gemette, prima di fermarsi e crollare sul mio torace. «Ne ho bisogno, *ti prego.*» Questa donna selvaggia e sensuale mi stava implorando. Non poteva andare meglio. Avvertii un'ondata di calore irrorarmi l'erezione, quindi la capovolsi e la sdraiai sulla schiena in un unico movimento preciso. Poi mi inginocchiai e indossai un preservativo. Sentivo l'urgente bisogno di entrare dentro di lei come se non fossi già venuto alla grande poco prima.

Quando affondai dentro di lei entrambi gridammo.

Era ancora così stretta, si richiuse intorno a me con la violenza di un pugno. Avrei dovuto concentrarmi parecchio per evitare di venire in una manciata di secondi.

Faccia a faccia, iniziai a spingere, lei era umida, e il nostro incontro era talmente perfetto che dovetti distrarmi pensando ad altro. Ma ovunque guardassi, c'era Violet. Mi allungai in avanti per baciarla, le sfiorai lascivamente le labbra e premetti la fronte contro la sua, condividendo i nostri respiri, le nostre parole, e il nostro piacere.

Sotto di me la sua voce si alzò di tono, le sue frasi si dissolsero in parole e sillabe spezzate.

Le sollevai una coscia, con il bisogno di averne di più. Volevo arrivare più in fondo, desideravo che ci fondessimo in un'unica entità. Lei c'era quasi, e io non ero da meno – eravamo entrambi sul punto di raggiungere l'apice, la corda stava per spezzarsi e liberarci. Un'ultima spinta, e un primo accenno del suo orgasmo diede il colpo finale alla fune.

Venimmo all'unisono, in silenzio, a bocca aperta, i nostri corpi uniti mentre ci guardavamo negli occhi, incapaci di capire cosa stesse accadendo e come si potesse provare una sensazione così meravigliosa.

In quell'istante, capii di essere cambiato. Capii che tutto sarebbe stato diverso dopo Violet King.

VIOLET

«Giuro che se apri quelle tende troverò la forchetta più vicina e la userò per pugnalarti un occhio» dissi quando Alexander si fermò di fronte alla finestra completamente nudo, con le mani pronte a dare il benvenuto al mattino.

«Sono quasi le sette e mezza.» Stamattina il suo accento suonava perfino più inglese del solito, ma forse era solo a causa della mia mancanza di sonno.

«Il che significa che ho dormito tre ore. Torna a letto e sta' fermo.» Mi tirai le coperte sopra la testa.

«Vuoi forse che ti svegli io?» domandò, e avvertii il materasso accanto a me sprofondare.

«Mi hai tenuta sveglia tutta la notte. Ho bisogno di dormire.»

«Dovremmo andare in palestra. Non puoi startene qui tutta nuda e aspettarti che io mi limiti a starti sdraiato accanto.»

Strinsi le gambe tra loro, tremolando al ricordo degli effetti della sua presenza sopra, addosso e dentro di me per tutta la notte. «Credo di essermi rotta.»

«Sei perfetta. Andiamo ad allenarci un po'. Hai detto che qui hanno una piscina?»

«Dove la trovi tutta questa energia? È fastidioso. Dovresti essere esausto a causa di tutte le ore trascorse in ufficio e tutto il sesso della scorsa notte.»

«Se non vuoi dell'altro sesso allora dobbiamo andare in palestra.»

Borbottai e mi tirai su a sedere. Il mio corpo non ne poteva più. Avevo bisogno di almeno qualche ora di pausa. Lo guardai per un paio di secondi. La vista dei suoi capelli spettinati, quando era solito mostrarsi sempre perfettamente in ordine, era adorabile. Cercai di nascondere un ghigno mentre lui iniziava a vestirsi.

«Ehi, da dove arriva quell'abbigliamento sportivo?»

Lui mi osservò con gli occhi luccicanti. «Sei troppo sexy.» Aggrottai la fronte quando non rispose alla mia domanda.

«Dalla mia auto. Cosa credi?»

Percorsi la stanza nella sua interezza e mi chiusi la porta del bagno alle spalle. Non mi sarei mai aspettata nulla di ciò che era successo la scorsa notte. Non la comparsa di Alexander. Non la conversazione. E neanche il sesso. Era stato davvero come ricordavo? Sorrisi contro il mio spazzolino da denti mentre ricordavo il primo orgasmo, poi il secondo. Il modo e la potenza con cui aveva preso il controllo del mio corpo. Il terzo, e poi il quarto. Avevo adorato come ieri sera aveva rivelato una parte diversa di sé stesso... si era tolto la scopa dalle chiappe e si era concentrato sul farmi venire nel migliore dei modi.

«Forza» urlò dalla camera da letto. «Il checkout è alle dieci.»

Mi sciacquai la bocca e spalancai la porta. «Sei sempre così vivace al mattino?» Posai le mani sui fianchi e lo guardai a occhi stretti.

«Tu sei sempre così irritabile?»

«Sono affascinante» lo corressi. «A ogni ora del giorno.»

Lui ridacchiò. «Cercherò di ricordarlo.» Mi attirò a sé e mi prese il viso tra le mani. «Ti ho già detto che sei anche incredibilmente bella?»

«Ma che ti è successo? Questo è forse il Knightley del weekend?»

Mi posò un bacio delicato sulle labbra, quindi mi lasciò andare. «Sei pronta?» Ignorò la mia domanda. La sua leggerezza mi aveva presa alla sprovvista. La scorsa notte eravamo fuggiti dal mondo per qualche ora ed eravamo esistiti al di fuori della realtà. Mi ero aspettata di fare ritorno sulla terra con un bel botto, stamattina, e provare imbarazzo al pensiero di quanto mi fossi aperta, di quanto avessi condiviso con lui. Ma invece di sentirmi a disagio, ne volevo ancora. Volevo ancora Alexander Knightley.

Indossai il mio completo da corsa e presi le mie scarpe da ginnastica dall'armadio. «Quindi adesso che succede?» domandai. «Tra te e me?»

«Pensavo che per te fosse importante vivere il momento.»

Lo seguii fuori dalla camera da letto. Com'era possibile che stessi andando in palestra così presto?

«E io pensavo che per te fosse importante pianificare. Adoperarsi per raggiungere uno scopo così lontano da non riuscire neanche a vederlo.»

Mi afferrò una mano e accelerò l'andatura.

«Stiamo andando in palestra, poi torneremo in camera per fare doccia e sesso. Dopodiché ti accompagnerò a casa in auto.» Si fermò. «Dove abiti?»

«Mayfair. Hill Street.»

Lui aggrottò le sopracciglia. «Davvero?»

«Casa di mia cognata. Te l'avevo già spiegato.»

Fece un cenno di assenso col capo e iniziò a scendere le scale, tirandomi dietro di sé. «Poi tornerò a casa...»

«In hotel?»

«Dove vivo» concordò. «E dopo ancora cercherò di recuperare tutto il tempo che ho perso tra ieri sera e oggi.»

Volevo fargli delle domande su di noi. Lo avrei rivisto fuori dall'ufficio? Questa settimana avevamo ancora una cena in programma?

Dove cazzo era finita Violet e, per favore, qualcuno poteva riportarla indietro?

Magari una corsetta mi avrebbe fatto bene. Mi avrebbe permesso di concentrarmi sul qui e ora, così da smettere di pensare a ciò che sarebbe potuto accadere o meno la settimana a venire.

20

VIOLET

Quando svoltai a destra per entrare nella stanza dei cancellieri, diedi un'occhiata alla porta chiusa dello studio di Alexander e sorrisi. Probabilmente era impegnato a lavorare, lì dentro, con quel broncio carino che gli dava un'aria feroce ma anche sexy.

La giornata di ieri era andata esattamente come lui aveva previsto, anche se eravamo rimasti a pomiciare nella sua auto per dieci minuti prima che mi accompagnasse a casa. Era un baciatore straordinario. Ero certa che avrebbe potuto guadagnare più soldi baciando che lavorando con la legge.

«Ciao Jimmy» lo salutai quando superai la sua scrivania.

«Violet. Com'è andata alla spa?»

Premetti le labbra tra loro per nascondere un ulteriore sorriso. «Bene. Rilassante.» Ero rientrata a Londra con le ossa rotte e pronta a rifugiarmi nel letto, ma non ero certa che fosse stato a causa della spa. «Com'è andato il tuo weekend?»

«Benissimo. Lo United ha vinto.»

Non sapevo bene cosa significasse ma ricambiai comunque il suo batti cinque e mi diressi verso la mia scrivania. Sopra ci trovai un'altra scatola nera, lucida e familiare, come quella che aveva contenuto la mia gonna. Nessun uomo prima di allora mi aveva fatto dei regali. Diamine, potevo contare con le dita di una sola mano le volte in cui un uomo mi aveva offerto la cena.

Mi tolsi il cappotto, lo abbandonai sulla sedia e sfilai il nastro. Dovevo fare in fretta. Gli altri sarebbero arrivati a breve. Infilai una mano nella carta velina e ne estrassi del tessuto. Era sottile e delicato e quando lo tirai su, realizzai che si trattava di una blusa nera semi trasparente. Dio, era stupenda, e si sarebbe abbinata alla perfezione alla gonna che mi aveva regalato in precedenza. Sentii delle voci arrivare dalla porta accanto, così piegai rapidamente la blusa, richiusi la scatola e la infilai nell'ultimo cassetto della mia scrivania.

Controllai l'orario sul mio cellulare. Alle nove avrei avuto un meeting con Craig per esaminare le mie proposte e non volevo fare tardi. Dovevo solo stampare un paio di documenti e poi avrei avuto tutto ciò che mi serviva. Avevo messo tutta me stessa in quella presentazione. Quello che mi aveva chiesto di fare era molto più di un semplice lavoro d'ufficio. Si era fidato di me perché apportassi delle migliorie al suo lavoro. Era convinto che sarei davvero riuscita a fare la differenza. Nulla di ciò che avevo fatto da quando mi ero lasciata alle spalle la start-up mi era sembrato così importante, e non volevo fallire.

Io e Alexander ci eravamo scambiati i numeri di telefono, la scorsa sera, quindi gli scrissi un rapido grazie. La scorsa notte gli avevo inviato un messaggio per augurargli la buonanotte, e al risveglio avevo trovato la sua risposta in cui mi diceva di avermi sognata. L'ultima volta in cui avevo sentito le farfalle nello stomaco al pensiero di qualcuno neanche la ricordavo.

Mi sentivo come se stessi galleggiando. Non ero abituata a sentirmi eccitata per merito di un uomo. Annoiata, sì. Irritata, senza dubbio. Ma Knightley era tutto ciò che qualsiasi altro uomo non era riuscito a essere. Era umorale e impegnativo. Era riottoso e volubile, ma era tutt'altro che noioso. Stampai le ultime cose che mi servivano per la mia presentazione informale e mi avviai verso l'ufficio di Craig.

Bussai contro la porta aperta.

«Violet. Eccellente. Entri pure e si accomodi. Non vedo l'ora di scoprire cos'ha in serbo per noi.» Sedetti al piccolo tavolo da riunioni ed estrassi due pile di documenti, uno per me e uno per lui.

«Dunque, ho suddiviso le aree in cui potremmo migliorare in quattro categorie: fatture, flusso di denaro, sede e comunicazioni.

Se vogliamo essere realistici, credo dovremmo concentrarci sulle prime tre, dato che la quarta ne è la naturale conseguenza.»

Craig annuì aprendo la sua parte di materiale. «Ottimo.»

Gli illustrai il mio reportage pagina dopo pagina, spiegando quali fossero i problemi, comprovando le mie ricerche con dei dati e dicendogli come pensavo avremmo potuto sistemare le cose. In alcuni casi si trattava di semplici soluzioni operative, ma in sostanza mi concentrai soprattutto su un nuovo sistema di gestione della documentazione che avrebbe collegato tra loro le fatture e avrebbe migliorato il flusso di denaro.

«È un piano ambizioso» commentò Craig che chiuse la presentazione e si rilassò sulla sua poltrona. «Ma sono d'accordo su tutto. In verità, se pagassi dei consulenti esterni credo che giungerebbero alle sue stesse conclusioni, e non ne resterei sorpreso. Ha mai pensato di farlo di mestiere?»

«La consulente?»

«Esatto. Ha individuato i nostri problemi come se lavorasse qui da anni, e le soluzioni proposte sono concrete e attuabili. Sono colpito.»

Al di sotto del tavolo intrecciai le dita tra loro. Non avrebbe potuto scegliere parole migliori per rendermi entusiasta. Paragonare il mio lavoro a quello di un consulente professionista era incredibile. Non solo non *lo* avevo deluso, non avevo deluso neanche me stessa. Avevo dimostrato di saper fare di più. Lavorando qui, a Londra, avevo scoperto che volevo qualcosa di più grande di ciò che facevo a New York.

«L'unico problema che abbiamo sono i costi dei software e della loro implementazione.»

«Ho condotto solo qualche ricerca, di certo per quello avremo bisogno di assumere un consulente che possa stilare un preventivo.»

«E dovremo cercare di effettuare dei tagli in qualche altra area. È fuori discussione chiedere ai *barrister* di aumentare l'ammontare del loro contributo allo studio. Già adesso non siamo tra i più economici.»

«Capisco. Posso occuparmene io. Il mio suggerimento riguardo la nuova sede potrebbe aiutare. Se doveste trasferirvi in un altro ufficio, potreste ridurre i costi di gestione utilizzando un edificio più efficiente.»

Lui fece un cenno d'assenso col capo e si sfregò il mento. «Si informi, d'accordo? E cerchi di capire quanto verrebbe effettivamente a costare il software.» Chiuse la cartellina contenente la presentazione e la accarezzò con una mano. «Ottimo lavoro, Violet.»

«La ringrazio.»

«Spero che resterà con noi per qualche altro mese. Per ora il suo contratto scadrà alla fine di questa settimana.»

«Mi piacerebbe restare.»

«Allora abbiamo un accordo.»

Terminata la riunione, ci alzammo dal tavolo, e Craig aprì la porta del suo ufficio facendo entrare nella stanza l'urlo distante di una donna. «Dov'è?!»

Craig aggrottò la fronte e mi seguì lungo il corridoio.

«Craig» lo chiamò una donna alta, bionda e affascinante che non assomigliava a nessuna delle poche *barrister* che lavoravano nello studio, eppure sembrava orientarsi bene in quell'ambiente. «Sto cercando mio marito.»

«Signora Knightley, che piacere vederla.»

Signora Knightley? Le pareti del corridoio iniziarono a ripiegarsi su sé stesse e a curvarsi come se fossero in procinto di crollare. Cercai di pensare a qualsiasi spiegazione possibile sul perché Craig si fosse rivolto a quella donna chiamandola signora Knightley e perché lei volesse incontrare suo marito. Magari in quell'ufficio c'era qualcun altro con quel nome? Era forse la madre di Alexander? Ovviamente nessuna di quelle domande aveva senso. Conoscevo la risposta. Semplicemente, non volevo crederci.

Alexander era sposato.

«Craig, sei davvero gentile, ma voglio solo parlare con Alex. È nel suo studio?»

Il cigolio familiare della maniglia della porta di Alexander riecheggiò lungo il corridoio, e io guardai l'uomo che quella mattina mi aveva fatto sentire le farfalle allo stomaco comparire sulla soglia della porta. «Gabby?» I suoi occhi scivolarono da sua moglie a me, per poi tornare su di lei.

«Cosa ci fai qui?»

Lei avanzò decisa, lo spinse oltre la porta del suo ufficio e se la richiuse alle spalle.

Io mi voltai verso Craig, che non disse nulla, così lo imitai. Mi costrinsi a dissimulare un sorriso per fare ritorno alla mia scrivania, stringendomi al petto la mia presentazione.

Knightley era sposato?

Io ero forse la sua amante?

Sentii lo stomaco avvolgersi su sé stesso e le mie mani iniziarono a sudare. D'improvviso provai il desiderio impellente di tornare in Connecticut da mia sorella, per sdraiarci a letto a guardare le repliche di *Cuori senza età*. Sapevo cosa si provava a essere traditi. Sapevo come ci si sentiva a essere innamorati di un uomo che non ti rispettava abbastanza da riuscire a tenerselo nei pantaloni. Come avevo fatto a farmi un'idea così sbagliata di Knightley? Come avevo potuto diventare la donna che avevo giurato a me stessa di non essere? Non avrei mai fatto volontariamente sesso con un uomo che avesse una fidanzata o una moglie, e men che meno avrei condiviso con lui le cose – cose personali – che avevo condiviso con Alexander. Avevo già imparato la lezione, con gli uomini. Sapevo che in fondo non c'era da fidarsi di loro, ecco perché non mi lasciavo mai coinvolgere. *Avevo* le prove. Non me ne servivano altre. Come potevo essere stata così stupida da farmi rapire dal suo fascino taciturno? Era come tutti gli altri. Si lasciava guidare dal suo pene e dal suo ego. Avrebbe fatto meglio a starmi lontano o, altrimenti, lo avrei preso a pugni nelle palle.

ALEXANDER

«Che ci fai qui?» domandai non appena tornai alla mia scrivania. Era da tanto che Gabby non si presentava in ufficio.

«Mi avevi promesso che mi avresti mandato i documenti firmati entro il weekend.»

Merda. Me ne ero completamente dimenticato. La scorsa settimana erano successe talmente tante cose, e il weekend trascorso con Violet mi aveva fatto passare di mente la questione. Gabby meritava di più.

«Me lo avevi promesso, Alex.» Aveva un'aria avvilita, quasi abbattuta. «Ho bisogno di andare avanti.»

Ero abituato a vedere Gabby furiosa, ma non a vederla triste. Eppure era già la seconda volta in una settimana che si mostrava così vulnerabile. Non le si addiceva, e sembrava che fossi io la causa del suo dolore, cosa per cui mi odiai.

«Scommetto che hai lavorato tutto il tempo e non hai minimamente pensato ai documenti.» Il suo sguardo si concentrò sulla mia scrivania.

Avvertii un moto di senso di colpa nel petto. Non avevo lavorato abbastanza e oggi ne stavo pagando le conseguenze. Però ne era valsa la pena. Non mi era mai capitato di ritenere che qualcosa contasse più del mio lavoro, ma trascorrere la notte e la mattina seguente insieme a Violet era stata un'eccezione. Mi era sembrato di tornare a collegarmi alla rete elettrica dopo aver funzionato per troppo tempo grazie a un misero generatore. La mia mente era più lucida, più sveglia, anche se avevo i muscoli doloranti per via delle ore trascorse a letto insieme.

«Mi dispiace» dissi.

Lei scosse il capo. «Ne ho abbastanza per una vita intera delle tue scuse. Firma quei maledetti documenti. Lo hai promesso.»

Mi diressi alla mia scrivania e ne estrassi la busta che era arrivata un paio di settimane prima. Mi ero ripromesso di dare un'occhiata ai documenti durante il weekend, ma, ancora una volta, mi ero comportato da egoista. Ancora una volta, avevo ignorato i bisogni di Gabby.

Firmai l'ultima pagina, dopodiché procedetti a farlo con tutte le restanti e fino alla prima, usando le mie iniziali. Si trattava di un documento standard. Non vi era nulla di contenzioso.

«Visto?» disse Gabby. «Ti ci sono voluti cinque secondi, mentre io ho sprecato mezza giornata per venire fin qui.»

«Lo so. Avrei dovuto farlo prima.»

«Mi sentirei meglio se sapessi che ti sei preso il weekend libero. Per fare qualcosa di diverso dal lavorare. Hai mai pensato che potrebbe effettivamente giovarti non passare ogni ora della tua vita in questo ufficio?»

Quel weekend mi ero tenuto libero per tutta la sera di sabato e per parte della domenica, e anche se ne era valsa la pena, non avrei potuto farlo regolarmente. Prendermi del tempo per me aveva fatto arrabbiare Gabby, e mi aveva fatto trascurare il lavoro, in cui ora ero indietro. «Ho recepito il messaggio, Gabby. Credi che io lavori troppo.»

«Senti, non è mai stata mia intenzione diventare la moglie che urla contro il marito. Mi detestavo ogni volta che litigavamo.» Si appoggiò alla mia scrivania. «Per quanto desiderassi le tue attenzioni, volevo anche che fossi felice e avessi una bella vita. Sei un brav'uomo e meriti di più di trascorrere la tua intera esistenza a lavorare.»

In mezzo alle urla, avevo dimenticato gli aspetti positivi di Gabby. Era gentile e compassionevole e voleva sempre il meglio per le persone.

«Ti ringrazio» replicai. «Ma sto facendo ciò che ho sempre voluto fare, Gabby» continuai. «Non devi preoccuparti per me. L'ho scelta io, questa vita.»

«Lo so.» Chiuse gli occhi.

«Ma questo weekend mi sono effettivamente preso il sabato libero, dopo la nostra conversazione nel garage.»

«Non c'è fine ai miracoli. Magari nel prossimo decennio riuscirai a un certo punto a prenderti un intero weekend di libertà. Sai, ho appena prenotato una vacanza. Andrò in Sri Lanka. Tu ci sei andato poi?»

Non ricordavo di essere più partito dopo il mio viaggio in India ai tempi dell'università. «No, mai. Avrei dovuto?»

«Ricordo che mi avevi detto di aver voluto sempre visitarlo.»

Strizzai gli occhi. «Davvero?»

«Sì. Prima che ci sposassimo, mi hai detto quali erano i tuoi prossimi obiettivi. Ne abbiamo parlato anche per una potenziale luna di miele prima che la tua mole di lavoro ci costringesse a un viaggio di tre giorni nel Wales. Immagino che tu non abbia ancora fatto grandi progressi, con quella lista.»

Non ricordavo di essere mai voluto andare in Sri Lanka. Non ricordavo neanche di aver mai stilato una lista di luoghi da visitare o di cose che volessi fare.

Avevo sempre pensato che la legge fosse il mio unico interesse, ma forse a un punto della mia vita avevo avuto anche altri obiettivi.

«Suppongo di no.»

Lei scosse nuovamente il capo. «Ti manderò una cartolina, almeno avrai una foto che ti mostri che aspetto ha. Spero che un giorno riuscirai a capire te stesso o a incontrare una donna che riuscirà a capirti meglio di quanto ci sia riuscita io.»

Forse avrei dovuto cercare di organizzarmi per avere più sere libere. Mi era piaciuto trascorrere una serata con Violet. Parlare con qualcuno di qualcosa che non riguardasse il lavoro era stato incredibilmente divertente, e anche il sesso era stato fenomenale.

Gabby si infilò i documenti nella borsa, ed entrambi attraversammo il mio studio verso la porta.

«Stammi bene» dissi. Avrei voluto abbracciarla. Sembrava un modo così strano di terminare le cose tra noi. «Goditi lo Sri Lanka. Resterò in attesa della mia cartolina.»

«Buona fortuna» rispose lei, e mi donò un mezzo sorrisetto prima di avviarsi lungo il corridoio. Quando feci per chiudere la porta, Violet mi passò davanti. Le sorrisi, tuttavia lei distolse lo sguardo e continuò a camminare.

21

VIOLET

Il mio telefono vibrò. Alexander. Di nuovo. Lo capovolsi con lo schermo rivolto al piumone, e mi appoggiai contro la testiera del letto.

«Era lui?» domandò Scarlett dal mio iPad. Dopo aver passato la gran parte della serata a tenere il muso, finalmente l'avevo videochiamata e le avevo raccontato di Alexander.

«Già, lo stronzo bugiardo e traditore. Avrei dovuto aspettarmelo.» Mi coprii le mani con le maniche della felpa grigia e incrociai le braccia al petto.

«Sono felice che tu ti sia finalmente aperta con qualcuno» disse mentre tagliava a tocchetti una verdura non meglio identificata dall'altra parte dell'Atlantico.

«Ah! Stai scherzando, vero?»

«So che questo è un intoppo, ma...»

«Un intoppo? Mi prendi in giro? Non sapevo che fosse *sposato*. Ha tradito sua *moglie*. Con *me*. Sono complice di adulterio ed è tutta colpa di quell'idiota.»

Altri tocchetti e fette, a giudicare dall'aspetto, per un'insalata. «Non lo so, Violet. Credo che tu debba dargli la possibilità di spiegarsi. Sei certa che fosse sua moglie? Magari sono divorziati.»

«Sei così irritante quando cerchi di vedere il bicchiere mezzo pieno. Non capisci? Sono una lanterna attira traditori.»

«Non essere ridicola. Hai avuto centinaia di ragazzi.» Fece una pausa. Io non li avrei definiti tali, e Scarlett lo sapeva. «Più o meno, da David in poi, e nessuno di loro ti ha tradita.»

Non volevo dirle che non gliene avevo dato la possibilità, che li avevo scaricati su un marciapiede prima che potessero annoiarsi di me e trovare qualcun'altra di più interessante. «Sono l'unica tra le due a dire cose sensate, in questa conversazione. David mi ha tradita. E ora Alexander. Voglio solo tornare a casa. Almeno a New York riuscivo ad attirare traditori *e* a bere della Dr. Pepper dietetica. E tra qualche settimana sarà il giorno del Ringraziamento. Potrei aiutare mamma e papà a decorare la casa.»

«Mamma e papà saranno in vacanza alle Hawaii.»

«Mi prendi in giro?! Ma sanno di avere dei figli?»

«Sanno di avere dei figli adulti che sono felici del fatto che si siano presi una più che meritata vacanza in uno dei posti più belli del pianeta Terra.»

Grugnii, ma non riuscii a ribattere. Per quanto ne sapessero i miei, sarei stata a Londra per il Ringraziamento.

«Stavo per suggerire di trascorrere il Ringraziamento a Woolton.»

Mi raddrizzai. Woolton era la casa di campagna di Darcy. «Volevi venire qui?»

«Sì. E se ti comporti bene, preparerò le patate confit di mamma.»

Sorrisi. Non tutto era perduto al mondo. «Mi farebbe davvero piacere.»

«Perfetto. Allora si farà.»

Quando lo voleva, poteva davvero essere una sorella eccezionale.

«Volevo anche parlarti di una cosa a cui stavo pensando, quindi sarà bello poterti incontrare di persona per il Ringraziamento» aggiunsi.

Sapevo che secondo Scarlett sarebbe stata una buona idea tornare al college, e più tempo passavo lontana da New York, più non mi sembrava un'idea così bizzarra, semmai un'opportunità per ricominciare.

«Che tipo di cosa?»

Avrei preferito dirglielo di persona. «Solo qualcosa a cui sto pensando.» Smise di fare ciò che stava facendo e guardò nella telecamera.

«Non ho ancora preso alcuna decisione. Sto passando in rassegna le diverse opzioni, ma una di queste sarebbe tornare a studiare.»

Restò in silenzio per un po', poi curvò le labbra in un ampio sorriso.

«Alla Columbia, magari. Ma mi servirebbe un posto dove stare, e...»

«Beh, potresti stare da noi, ovviamente. Non siamo quasi mai in casa e se avessi bisogno di un prestito per pagare la retta...»

«Sul serio, Scarlett. Non voglio che pensi che la questione sia definitiva. Ci sto solo riflettendo.» Non avrei dovuto parlarne, anche se volevo sondare la sua reazione, capire se pensasse che ero pazza.

«Ti prometto che non tirerò più fuori l'argomento finché non ci vedremo.» Con le dita si disegnò una croce sul cuore. «E tu promettimi che presterai ascolto a ciò che Alexander ha da dirti.» Alzai gli occhi al soffitto e mi sporsi oltre il bordo del letto, sprofondando ancor di più sotto il piumino. «Non mi lascerò prendere in giro.»

«Certo che no, ma non tagliarlo fuori senza prima averlo ascoltato. Cerca di restare obiettiva.» Lanciò uno sguardo alle sue spalle. «Devo andare. Gwendoline ha bisogno di bere. Non fare nulla di affrettato senza prima consultarmi, d'accordo? Niente dimissioni, hai capito?»

«Ti prometto che non darò le dimissioni senza prima avertene parlato. Ti voglio bene.»

Lo schermo si oscurò e non potei fare a meno di desiderare di essere in Connecticut con lei anziché qui a Londra. Come diavolo ero riuscita a farmi bistrattare da un altro uomo dopo averlo evitato accuratamente per anni?

Il campanello della porta trillò. Capovolsi il mio cellulare; erano le undici passate. Seguì un altro scampanellio, così mi costrinsi ad alzarmi dal letto e poggiai per terra i piedi avvolti da un paio di calzini pelosi e soffici.

«Violet» riecheggiò la voce di Alexander attraverso la fessura per la posta.

Scesi le scale a passi pesanti e schiusi appena la porta. «Così sveglierai tutto il vicinato.»

«Se solo rispondessi al telefono, non sarei costretto a chiamarti attraverso la buca delle lettere.» Incrociai le braccia sul cardigan che indossavo sopra il pigiama. «Che cosa vuoi, Alexander? Sto cercando di dormire.»

Lui mise il broncio. «Mi faresti entrare?»

«Certo che no. Ti suggerisco di tornartene a casa da tua moglie.»

Lui si ritrasse come se gli avessi assestato un cazzotto in pieno volto. «Cosa? No.» La porta si spalancò quando Alexander la spinse con vigore per entrare.

«Va' via!» strillai, indietreggiando. «Esci da questa casa.»

Con calma, richiuse la porta d'ingresso e si voltò verso di me. «Calmati, Violet. Non so a cosa diavolo tu stia pensando o per quanto a lungo tu sia rimasta a rimuginare, ma devi ascoltarmi quando ti dico che sono tre anni che non torno a casa da mia moglie.» La sua voce era profonda e costante, come se stesse cercando di convincere qualcuno a non saltare da un cornicione. Una metafora calzante.

«Come ti pare. Non mi interessa.» Mi diressi verso il soggiorno.

Lui mi seguì a breve distanza. «L'ho vista solo due volte da quando ci siamo separati tre anni fa, e in entrambe le occasioni abbiamo discusso di divorzio.»

Posai le mani sui fianchi. «Chi diavolo aspetta tre anni per divorziare?»

Lui sospirò e si guardò intorno come alla ricerca di qualcosa di tangibile a sostegno della sua versione. «Non so cosa dirti, ma lo hai detto tu stessa: non parlo mai a vanvera. Non ti sto mentendo.»

«Anche se fosse vero, cosa di cui dubito *fortemente*, perché non mi hai detto di essere sposato? Non è un dettaglio trascurabile, Alexander. Non è come se avessi dimenticato di dirmi che da piccolo avevi un labrador o che non ti piaceva il pollo. Sei il *marito* di qualcuna. Durante questo weekend ti ho dato il mio cuore, e tu non hai pensato di dirmi di avere una moglie?»

Quando smisi di urlare, la mia voce riecheggiò per la stanza. Non mi ero resa conto di aver gridato. Alexander mi guardò come se stesse per dirmi qualcosa, poi si voltò. «Cazzo» sbottò, passandosi le mani tra i capelli con foga. «Cazzo, cazzo, cazzo.»

«Vattene» ripetei rassegnata. Non aveva alcuna giustificazione. Nulla da dire.

«No» esplose. «Non ho nessuna intenzione di andarmene. Siediti, per favore.»

Non avrei saputo dire se lo feci per lo shock o per disperazione, ma alla fine crollai sul divano.

«Gabby e io ci siamo separati tre anni fa. Probabilmente avrei dovuto menzionarlo.»

Feci per ribattere, però lui sollevò una mano per zittirmi. Distolsi lo sguardo; come diavolo faceva a convincermi a fare tutto ciò che voleva?

«In tutta onestà, che sia giusto o sbagliato, non mi considero un uomo sposato. Non credo di averlo mai fatto.» Camminava davanti a me, lo sguardo rivolto al pavimento. «Quando me ne sono andato, io e Gabby ci siamo sentiti al telefono un paio di volte, ma non c'è mai stata possibilità di riconciliazione. Abbiamo discusso solo di faccende pratiche, come i conti bancari e le rate del mutuo.» Mi lanciò un'occhiata per assicurarsi che lo stessi ascoltando.

Era così. Avrei voluto tapparmi le orecchie. Inscatolare il mio cuore.

«Ho visto Gabby la scorsa settimana per la prima volta in tre anni.»

«E ti vuole ancora?»

«No.» Si bloccò e mi guardò come se avessi appena detto la cosa più ridicola che avesse mai sentito. «Vuole il divorzio.»

«E tu non intendi concederglielo perché sei ancora innamorato di lei» replicai.

«Per l'amor di Dio, Violet, perché diavolo stai saltando a tutte queste conclusioni assurde?»

«Oh, non saprei, forse perché hai dimenticato di dirmi che sei *sposato.*»

«Non ce n'è stata occasione.»

«Quindi se io avessi tre figli negli Stati Uniti, tu credi che non sarebbe un problema se dimenticassi di dirtelo? Non puoi cavartela con la vecchia storia del non-ce-n'è-stata-occasione.»

«Ascolta, so che non sembra una bella cosa...»

«Sembrare? Non è una bella cosa.»

«Dio, donna, hai in dotazione un interruttore per spegnerti?»

«Sì, scatterà quando te ne andrai.»

«Ascoltami e basta. Non vedevo Gabby da tre anni. Non ha alcuna rilevanza nella mia vita attuale. Tu e io non abbiamo ancora avuto modo di condividere stralci del nostro passato. Ma posso assicurarti che Gabby non mi ama più. Forse a un certo punto io l'ho amata, in modo sbagliato, ma qualunque cosa ci fosse tra noi è morta tanto tempo fa. Il divorzio è solo un pezzo di carta, Violet. Due persone che non si vedono da tre anni non sono sposate, qualunque cosa sia riportata negli archivi pubblici.»

La mia opinione degli uomini era talmente negativa che non sapevo cosa pensare. Sembrava sincero, ma se c'era qualcosa che avevo imparato dalla vita, era che non ero capace di identificare un traditore.

«I documenti per il divorzio mi sono arrivati la settimana scorsa, così sono passato a sua casa per prendere la mia roba.»

«Hai avuto tre anni di tempo e ancora dovevi riprenderti le tue cose? Che scemenza.»

«È la verità. Appena ci siamo separati, Gabby mi ha scritto un'e-mail in cui mi informava di aver messo la mia roba in alcune scatole e di averle lasciate in garage, ma non ho mai avuto tempo di recuperarle. Non pensavo le avesse conservate dopo tutti questi anni.»

«Allora perché oggi è venuta in ufficio?»

«Non dare di matto.»

A breve avrebbe sganciato la bomba, lo sapevo. «Rispondimi e basta.»

«Non avevo firmato i documenti del divorzio. Avevo pianificato di revisionarli durante il weekend, ma...»

«Perché inconsciamente non volevi farlo?»

«Perché mi stavo godendo il mio tempo con te. E poi sono rimasto indietro col lavoro e, come Gabby mi ha giustamente fatto notare, ho sempre dato la priorità al lavoro piuttosto che a lei.»

«È arrabbiata con te?»

Il cuscino del divano sprofondò quando Alexander prese posto. «Tutte le donne della mia vita sono arrabbiate con me.»

Feci spallucce. Se lo meritava, eppure, gli credevo. Nessuno in ufficio si era mai fatto sfuggire che fosse sposato, e avevo sentito parecchi pettegolezzi sui *barrister* e sulle loro mogli e su chi stava tradendo chi e con chi. Nessuno aveva mai parlato di Knightley. E inoltre, ora che era qui di fronte a me, a raccontarmi i dettagli del suo matrimonio, gli credevo. Non avrebbe mentito. Non a me e non a nessun altro. Non era il tipo di uomo da pensare di averne bisogno.

«Ironia della sorte, rivederla mi ha dato la spinta per raggiungerti alla spa.»

«Cos'è, ti ha detto di vederti con una donna a caso, portarla a cena e andarci a letto?»

«Non proprio, ma rivederla mi ha fatto capire che, da quando mi sono trasferito in hotel, non ho quasi mai fatto altro che lavorare. Così ho sperato che tu mi avresti aiutato a rallentare.» Si avvicinò a me e mi posò le mani sui fianchi. Io non gli impedii di attirarmi a sé.

«Mi perdoni?» Mi sollevò sulle sue ginocchia, ma io non risposi.

«È tardi» borbottai.

«È ora di andare a letto?» domandò mentre mi baciava il collo.

Scossi il capo. «Non penso proprio. Ho bisogno di sapere cos'altro "non ti è venuto in mente di dirmi" prima di riprendere... qualsiasi cosa ci sia tra noi.»

Mi ritrassi, lui, però, mi tenne stretta. Il mio corpo rigido si ammorbidì contro il suo petto muscoloso.

«Non ti sto consapevolmente nascondendo nulla. Sai che tipo di vita ho; non ho tempo per farmi coinvolgere in nulla di interessante.»

«Niente figli?»

«Credi che li tenga nascosti sotto la scrivania?»

«E fidanzate dopo Gabby?»

«Non posso dire di essere rimasto celibe, ma niente fidanzate. Non ne ho il tempo.»

Per la prima volta dai tempi del college, volevo sentirmi come l'eccezione alla regola di qualcuno. Avevo accettato la cruda realtà dei miei rapporti con gli uomini dopo David. Li avevo usati a mo' di distrazione, per il sesso, o per sentirmi meglio. Ma volevo che Alexander mi dicesse che io ero diversa, che voleva trovare del tempo per me.

«Mi piace stare insieme a te, Violet. E non ti nascondo niente. La mia vita, o la mancanza della suddetta, è un libro aperto, ma questo non significa che sai tutto di me. Semplicemente non ci siamo ancora arrivati.»

Più a lungo mi teneva stretta, più credevo che un giorno avrei saputo tutto di lui. Era da tanto che non mi sentivo così riguardo a qualcuno. Mi faceva paura, ma allo stesso tempo sembrava giusto, come se fosse parte dei motivi per cui mi trovavo in Inghilterra.

«Che ne diresti di stare ancora un po' insieme? Cosa ne pensi?» domandò. Gli sfiorai uno zigomo con le dita. «Non ferirmi.»

Era la prima volta, dopo David, che mi avvicinavo a un uomo tanto da permettergli di farmi del male. Era la prima volta che non lo ferivo o non scappavo prima di affezionarmi. Ma con Alexander non avevo scelta. Mi stavo lasciando coinvolgere e, per il momento, ne ero felice.

«Farò tutto il possibile per evitarlo.»

Volevo qualcosa di più di un semplice *tentativo* di non ferirmi. Volevo una promessa vergata col sangue. «Non è molto convincente.»

«È sincero. Non ci sono garanzie, Violet. Ma non ti mentirò.» Annuii. Era una risposta da adulto – una risposta da uomo.

Forse Alexander era il primo *uomo* che avessi davvero frequentato.

22

ALEXANDER

Tutto il mondo stava cospirando contro il mio tentativo di redigere queste nuove dichiarazioni. Se avessi iniziato a collaborare più spesso con un avvocato junior probabilmente se ne sarebbe occupato lui, ma, come Lance amava puntualizzare, ero un maniaco del controllo.

«Avanti» risposi quando sentii bussare alla porta. Oggi il mio ufficio si era trasformato in Piccadilly Circus. C'erano stati una serie di problemi dopo gli altri, ma, non appena intravidi le gambe di Violet, chiusi volentieri il mio computer portatile.

«Sei una splendida visione per i miei occhi stanchi» dissi e la invitai ad avvicinarsi.

«Perché stanchi? Oggi sei l'argomento principale dell'ufficio.»

Dopo l'incidente con Gabby la scorsa settimana, tra di noi le cose erano tornate a posto. Giovedì eravamo andati a cena insieme nel mio hotel e mi ero preso un altro sabato sera libero per portarla nel mio ristorante preferito di Londra. Due sabato sera di fila... non ci avrebbe creduto nessuno.

«Posso immaginare. Presumo non solo a causa del mio divorzio.»

«No, è a causa di questo grosso caso... Bar Humbug o una cosa simile.»

«È la Corona contro la Hummingbird Motors, ma anche Bar Humbug va bene.»

Violet saltò sulla scrivania accanto a me e accavallò le gambe così da non lasciarmi intravedere sotto la sua gonna.

«Sei venuta solo per dirmi che l'ufficio parla di me?»

«No. Sono venuta per portarti fuori a pranzo.»

«Violet, non posso assolutamente...»

Spinse un dito contro le mie labbra. «Hai un'ora. So che stai lavorando alle dichiarazioni, ma hai tempo fino a domani per concluderle.»

Le afferrai un polso e intrecciai le dita alle sue. «No, vanno consegnate oggi.»

«Ho controllato, sono per domani.» Fece un cenno col capo verso il mio computer. «Dà un'occhiata.»

Aprii il pc e iniziai a esaminare le mie email e il mio calendario. «Sì, hai ragione. I *solicitor* hanno sbagliato.»

Lei alzò le spalle. «Quindi hai un'ora libera. Incontriamoci a Lincoln's Inn Field, dietro il campo da tennis. C'è un piccolo gazebo per ripararci nel caso in cui inizi a piovere.» Poi saltò giù dalla scrivania e si diresse alla porta. «Copriti bene e aspetta dieci minuti prima di uscire.»

Non feci in tempo a ribattere che lei se n'era già andata.

Anche se avevo un altro giorno per concludere le dichiarazioni, non mi rimaneva certo del tempo libero. Avevo un milione di cose da fare domani che non potevano attendere.

Ma volevo anche poter fissare il bel viso di Violet per un'ora. Volevo farmi intrattenere dalle sue opinioni eccentriche sul mondo e lasciarmi sconvolgere dalla sua mente.

Potevo ricavarmi un'ora.

Anche se significava che avrei dovuto fare gli straordinari, quella sera. Ne valeva la pena, se questo mi avrebbe permesso di trascorrere un'ora con Violet King.

Presi cappotto, sciarpa e guanti e mi apprestai a uscire, come facevo ogni volta in pausa pranzo. Salutai con un cenno del capo uno tipo con cui ero andato a scuola, mentre mi allontanavo da New Square e attraversavo Lincoln's Inn Fields. Le foglie ingiallite sugli alberi creavano un bel contrasto con il blu del cielo terso. Era raro che mi accorgessi del cambiamento delle stagioni. Spesso arrivavo al lavoro prima del sorgere del sole e andavo via quando era ormai buio, indipendentemente dal periodo dell'anno. Ma oggi era una perfetta giornata autunnale.

Impiegai appena due minuti per arrivare nel luogo concordato. "Gazebo" era forse un'esagerazione per il posto in cui voleva che ci incontrassimo, ma sapevo a cosa si riferiva. C'ero passato diverse volte, anche se era al di fuori del mio solito tragitto che attraversava i Fields.

Violet mi salutò con una mano e con un sorriso contagioso. «Sei uscito dalla tua caverna e non ti ha colpito un fulmine. Chi lo avrebbe immaginato?» Mi avvolse il collo con le braccia e io le posai un bacio sulle labbra. L'aria fresca le aveva imporporato le guance e la luce aveva tinto i suoi occhi del più blu dei blu.

«Sei bella.»

«Dai. Andiamo lì.» Mi prese per mano e mi trascinò sotto alcuni alberi.

«Che cos'è?» domandai, scorgendo due seggiole da pesca semi nascoste da delle coperte e una borsa frigo.

«Il pranzo» rispose, sogghignando. «Volevo ringraziarti per essere venuto alla spa.»

«Non hai nulla di cui ringraziarmi. Sono stato bene.» Entrambi prendemmo posto e ci avvolgemmo nelle coperte.

«Lo so, ma per me ha significato molto. E dopo, per via di...»

«Gabby.»

Lei annuì. «A ogni modo, ho pensato che potesse essere carino farti uscire dall'ufficio e ringraziarti.»

Mi sporsi in avanti e le tolsi alcune ciocche di capelli dal viso, spostandole dietro un orecchio.

«Dovrei essere io a ringraziarti. Tutto questo è... bello.» Per quanto Gabby mi odiasse per il tempo che passavo a lavorare, non ricordavo che avesse mai fatto qualcosa di simile per me. Non credevo che mi sarei tirato indietro, se lei si fosse presentata a Londra dopo aver organizzato un picnic e mi avesse chiesto di dedicarle un'ora del mio tempo.

«Allora, prima le cose importanti: cioccolata calda.» Violet estrasse un thermos dalla borsa che aveva accanto a sé, insieme a due tazze. Mi porse la cioccolata calda e mantenne ferme le tazze mentre io versavo il liquido caldo.

«A cosa brindiamo?» chiese.

Io avrei voluto brindare a lei, dirle che nessuno aveva mai fatto nulla di così premuroso per me solo per passare qualche minuto insieme. «Ai picnic autunnali?» suggerii.

Curvò un angolo delle labbra all'ingiù. «È una pessima idea?»

«No.» Mi sporsi in avanti per afferrarle una mano. «Semmai il contrario. Non mi sarebbe mai venuto in mente.»

«Non rientra nelle tue abitudini eleganti, immagino.»

«È ancora meglio.» Non avrei mai preferito una cena elegante con chicchessia a un'ora nel freddo di novembre con Violet.

«Davvero?»

Aspettai qualche istante, in attesa che ci arrivasse da sola.

«Lo so, lo so. Non dici mai quello che non pensi.»

«Sto morendo di fame, che c'è da mangiare?» Aveva organizzato un vero banchetto. E tutto era chiuso in dei contenitori, come se li avesse portati da casa.

«Hai cucinato tu?»

«Sembri sorpreso.»

«Ti piace cucinare?»

«Sì, quando ne ho la possibilità. La cucina nel mio ultimo appartamento a New York era troppo piccola per poter fare altro che aprire una lattina di zuppa, ma qui ne ho a disposizione una incredibile. Potrei passarci giorni e giorni senza mai dormire.»

«Sono maccheroni freddi?» domandai, sbirciando in uno dei contenitori. «È il mio cibo preferito.»

«Sul serio? Mi sorprende che non sia la selvaggina o il caviale.»

«Mi ricordano i tempi del collegio, e comunque, sei tu quella che vive al centro di Mayfair.» Affondai la forchetta e mangiai un boccone abbondante, uscito dritto dalla mia infanzia.

«Sì, ma è casa di mia cognata. Io sono solo un'ospite.»

«Non ti interessano i soldi, vero?»

Lei fece una pausa e fissò il contenitore ancora chiuso che le giaceva in grembo. «Dopo il college ho rifiutato tutto ciò che avevo desiderato in precedenza. Non che prima mi interessasse il denaro, ma volevo raggiungere il successo. Sai, con l'azienda, e per un attimo sembrò che stesse per accadere, però poi...» Fece schioccare le dita. «In un lampo mi è stato tolto tutto, e ho capito quanto fossero fragili i nostri sogni.»

«Fragili, ma comunque vale la pena averli, no?»

Si strinse nelle spalle. «Non ci penso spesso... né ne parlo.»

«Perché stai vivendo il momento» replicai.

«Che mi dici di te, come hai finito con lo sposarti?»

Stava cambiando argomento, e io glielo lasciai fare. Volevo che si sentisse a suo agio nel pormi domande. Doveva sapere che non le avrei mai tenuto nascosto niente. «Io e Gabby ci conoscevamo da tanto. I nostri genitori erano amici. Abbiamo iniziato a frequentarci senza troppo impegno. E poi, una sera, lei mi ha fatto un discorso sul matrimonio.»

«Un discorso?»

«Mi ha detto che pensava che saremmo stati una bella coppia e che lei sarebbe stata una brava moglie e che il matrimonio avrebbe giovato alla mia carriera.» Non riuscivo a ricordare come e quando avesse tirato fuori l'argomento. Forse era stata una mattina in cui mi ero svegliato a casa sua.

Osservai Violet, che era rimasta in silenzio.

«Che c'è?»

«Quanto romanticismo» borbottò.

«Neanche una briciola, ma a me non interessava.»

«E perché hai accettato?»

«Il suo discorso aveva senso. Entrambi provenivamo dalla stessa cerchia, conoscevamo le stesse persone. Era un'ottima padrona di casa.»

«Cristo, neanche stessi noleggiando un'auto.» Mangiò un boccone di pollo al barbecue.

«Credo che lei fosse alla ricerca di un rapporto simile a quello dei suoi genitori – e dei miei. Uno scambio, non un incontro d'amore.» Ero certo che molti miei conoscenti si trovassero nella stessa situazione.

«Chi è stato a infrangere l'accordo?»

«Le ho dato meno di ciò che voleva.» Era il modo più semplice per spiegarlo. Non avevamo le stesse aspettative.

«Perché sei troppo fissato col lavoro?»

Annuii. «Voleva una famiglia, ma io no. Sapevo che tra di noi le cose non andavano bene, che la nostra relazione non sarebbe stata abbastanza salda da poter mettere al mondo dei figli. Mi sono allontanato ancora di più e a un certo punto lei ne ha avuto abbastanza.»

«Com'era il sesso?»

Quasi mi strozzai con la cioccolata calda. «Non me lo hai davvero chiesto.»

Lei si strinse nelle spalle come se stessi ingigantendo una questione estremamente semplice. «Il sesso è un indicatore importante di una relazione.»

«Era okay.»

«Okay? Wow, un giudizio lapidario.»

«Nessuna lapide. Solo, non voglio parlarne. Cosa penseresti se ti chiedessi della tua vita sessuale a New York?»

Lei si mordicchiò un pollice e tirò in dentro le guance. «Era sesso...» Sollevai una mano per fermarla, però lei proseguì.

«Non era come con te» mi provocò.

Percepii un'ondata di calore nello stomaco. Ora avrei voluto che continuasse a parlare, e me la presi con me stesso per averla interrotta.

«Aspetta» disse, prima di allungarsi verso di me e sfregarmi il labbro inferiore con un pollice. «Un po' di salsa» spiegò, poi si infilò di nuovo il pollice in bocca.

Cristo, era ipnotizzante. La presi per un polso e me la sistemai sulle gambe. «Cosa c'è per dessert?» Mi premette una mano sul petto. «E se ci vedesse qualcuno dell'ufficio?»

«Non mi importa. A te?»

«Sei tu quello che guadagna per il loro stipendio. Io sono sacrificabile.»

Sospirai, drammatico. «Avanti, Violet. Cogli l'attimo. Sei troppo preoccupata per la tua carriera. Carpe diem.»

Lei scoppiò a ridere e reclinò la testa all'indietro. Scoprì il collo e iniziò ad accarezzarmi un braccio con alcune ciocche di capelli. Era il miglior pranzo della mia vita.

«Smettila di prendermi in giro!» replicò nella sua migliore imitazione di un accento inglese. Mi posò le mani sulle guance e mi baciò. Avremmo potuto trovarci al Circolo Polare Artico e non me ne sarebbe importato.

Lei era il mio sole personale.

Si tirò indietro, mi prese per mano e diede un'occhiata al mio orologio. «Merda, dobbiamo andare.»

«Ehi, rimani ancora un po'.» La mia ora d'aria era quasi terminata, ma non ero ancora pronto ad andarmene.

Lei saltò su dal mio ginocchio. «Assolutamente no. Non voglio che ti trasformi in una zucca.»

«Può aspettare» dissi e la tirai per un braccio.

Lei si liberò. «Sul serio, alzati.» Iniziò a metter via tutto il cibo rimasto e a piegare le coperte.

«Voglio che accetti anche eventuali futuri inviti a pranzo, ma non lo farai se ti dirò che si tratta solo di un'ora e poi finiscono col diventare due. Voglio cogliere un altro attimo con te, un'altra volta.» Sospirai. «Vorrei che fossi stata tu la mia insegnante di latino.»

«Con i tuoi pessimi modi, ti avrei fustigato.»

«Promesse, promesse.»

«Mi aiuteresti a portare questa roba fino all'ingresso?» Indicò l'uscita meridionale dei Fields.

«La porto in ufficio» risposi.

«Ho un amico tassista che le riporterà a casa mia per me.»

«Hai pensato proprio a tutto. Chi l'ha detto che non sai pianificare?»

«Mi piace il mio lavoro, e penso di essere brava. Non voglio che gli altri pensino che mi venga riservato un trattamento speciale perché siamo... perché sono... insomma, lo sai.»

Le feci fare una giravolta e poggiai la fronte contro la sua. «Perché sei la mia ragazza?»

«Sì, certo.» Alzò gli occhi al cielo.

Non sapevo se non fosse pronta per quella definizione, o se si sentisse solo in imbarazzo. Ridacchiai. «Perché sono il tuo ragazzo?»

«Beh, se sei il mio ragazzo, allora aiutami a portare questa roba fino al taxi.»

Non avrei potuto rifiutare nulla da lei. Per la prima volta nella mia vita volevo qualcosa di più da una donna. Volevo che Violet diventasse la mia ragazza. Volevo essere il suo ragazzo. Volevo renderla felice perché lei mi rendeva tale ogni volta che eravamo insieme.

23

VIOLET

Avevo un ragazzo.

Non solo avevo un ragazzo, ma ero persino *entusiasta* di averlo.

Di solito, quando gli uomini iniziavano a definirmi la loro ragazza o iniziavano a parlare di progetti futuri, scattavano in me tutta una serie di allarmi. Ma quando lo aveva detto Alexander, la scorsa settimana al parco, non lo avevo letto come un segnale per fuggire. Era sembrato del tutto naturale. Pensavo a lui come al mio ragazzo. Ancora di più, volevo che lui pensasse a me come alla sua ragazza. Non riuscivo a ricordare di essermi mai sentita in quel modo. Misi a posto le ultime cartelle rimaste sulla mia scrivania e terminai di chiudere la scatola di cartone con del nastro adesivo. Più i casi erano recenti, più carta sembravano consumare.

«Come procede?» domandò Jimmy entrando nella sala dell'amministrazione.

«Bene. Altre cinque scatole da mandare in archivio.»

«Ottimo lavoro. Immagino che ora nello studio di Knightley si riesca a vedere la moquette?»

«Beh, metà, perlomeno.»

«E a lui non dà fastidio?»

«Non gli do scelta.»

Jimmy ridacchiò. «Beh, basta che funzioni. Non ho idea di come tu sia riuscita a cavartela.»

«Ho risposto al fuoco con il fuoco» spiegai mentre lo oltrepassavo per dirigermi fuori. «E ora mi servono altre cartelle.» Svoltai a destra nel corridoio e bussai alla porta di Alexander.

«Avanti» urlò. Al lavoro era così lunatico. Non ci vedevamo spesso durante il giorno. E non me ne lamentavo. Molti uomini erano fin troppo appiccicosi, invece riuscire a ricavarmi del tempo con Alexander era una sfida. Mi sentivo speciale se riuscivo ad averlo per me per più di un'ora prima di dormire. Forse ero un po' masochista, ma mi piaceva che avesse altre questioni che richiedevano la sua attenzione. Era impegnato a essere brillante, e mi andava bene.

Mi chiusi la porta alle spalle e Alexander sollevò lo sguardo. Sorrise, un buon segno.

«Ciao, bellissimo. Devo prendere alcuni documenti. Ci metto due minuti.»

«Vieni qui.» Mi invitò ad avvicinarmi alla sua scrivania. «Una pausa mi farebbe bene.»

«Stai lavorando al tuo caso Bar Humbug?» Mi sollevai a sedere sulla scrivania, accanto al suo computer. «Con quel nome, ti si addice alla perfezione.»

«Qualcosa del genere. Credo che dovrò iniziare a collaborare con uno *junior* prima di quanto sperassi.» Fece ruotare la sua sedia e posizionò il palmo di una mano nel mio interno coscia.

«Perché non ti piace lavorare con altre persone? Per caso sei ossessionato dal controllo?»

«Lo hai notato?»

La sua mano scivolò verso l'alto e io chiusi le gambe per evitare che proseguisse. «Knightley. Avevamo un accordo: niente sesso in ufficio.»

«Non dicevo sul serio» ribatté e mi spostò al centro della scrivania.

«Tu dici sempre quello che pensi, ricordi?»

«Non dovresti essere così irresistibile.»

«Parlando di irresistibile, grazie per il regalo di stamattina.» Quando ero arrivata al lavoro avevo trovato un'altra scatola nera e lucida sulla mia scrivania. Per fortuna non c'era ancora nessun altro perché, anche senza spettatori, la biancheria intima che aveva comprato per me mi aveva fatta arrossire.

«Non sono certo se quel regalo fosse per me o per te.»

«Un regalo condiviso, allora.»

«Le indossi?» Mi sollevò la gonna e diede una sbirciata prima che io gli allontanassi la mano con uno schiaffo.

«Dovrai aspettare. Puoi venire da me stasera?» Era raro che Alexander si trattenesse a casa mia. Il più delle volte arrivava, pomiciavamo, e poi andava via perché doveva svegliarsi presto e aveva ancora del lavoro da fare.

Sospirò. «Vorrei. Davvero. Dovrò prima vedere come si mettono le cose, ma avrò un po' di tempo sabato dopo un appuntamento con un agente immobiliare. Potremmo cenare insieme?»

Assottigliai gli occhi nella sua direzione. «Un agente immobiliare?»

«Il divorzio mi ha portato a riflettere. Vivo in quel maledetto hotel da troppo tempo. Sarebbe un investimento a lungo termine di gran lunga migliore se mi decidessi ad acquistare un immobile.»

«Anche perché nessuna persona normale vive per tre anni in hotel.» Gli punzecchiai il torace. «Non sei Lindsay Lohan, insomma.»

«Chi?» domandò con una smorfia.

Scossi il capo. «Non importa.» Quell'ufficio era pieno di personalità eccentriche, perciò non sapevo mai cosa aspettarmi, ma i *barrister* non sembravano aggiornati quando si trattava di cultura pop, neanche quelli appena usciti dall'università. Sembravano esistere tutti in un mondo in cui non c'erano celebrità, reality show, o il rap.

«Quindi, cena?»

«Darò una controllata al mio calendario.» Ovviamente avrei accettato, ma non doveva per forza esserne così sicuro.

«Puoi venire con me all'incontro con l'agente immobiliare, se ti va, anche se sono sicuro che tu abbia di meglio da fare.»

Lo osservai, per verificare che avessi sentito bene. Non facevamo mai programmi durante il giorno nel weekend. «Sì, voglio assolutamente venire.»

«Davvero?»

«Ficcare il naso in casa di estranei? Ovvio. Farò qualche ricerca. Sono sicura che tu non abbia la minima idea dei prezzi di mercato.»

Lui ridacchiò. «Non ti sbagli.»

«Dove ti piacerebbe vivere?»

«Mi piace il quartiere in cui sono ora: Mayfair.»

«E sia.» Scivolai giù dalla scrivania. «Prendo solo qualche altra cartella e ti lascio in pace.» Mi diressi verso la pila di documenti che stavo cercando di smantellare in quel momento e superai la scrivania ora libera posta in un angolo.

Mi voltai verso Alexander, che aveva di nuovo la testa sepolta nel computer. «Sai, se permettessi a uno *junior* di sedere a quella scrivania, potresti gestire il tuo lavoro più facilmente, ascoltare le sue telefonate, addestrarlo perché lavori esattamente come vorresti tu.»

«Non condivido il mio studio con nessuno, Violet» borbottò verso lo schermo.

«Sarebbe una vittoria per entrambi... tu saresti meno stressato e avresti più tempo. Il che significherebbe più biancheria intima sexy. Più notti in cui potrei tenerti sveglio.»

Lui alzò gli occhi su di me. «Per quanto mi tenti, ho bisogno di silenzio per lavorare.»

«Ma Lance ti ha spiegato che per avanzare di carriera dovrai lavorare con gli *junior*, e Craig mi ha detto che se implementeremo il nuovo sistema di gestione dei documenti, dovrò trovare un'altra area in cui fare qualche taglio. Questa scrivania nel tuo ufficio vale almeno cinquantamila sterline all'anno.»

Perché non ci avevo pensato prima? Era la soluzione perfetta.

«Ho detto di no, Violet. Ora devo lavorare.»

Presi i fascicoli e mi diressi verso l'uscita. Ma una volta raggiunta la porta, mi voltai. «Pensaci.» Doveva di certo capire che aveva perfettamente senso.

Lui alzò gli occhi al soffitto. «Fuori!»

24

ALEXANDER

Cliccai sulla casella di posta in arrivo, e sentii il mio battito cardiaco accelerare di fronte alla mole di email provenienti da svariati *solicitor* che non avevo neanche aperto, figuriamoci gestito. E nel pomeriggio sarei stato troppo impegnato nella ricerca di un appartamento. Se ci fossi dovuto andare da solo e non avessi invitato Violet a unirsi a me, avrei disdetto. Ed era esattamente questo il motivo per cui ero finito a vivere in hotel per tre anni. Non avevo mai abbastanza tempo per trovare un posto in cui traslocare. Ma volevo passare del tempo con lei. Non vedevo l'ora di vedere il suo sorriso luminoso e il suo corpo caldo.

Ero indietro con il lavoro, più del solito, e Lance mi aveva detto – ancora – che avevo bisogno di lavorare con uno *junior*. Nelle ultime quattro notti avevo dormito per un totale di quindici ore ed ero esausto. Iniziavo a pensare sempre di più che Lance avesse ragione. E se avessi fatto entrare qualcuno nel mio studio, anche solo temporaneamente, avrei potuto tenere traccia del suo lavoro con più facilità. Mi stavo ammorbidendo nei confronti delle argomentazioni avanzate da Lance e Violet.

Nonostante il mio carico di lavoro, mi ero visto con Violet la maggior parte delle sere, anche se meno di quanto avrei voluto. Sorprendentemente, lei non pretendeva mai troppo del mio tempo, il che non faceva che aumentare la mia voglia di vederla, toccarla, stringerla, inspirare quel profumo rilassante che sapeva d'India, godermi la sua visione semplice del mondo.

Era la prima volta che una donna si era messa in competizione col lavoro e iniziava ad avere qualche chance di spuntarla. Osservai il mio orologio. Anche se me ne fossi andato ora, sarei stato in ritardo, ma Violet non aveva chiamato per dirmi dove ci saremmo incontrati. Se ne era dimenticata?

Fanculo. Domani avrei lavorato il doppio. Mi infilai il cappotto e schizzai verso la porta. Quando mi accomodai nel retro di un taxi, telefonai a Violet.

«Ehi, sexy» esordì.

«Senti chi parla. Sto andando all'ufficio dell'agente immobiliare, vuoi che passi a prenderti?»

«No, va bene così. Posso camminare. Terrò l'agente impegnata nel caso in cui tu dovessi far tardi.»

«E ti va ancora di andare a cena insieme?» domandai.

«Perché? Devi lavorare? Perché se così fosse, metterò il broncio.»

Le sue parole mi fecero stringere il cuore. A volte mi chiedevo se il motivo per cui sembrasse sempre così a suo agio in ogni situazione fosse perché ne era indifferente. Io ero un bastardo egoista a cui serviva una donna che lo desiderasse ma che non avanzasse troppe pretese. Proprio come mi serviva un *junior barrister* che gestisse una parte del peso di questo caso, ma non volevo allentare troppo la presa sul mio controllo. Volevo tutto a modo mio. Sempre.

Non sapevo fare altrimenti.

«No, ci sarò. Dove vorresti andare?»

«Non mi importa, niente di troppo elegante.»

Mi chiesi se le ristrettezze economiche erano il motivo per cui non voleva mai andare in posti costosi. Era preoccupata che avrei fatto pagare lei? Non sarebbe mai accaduto, ma forse era una sua ansia.

«Che ne pensi del cinese? Potremmo andare da Hakkasan?»

«Sono a Londra da un po'. Non puoi cavartela così. So bene che si tratta di un ristorante cinese super elegante.»

Io ridacchiai. «Okay. Proponi tu.»

«Potrei cucinare io. Potrei preparare del *mac and cheese*.»

«Sarebbe bello.» Mi procurava anche una bella sensazione avere una donna che cucinava per me, qualcuna che non era interessata a frequentare ristoranti di spicco ma voleva semplicemente trascorrere del tempo insieme. Sbirciai fuori dal finestrino e notai Violet raggomitolata al di sotto di un ombrello, fuori dall'ufficio dell'agente immobiliare. «Ti vedo» dissi.

Il taxi accostò nelle sue vicinanze proprio quando lei si voltò; i suoi occhi si illuminarono. Dio, era bello provocare una simile reazione in una donna così intelligente, bella e divertente. Saltai fuori dal taxi e le strinsi il viso tra le mani. La baciai e respirai il suo profumo.

Il taxi suonò il clacson e lei sobbalzò. Sorrisi contro la sua bocca, e la lasciai andare. Pagai il tassista impaziente, presi Violet per mano e insieme entrammo.

Una donna brillante, che indossava delle ballerine e un completo blu navy, ci si presentò col nome di Martha ed entrambi ci accomodammo di fronte a lei a un tavolo posto nei pressi della vetrina.

«Dunque, signor Knightley, cosa sta cercando esattamente?»

Avrei dovuto decisamente rifletterci più a fondo. Mi sembrava un passo importante già solo pensare di trasferirmi dall'hotel, e quindi avevo ignorato i dettagli. «Un posto in cui vivere» replicai, inutile. Ecco fin dove arrivava la mia attenzione in materia di ricerca di appartamenti.

«Bene. E che tipo di posto ha in mente?»

«Uno nei dintorni.» Mi piaceva quella zona, almeno quello lo sapevo.

«Capisco. E il suo budget?»

«Dipenderà dal posto.»

Violet mi strinse la mano. «Quante camere da letto?» chiese.

«Due, più uno studio.»

L'agente annuì. «Se parliamo di tre stanze, ci aggiriamo tra i dieci e i dodici milioni.»

Quando avevo lasciato Gabby avevo adocchiato un paio di appartamenti, però da allora i prezzi erano aumentati. Avrei dovuto acquistare tre anni fa, ma non ero stato pronto a dedicarmi ad altro che al lavoro.

«Se ci spostassimo a Fitzrovia, un appartamento di dimensioni simili si aggirerebbe sui tre o quattro milioni» continuò Martha. «E Bloomsbury è ancora più conveniente. O potremmo cercare qualcosa a cui serva una piccola ristrutturazione, farebbe scendere significativamente il costo. Vuole che allarghiamo la zona di ricerca? In questo periodo sono in parecchi a voler andare via da Mayfair.»

La gente poteva anche lasciare Mayfair, ma questo non significava che avrei voluto farlo anche io. Mi piaceva stare in una zona così centrale. La comodità era tutto per me. «Non voglio fare lavori di ristrutturazione né spendere più di dieci milioni. Preferirei un immobile di proprietà o un affitto a lungo termine. Su questo non transigo.»

Martha non si smosse. «Sono certa di poter riuscire a trovare qualcosa per lei. In effetti, ho un paio di appartamenti in mente. Mi dia qualche minuto per pianificare le visite.»

Quando Martha si allontanò, Violet inspirò a fondo.

«Tutto bene?» le chiesi.

«Qui intorno è tutto così stupidamente costoso.» Lanciò uno sguardo fuori dalla vetrina.

«A New York non è meglio, è il prezzo di vivere in città.»

«Beh, io vivo a New York e non pago certo dieci milioni per il posto in cui sono in affitto.»

«Stai pagando ancora l'affitto mentre sei qui?» Aveva così tanta voglia di tornare a casa? Non vedevo la sua permanenza a Londra come temporanea – stavo dando tutto troppo per scontato?

«Assolutamente no.»

«Allora cosa farai quando tornerai?» Volevo chiederle quanto a lungo prevedeva di restare. L'estensione del suo contratto era valida fino alla fine di gennaio, ma dopo cosa sarebbe successo? Non volevo forzarla. Volevo che fosse lei ad aprirsi a me. A condividere.

Violet iniziò a stuzzicarsi delle pellicine. «Non ne sono sicura. Forse per un po' starò con Scarlett e Ryder.»

Non voleva incrociare il mio sguardo, e avrei voluto chiederle cosa ci fosse che non andava ma prima di poterlo fare, Martha tornò.

«Ho appena ricevuto conferma di disponibilità di alcuni appartamenti. Si trovano tutti nelle vicinanze. Siete pronti?»

Aveva smesso di piovere. Quando uscimmo dall'ufficio presi Violet per mano e ci incamminammo in silenzio alle spalle di Martha, entrambi piuttosto pensierosi. Le mancava casa o era semplicemente rimasta scioccata dai prezzi di Mayfair? Potevo capire entrambe le cose, però non potevo comunque aiutarla in nessun modo. Stava pensando a cosa avrebbe fatto una volta tornata a New York o alla possibilità di allungare la sua permanenza a Londra oltre i sei mesi? Magari avrei potuto chiederglielo se Martha non si fosse trovata lì con noi, ma per il momento mi sarei limitato ad averla con me.

«Voglio la tua sincera opinione, okay?» dissi a Violet quando arrivammo al primo appartamento. Lei mi guardò e sorrise.

Una volta all'interno, Violet lasciò andare la mia mano.

«È stata ristrutturata di recente. Parquet a spina di pesce in rovere, tre camere da letto, tre bagni. Marmo italiano in cucina, sistema sonoro integrato. Portiere ventiquattr'ore su ventiquattro.» La voce di Martha si affievolì in sottofondo mentre guardavo Violet esaminare l'appartamento. Ispezionò ogni angolo nel dettaglio, dal pavimento al soffitto, dalla cucina al ripostiglio per le scope. Il suo volto non lasciava trapelare nulla, il che era insolito. Di solito riuscivo a capire subito se approvava o disapprovava qualcosa che avevo detto o che qualcuno aveva fatto. La seguii, senza riuscire a guardarmi intorno; ero sempre più interessato a ciò che potesse star pensando Violet.

«La terza camera da letto ha le dimensioni perfette per una nursery» continuò Martha, aprendo una porta che dava in una piccola camera da letto con affaccio sulla piazza. «E, ovviamente, il parco è l'ideale per i bambini.»

Davo forse l'impressione di essere sul punto di procreare? Magari pensava che fosse quello il motivo per cui volevo trasferirmi. Martha non poteva certo sapere che ero uno stacanovista egoista che aveva lasciato sua moglie quando lei aveva iniziato a parlare di bambini. Martha non sapeva che non passavo la maggior parte delle sere con Violet perché ero abituato a svegliarmi prestissimo al mattino per dare una ripulita alla mia casella email.

Come aveva detto Gabby, non era cambiato nulla – single o sposato, sposato o divorziato. Ed era quello che volevo, no? Ero alla ricerca di un appartamento che sarebbe rimasto vuoto per diciotto ore al giorno, tutti i giorni. In cui non ci sarebbe stato nulla in frigo e soltanto i *miei* vestiti nell'armadio.

«Allora, cosa ne pensa?» domandò Martha, guardandomi. Io guardai Violet. «Cosa ne pensi?»

«Credo che la terza stanza sia troppo piccola. Passi parecchio tempo a lavorare. Lì dentro non avresti abbastanza spazio, e se usassi la seconda stanza come studio poi la terza non sarebbe abbastanza grande per fare da stanza per gli ospiti. Il bagno della camera da letto principale ha un solo lavandino e non ha una doccia separata, e credo che questo influenzerebbe sul guadagno in caso di vendita.» Violet sospirò. «Inoltre, duecentocinquanta sterline a metro quadro in questa zona è decisamente troppo.» Appoggiò una mano su un fianco e si guardò un altro po' intorno. «Anche se mi piacciono i soffitti alti e il panorama, non credo sia la casa giusta. Magari dovremmo fare un confronto con qualche *mews house*. Vorrei davvero vederne una dall'interno. A noi americani non restano molte case che sono state costruite trecento anni fa e che si usava condividere con i cavalli. Non saprei dire se fossero molto fortunati i cavalli, o se semplicemente gli umani vivessero in condizioni pietose, e vorrei capirlo.»

Dio se era carina, sexy e intelligente. E così premurosa.

Non dovevo riflettere su cosa mi servisse in una casa perché ci aveva già pensato Violet.

«Ho qualche *mews house* disponibile» rispose Martha. «E una bifamiliare. Vogliamo proseguire?» Si voltò e si diresse verso l'uscita.

Violet sogghignò, con un'espressione da "Pensavi forse che non mi sarei preparata bene?".

Non avevo alcuna risposta in serbo a parte un principio di erezione per questa ragazza brillante e preparata, che aveva considerato ogni dettaglio riguardo i miei bisogni prima ancora che potessi pensarci io. Faceva sempre così… come il picnic a Lincoln's Inn Fields, o convincermi a condividere il mio ufficio con uno *junior*. Le importava di me, delle mie necessità, e io volevo ricambiare. Volevo farla sentire speciale tanto quanto lei faceva sentire speciale me.

25

VIOLET

«Questo non è shopping, è l'inferno!» strillai verso Darcy, che avanzava di fronte a me mentre io continuavo a sbattere contro le persone che arrivavano dalla direzione opposta.

Darcy si infilò in una strada laterale e io la seguii, non prima di ricevere le imprecazioni di un uomo che indossava una t-shirt corta fino all'ombelico. Dato che eravamo a metà novembre e si gelava, non potevo arrabbiarmi, perché ero certa che sarebbe morto di ipotermia entro la fine della giornata.

«La stagione dello shopping natalizio è iniziata sul serio, non pensavo che sarebbe stata così tragica» osservò Darcy.

«Ma manca ancora una settimana al giorno del Ringraziamento.»

Darcy mi spinse per una spalla. «Non sei in America. Lo sai che qui non festeggiamo il Ringraziamento, vero?»

«Non posso accettarlo, e comunque, *tu* lo festeggerai perché ci vedremo tutti a Woolton.» Lei mi trascinò in un negozio. «In verità non vedo l'ora. Ho trovato un posto che vende *igname.*»

«Noi usiamo semplici patate dolci» risposi, superando l'ingresso.

Darcy sollevò lo sguardo al soffitto. «E me lo dici solo adesso? Ci ho messo delle ore per trovare un negozio che li vendesse. Le mangiate davvero con i marshmallows?»

«Certo. Patate confit.»

Lei scosse la testa. «Se lo dici tu.»

«Mi dispiace, ma nessuno in Inghilterra può lamentarsi delle patate confit quando voi mangiate il *Marmite.* Insomma, quella roba è disgustosa. Puzza di cacca di topo fermentata. E ne ha anche l'aspetto.»

«Fa molto bene alla salute» ribatté lei, come se fosse normale fare colazione spalmando una fetta di cacca sul pane.

«Non mi importa se può farmi assomigliare a Charlize Theron. È disgustoso.» Mi guardai intorno e osservai gli espositori sparsi in giro, i luccicanti pavimenti bianchi e i soffitti. Quel posto sembrava costoso, ma in effetti tutti i posti in cui faceva shopping Darcy erano fuori dalla mia portata. «Mi avevi promesso di portarmi da Forever 21» dissi.

«È più avanti. Questo posto ha roba fantastica.»

Di nascosto, afferrai un'etichetta che penzolava dalla manica di una maglia dall'aspetto ordinario. Cento dollari? Magari in un'altra vita.

«Non mi hai ancora raccontato nulla dei ragazzi che ti stai chiavando» se ne uscì Darcy mentre sfiorava un espositore con le dita.

«*Chiavando?*» Scoppiai a ridere. «Beh, non sono molti. Però sto baciando parecchio.» Darcy mi guardò da sopra una spalla. «Che intendi?»

«Sto uscendo con qualcuno. Cioè, ho un ragazzo.»

Lei mise a posto i pantaloni che sembrava aver selezionato e si voltò verso di me, con un ampio sorriso in volto. «Hai un ragazzo... pensavo che non credessi in certe cose! Quando è successo?»

«Non so bene come sia successo.»

«Come vi siete conosciuti? Che lavoro fa? Devi raccontarmi tutto.»

«È uno dei *barrister* dell'ufficio. È iniziata come semplice sesso.» Mi strinsi nelle spalle. «E, non saprei, si è trasformata in qualcos'altro. Non è come gli altri. È più uomo. Un adulto, sai.»

«Non ti ho mai sentita parlare di un uomo senza una punta di disprezzo nella voce, nemmeno di tuo fratello.» Tornò a voltarsi verso l'espositore, spostando le grucce una per una. «Sembra che questo ragazzo ti piaccia davvero.»

«Beh, Max si merita tutte le frecciatine che gli riservo, ma Alexander è solo un po' incompreso. All'esterno è spinoso, però quando inizi a conoscerlo è fantastico: è integro, onesto e super intelligente. Mi piace trascorrere del tempo con lui. Mi fa ridere, anche quando non ne ha l'intenzione.»

«Sembra una cosa seria» commentò. «Lo conosceremo al Ringraziamento, vero? Verrà a Woolton?» Feci una smorfia. Non avrei invitato Alexander. «Dio, no. Non riuscirebbe mai a trovare il tempo.»

Darcy prese una blusa, la ispezionò da entrambi i lati, quindi la rimise a posto. «Non gliel'hai chiesto?»

«Non serve. So che direbbe di no.»

«Ma ti farebbe piacere se venisse?» domandò.

«Non ci ho pensato» mentii. «Mi conosci. Non faccio programmi con gli uomini.» Non volevo mettere Alexander in una posizione in cui avrebbe potuto temere di deludermi o di non concedermi abbastanza tempo. E comunque, perché avrebbe dovuto voler conoscere la mia famiglia? Era troppo. Troppo serio. A fine gennaio sarei tornata negli Stati Uniti e lui sarebbe rimasto qui, a lavorare come un pazzo. La nostra data di scadenza incombeva. Perfino l'estensione del mio contratto ci aveva fatto guadagnare solo qualche mese, e non volevo che le nostre vite si intrecciassero più di quanto non stessero già facendo. Tra qualche settimana avrei lasciato Londra, e con essa anche Alexander.

«Mi piacerebbe conoscerlo. Sembra perfetto per te, se fuori è "spinoso" ma anche incompreso. Fai sempre finta che non ti importi di niente, ma ormai non abbocco più a questa tua farsa.»

Io risi. «Non ho mai detto che non mi importa di niente. Comunque, non stiamo parlando di me. Alexander è tutt'altro che perfetto. Perde facilmente la pazienza e non dice mai qualcosa di carino solo per mantenere calme le acque.» Però aveva un cuore gentile e generoso, e un sorriso diabolico.

Darcy si fermò di fronte all'espositore e si voltò verso di me. «Direi che siete compatibili. Non ti ho mai vista cercare di addolcire una discussione. Tu e Scarlett bisticciate continuamente.»

Io alzai gli occhi al soffitto. «Questo perché Scarlett ha sempre torto.» Lei sorrise. «Non ho altro da aggiungere.»

Esaminai l'espositore che avevo di fronte. Sperai che Darcy mi imitasse e si distraesse. Non volevo parlarne più, perché mi ricordava che io e Alexander non avevamo molto tempo, che anche volendo, non avrei potuto fare progetti per un futuro con quest'uomo.

«Potresti semplicemente invitarlo. Dirgli che non ti aspetti che lui accetti. Non si sa mai, potrebbe offendersi se *non* glielo chiedessi.»

«Ne dubito. È felice quando lavora. Non è il tipo a cui piace fare conversazione con un mucchio di estranei.» Era impossibile che Alexander potesse accettare deliberatamente di partecipare a una cena di Ringraziamento in campagna, e non volevo che facesse qualcosa solo per rendere felice me. Così facendo avrei iniziato a contare su di lui, ad avere aspettative, e non avrebbe portato altro che guai.

«Ehi» obiettò Darcy, concentrandosi su di me.

«Beh, voi per lui siete un mucchio di estranei. Il fatto che siate le mie persone preferite non cambia la realtà.»

«Non vedo che cosa tu abbia da perdere nell'estendere l'invito a lui.»

«Sei insistente per essere così minuta.» Assottigliai lo sguardo.

Lei sogghignò, orgogliosa. «Lo so. Voglio davvero conoscerlo. Se tu riesci a trovare l'amore, allora anche io ho speranza.»

«Non è amore» sbuffai. «Non è *per niente* amore, pazzoide.»

«E allora cos'è?» domandò. Mi accostò un abito blu, poi scosse subito il capo.

«È ottimo sesso.» Sapevo che era molto di più. Sembrava proprio amore. Come qualcosa che non durava solo un attimo, ma che avrei potuto immaginare nel futuro. «E te l'ho spiegato, lui mi fa ridere.» Mi piacevano così tante cose di Alexander. La sua integrità, il fatto che non avesse mai detto nulla di negativo sulla sua ex moglie. Il modo in cui aveva accettato di partecipare al mio picnic anche se ero certa che corrispondesse alla sua personale idea di inferno. Il fatto che quando era al lavoro mi chiamava sempre prima che andassi a dormire per augurarmi la buonanotte. La premura dei regali che mi aveva consegnato al lavoro. Il modo in cui la sua espressione burbera e concentrata si tramutava in un sorriso non appena mi vedeva.

Mi faceva stare bene. Mi faceva sentire intelligente. Ed era leale, e corretto. Non si sarebbe mai e poi mai comportato come David.

Quindi non si trattava solo di ottimo sesso. Cazzo.

«Allora invitalo. Può far ridere anche noi.»

«Non è una scimmia da circo.» Alzai gli occhi al soffitto. «Ci penserò. Ma solo se mi porti da Forever 21.»

Volevo smettere di pensare a tutto ciò che mi piaceva di Knightley. Quando ero arrivata a Londra non avevo cercato altro che qualche avventura. Di certo non avevo sperato di trovare un ragazzo o una carriera. Non ero qui per trovare qualcuno da presentare alla famiglia. Non volevo affezionarmi a una persona che avrei rimpianto una volta tornata a casa. Allo stesso tempo, però, sarei stata fuori Londra per quattro giorni e sapevo già che Knightley mi sarebbe mancato. Non ci restava molto tempo insieme, e volevo sfruttare al massimo quello che ci rimaneva.

Lo avrei invitato. Lui avrebbe rifiutato perché sapeva come stavano davvero le cose tra noi. Sapeva tutto quello che noi non eravamo. E poi mi sarebbe passata. Avrei smesso di pensare a lui in termini di futuro e mi sarei concentrata solo sul presente.

26

ALEXANDER

Finalmente avevo accettato che un avvocato *junior* si unisse a me nel mio ufficio. Come al solito, si era trattata di una decisione egoista. Di fatto, imparare a lavorare con degli *junior* mi avrebbe aiutato a fare progressi nei casi che mi venivano affidati.

Sorrisi quando sentii bussare alla porta. Non solo sapeva essere persuasiva, Violet King sembrava essere al corrente dei movimenti di chiunque e a qualunque ora. Non entrava mai nel mio studio quando era presente anche Sebastian, il mio *compagno di stanza*, che era andato via giusto dieci minuti fa.

«Avanti» risposi.

Lei scivolò rapidamente all'interno. «Devi ruggire di più quando lo dici. Altrimenti la gente inizierà a sospettare qualcosa. Comunque, come sapevi che ero io?»

Ridacchiai. «Sei ridicola. Cosa vuoi?»

«Vedo che signor Fascino è di nuovo tra noi. Sto per uscire a comprare il pranzo, vuoi che ti porti qualcosa?»

Mi rilassai contro lo schienale della poltrona. «Sai che c'è? Vengo con te. Devo sgranchirmi le gambe.»

«Non andrò direttamente a prendere da mangiare» si affrettò a spiegare con un'espressione leggermente ansiosa. «Prima andrò a visitare un museo. Ma tornerò tra un'ora, se hai bisogno che ti porti qualcosa.»

Mi colpì il fatto che Violet avesse una vita segreta che andava avanti senza di me mentre lavoravo. Mi aveva accennato di essere andata al Museo di Londra un paio di settimane fa, ma era chiaro che si trattasse di un'attività che lei svolgeva regolarmente. Mi sentivo un po' invidioso, sia del fatto che aveva del tempo libero da impiegare a suo piacimento, *sia* del fatto che non trascorreva quel tempo con me. «Che ne diresti se venissi anch'io?» domandai.

«Al museo?» Aggrottò la fronte, come se non avesse sentito bene.

«Sì. Di che museo si tratta?»

«È la casa di un tizio.» Indicò un punto alle sue spalle con un pollice. «Sir John qualcosa.»

«Soane.»

«Quindi ci sei già stato. Non vorrai visitarlo di nuovo, no?»

Il museo di Sir John Soane era stato uno dei miei luoghi preferiti ai tempi in cui ero solo un avvocato alle prime armi, affannato dalla preoccupazione che non sarei riuscito a trovare abbastanza lavoro o ad avere una carriera come quella di mio padre. Si era rivelato una piacevole distrazione, qualcosa che mi ricordava che costruirsi una carriera, un lascito, era il lavoro di una vita e non qualcosa che si verificava in una sola notte. «Sono anni che non ci vado. Mi piacerebbe tornarci.»

«Hai tempo?»

«Nel caso in cui tu non te ne sia accorta, ora ho uno *junior* che lavora per me.»

Lei sorrise. «Ti sta aiutando?»

Io tentennai. «La giuria deve ancora emettere il suo verdetto. Credo che a entrambi serva del tempo per abituarci. Ma sono dell'umore per *carpere un po' di diem* con te.»

Lei sogghignò e mi lanciò un bacio volante. «Ci vediamo fra dieci minuti.» Era bello vederla felice, e ancora di più se lo era grazie a me. Non ricordavo di aver mai provato una simile sensazione con Gabby. Forse perché non l'avevo mai resa felice.

Mi infilai cappotto, sciarpa e guanti, e mi diressi fuori dall'ufficio e verso i Fields.

Sir John Soane, in quanto architetto prolifico, aveva progettato e costruito casa sua in parte come abitazione, in parte come scuola e in parte come vetrina per i suoi clienti. Era piena di interessantissimi bozzetti d'arte e progetti architettonici.

Sorrisi, nonostante la gelida morsa del vento. Sei mesi prima, l'idea di andare in un museo in pausa pranzo mi sarebbe sembrata ridicola. La nozione di avere una ragazza, risibile. Eppure eccomi qui, diretto verso il museo di Sir John Soane per incontrare Violet.

La notai poggiata contro la ringhiera in ghisa, con il naso sepolto in qualcosa che stava leggendo. I capelli che giacevano sparsi sulle spalle del suo cappotto erano dello stesso nero lucido della ringhiera e contrastavano con la sua pelle pallida, arrossata dal freddo. Era di una bellezza senza tempo che sarebbe stata venerata perfino nel diciottesimo secolo, quando quella casa era stata appena edificata.

«Mi piace il tuo cappello» dissi quando mi avvicinai a lei e le sfiorai il berretto rosa che indossava e che si abbinava alle sue guance accese.

«Ciao» rispose, brillando nella mia direzione. Mi si mozzò il respiro. Ero così fortunato di poter passare la mia pausa pranzo con questa donna.

«Cos'hai lì?» le domandai mentre infilava qualunque cosa stesse leggendo nella borsa.

Mi chinai in avanti per dare una sbirciatina. «Columbia University?» Riuscii a leggere il titolo riportato nel libretto prima che lei lo mettesse via.

«Oh, non è niente, solo ricerca. Pronto?» Mi prese sotto braccio e insieme salimmo i gradini di pietra che conducevano all'entrata.

Violet prese un opuscolo informativo dall'espositore nel corridoio. «Da dove cominciamo?»

Con il capo le indicai di svoltare a destra verso la sala da pranzo-biblioteca. Quando Violet entrò nella stanza, reclinò la testa all'indietro e fece un giro di trecentosessanta gradi, osservando i muri color rosso sangue pieni di dipinti e sculture, e le librerie di vetro poste su entrambi i lati della stanza. «È incredibile. È come se vivesse ancora qui.»

«A volte ci organizzano delle cene. Vengono servite a lume di candela, come all'epoca in cui era ancora vivo.»

«Sembra romantico. Ci sei stato?» domandò.

«Sì, anche se era organizzata dall'ufficio, quindi non esattamente romantico.» Cenare qui con Violet però sarebbe stato romantico eccome. Mangiare a lume di candela sarebbe stato carino… magari avrei potuto proporlo, qualche volta. Continuai a esaminare le reazioni di Violet che analizzava la stanza. Non riuscivo a toglierle gli occhi di dosso. Era come se stare con lei mi riempisse di energia, mi colmasse, e non volevo sprecarne neanche una goccia.

«Hai programmi per il weekend?» chiesi mentre uscivamo e poi rientravamo in uno studio angusto che non era altro che una stanza di passaggio. Forse avrei potuto portarla a cena in un posto carino, un posto romantico.

«Te l'ho detto, mio fratello e mia sorella verranno qui dagli Stati Uniti con tutti i loro figli.»

«Oh, giusto. Per il Giorno del Ringraziamento.» Non l'avrei vista per l'intero fine settimana. «Non sarai a Londra, giusto?»

«Ho quattro giorni di vacanze.» Mi strinse il braccio, poi lo lasciò andare e avanzò davanti a me nel punto in cui il corridoio si restringeva.

«Quattro giorni?» la interrogai.

«Questo posto è pazzesco» disse Violet, ignorando la mia domanda.

Eravamo accerchiati da quattro percorsi diversi, porte, corridoi, gradini che accedevano a stanze più piccole.

«Sembra di essere in *Alice nel paese delle meraviglie*, o qualcosa del genere» proseguì. «Sì, mercoledì sera andrò a Woolton.» Sorrise. «Darcy è carina; preparerà patate confit, pane di mais e tutti cibi tradizionali.»

«Sembra bello. Sei contenta di rivedere tutti?»

Lei sgranò gli occhi e mi accarezzò il colletto del cappotto. «Certo. Non avrei mai pensato di dirlo, ma mi manca mia sorella.»

Avvertii un moto di nervosismo allo stomaco, al pensiero di saperla lontana a divertirsi senza di me. All'idea di non vederla per quattro giorni. «Tornerai cantando l'inno nazionale.»

«Se sarai abbastanza fortunato, tornerò indossando solo la bandiera.» Ammiccò.

La attirai a me. «Potresti metterti in ghingheri anche stasera.» Le posai un bacio sulle labbra. Trascorrevo sempre più serate insieme a Violet. Sempre più spesso mi capitava di andare da lei a lavoro terminato e di dormire lì. Era il posto in cui volevo stare.

Quando mi ritrassi, lei mi guardò come se volesse dirmi qualcosa ma si stesse trattenendo. «Che c'è?» domandai.

Violet si strinse nelle spalle e si voltò, poi continuò ad avanzare verso le profondità della casa.

«Potresti venire anche tu, se volessi. Insomma, so che sei molto impegnato, ma se volessi, anche solo per una sera, saresti il benvenuto.»

Deglutii. Mi stava invitando? Per il weekend, per conoscere la sua famiglia?

«Non mi aspetto che tu dica di sì. Solo, pensavo...» Sollevò lo sguardo sui muri coperti di chincaglierie che Sir John aveva reperito durante i suoi lunghi viaggi. Stava cercando di evitare il mio sguardo.

Avevo molto lavoro da fare. Tantissimo. Ma l'idea di stare con Violet, lontano da Londra, mi indusse a riflettere su come poter riorganizzare la situazione. «Forse potrei» replicai.

«Sarebbe folle. Non mi aspetto che tu accetti. È che...»

«Voglio venire, Violet.»

Finalmente si voltò a osservarmi. «Davvero?»

Odiavo che la cosa la sorprendesse tanto, che supponesse di non essere abbastanza importante per me da riuscire a trovare del tempo per lei. Ma non aveva motivo per comportarsi diversamente. Il lavoro veniva sempre prima di tutto. «Sì. Probabilmente non potrò esserci per l'intero weekend, però magari solo per il Ringraziamento.»

Si fermò a guardarmi come se non avesse sentito bene. «Ma è di giovedì.»

«Sembri sorpresa» commentai, come se lei non ne avesse motivo. Non era l'unica capace di provocare.

Violet scoppiò a ridere. «Non so perché. Insomma, non stai facendo altro che oziare al lavoro.»

«Sto cogliendo l'attimo, Violet.»

Quando lei mi poggiò le mani sui fianchi, io la attirai a me.

«Mi farebbe piacere» confessò a bassa voce. E io sentii il mio torace aprirsi, come se avessi appena vinto qualcosa. Sorprendere Violet, renderla felice, sembrava la più grande conquista della settimana. E non avevo mai provato nulla di simile al di fuori del lavoro.

27

VIOLET

La sala da pranzo di Woolton era stata predisposta per ospitare un buffet in modo che potessimo consumare la nostra cena quando volevamo, ma eravamo tutti troppo impegnati a chiacchierare e ad aggiornarci a vicenda e, comunque, avremmo dovuto prepararci per il banchetto del Ringraziamento del giorno dopo. Anche se eravamo solo in sei, più i bambini, la casa sembrava comunque piena zeppa di gente. Per quanto mi piacesse lamentarmi di mio fratello e di mia sorella, non ero mai stata così felice di rivederli.

Ero in piedi, con un braccio che cingeva la vita di Scarlett. «Stai benissimo, duchessa» dissi. Lei sghignazzò. «Non chiamarmi così. Sembra quasi tu stia cercando di aggiudicarti un posto al tavolo dei bambini.»

«Ti ho chiamata in modi peggiori.»

«Vero. Allora, com'è l'Inghilterra? Non ti ho sentita questa settimana.»

«Mi sta piacendo.»

«Beh, sei uno splendore. Adoro questo vestito.» Adocchiò il mio abito in seta color verde bottiglia. «È diverso dal tuo solito look stravagante.»

Il vestito era un regalo di Alexander. Gli avevo intimato di smetterla di comprarmi cose, ma lui mi aveva spiegato che da quando mi aveva comprato la gonna, veniva perseguitato su internet da annunci di articoli che era certo mi sarebbero piaciuti, quindi aveva continuato a cliccarci sopra. E mi piaceva il fatto che notasse sempre i doni che indossavo.

«È l'effetto dell'amore» commentò Darcy.

«Piantala, Darcy. Lo sai che non credo in certe sciocchezze.» David mi aveva insegnato che l'amore era davvero cieco, e io mi ero ormai tolta il paraocchi.

«Spero davvero di riuscire a incontrare questo tizio durante la mia permanenza qui. Chiunque sia riuscito a catturare la tua attenzione per più di una settimana mi intriga. Un giorno verrò a Londra e mi presenterò sul tuo posto di lavoro quando meno te l'aspetti.»

Darcy fece una smorfia e io sentii il mio stomaco contorcersi. Non avevo detto a Scarlett che l'indomani sarebbe venuto anche Alexander. Darcy ovviamente lo sapeva, dato che era stata lei a proporlo e aveva avuto bisogno di conoscere il numero dei partecipanti per il pranzo. Io mi ero aspettata che Alexander si tirasse indietro per una qualche emergenza di lavoro dell'ultimo minuto, ma per il momento non era accaduto nulla, e questo mi rendeva leggermente nervosa... non era da lui. Non sapevo cosa mi spaventasse di più: che Alexander venisse o che mi desse buca.

«Non dovrai aspettare la prossima settimana» intervenne Darcy, interrompendo il mio flusso di pensieri. «Lo conosceremo tutti domani.»

A bocca aperta, Scarlett si voltò verso di me.

«Non sono sicura che riuscirà a venire» mi giustificai. «Non ho dato conferma, no?» chiesi a Darcy. Sarebbe stato umiliante se non si fosse presentato, ora che lo sapevano tutti. «Sta lavorando a un grosso caso. Ha detto che ci avrebbe provato, ma mi sorprenderebbe se riuscisse davvero a trovare il tempo.» Lasciai la presa su Scarlett e presi un bicchiere di vino.

«Non essere così poco fiduciosa» disse Darcy. «All'inizio credevi che non ci avrebbe neanche pensato su. Vedrai che verrà.»

«Non lo conosci» ribattei. «Come fai a dirlo?»

«È solo una sensazione.» Bevve un sorso di vino, con un sorriso che sfiorava il bordo del calice.

«È una grande notizia, Violet» commentò mia sorella.

«Non lo è per niente.» L'ultima cosa che avrei voluto era che tutti la considerassero una faccenda più importante di quanto non fosse in realtà. Certo, uscivamo insieme da qualche mese, ma dato che Alexander era sempre impegnato ed entrambi sapevamo che si trattava di una frequentazione temporanea, non era una cosa così seria. Non poteva esserlo.

«Hai già detto "ti amo"?» domandò Darcy, agitando le acque.

«No! Non è come credi.» Dubitavo che Alexander avesse detto "ti amo" perfino a sua *moglie.* Non era il tipo, e non lo ero neanche io. Uscivamo insieme e basta. Ci stavamo godendo il momento.

«State insieme da mesi però, no? Non ti ho mai vista frequentare nessuno così a lungo. Deve piacerti.»

«Certo che mi piace. Insomma, a volte è uno stronzo lunatico e malinconico, ma...»

«Chi è uno stronzo?» Max si avvicinò, con un piatto pieno di cibo. Doveva aver sentito la parola "stronzo" e aver pensato che stessimo parlando di lui.

«Il suo ragazzo» rispose Scarlett.

«Stai uscendo con qualcuno, Darcy?» sogghignò Max.

«No.» Scarlett gli assestò un colpetto con un gomito. «Violet.»

«Cosa? Hai un ragazzo?» domandò mio fratello, guardandomi come se lo avessi appena informato di voler donare un rene. «Un ragazzo inglese? Non credo sopporterei altro sangue inglese in questa famiglia.»

Oh mio Dio, Max era già saltato alla nascita dei miei figli. «La smettete di ingigantire le cose? Quando arriverà penserà che siete un branco di pazzi.»

«Verrà a Woolton?» chiese Max.

«Domani» rispose Darcy.

Passato il weekend, l'avrei uccisa. Stava rivelando tutti i miei segreti.

«Sei incinta?» domandò Max.

Alzai gli occhi al soffitto e mi voltai per abbandonare il gruppetto e riempirmi di vino il bicchiere.

«Non è incinta; è innamorata.» Scarlett mi afferrò per un braccio. «Non sei incinta, vero?»

«No, non sono incinta, e di sicuro *non* sono innamorata. Quante volte devo dirlo?» Avrei voluto non averlo invitato. Sarebbe stato uno show degli orrori. Solo che in realtà non mi ero davvero pentita di averlo invitato. Ero eccitata al pensiero che sarebbe arrivato qui, che avrebbe lasciato perdere il lavoro per qualche ora solo per trascorrere del tempo con me. Volevo mostrargli la casa e passeggiare con lui sulla sponda del lago, avvolti in sciarpe e cappotti. Baciarlo accanto al campo da croquet.

«Dovete promettermi che non vi comporterete da idioti.»

«Non ti preoccupare. Non gli diremo che è il tuo primo ragazzo dai tempi del college e l'unico per cui ti si siano *mai* illuminati gli occhi al sentirlo anche solo nominare.»

«Scarlett, per favore. E comunque, sa tutto di David.»

«Gli hai raccontato di quel che è successo?» chiese lei.

«Beh, sì.» Non era un grosso problema, no? Non volevo nascondergli niente e dopo la questione di Gabby, non volevo che lui tenesse nascosto qualcosa a me.

«Dell'azienda?» insistette Scarlett. Annuii. «Sì, come ti ho già detto. Sa tutto.»

«Wow.» Bevve un sorso di vino per cercare di dissimulare un sorriso.

«Non c'è niente di "wow".»

«Beh, spero proprio che non sia uno stronzo» disse Max.

«Allora temo che resterai deluso» ribattei.

«Se solo farà una mossa sbagliata...» Max gonfiò il petto e io sollevai lo sguardo al soffitto.

«Non può essere uno stronzo» commentò Darcy. «Non se ti piace così tanto.»

«Chi ha detto che mi piace tanto?»

«Ha già firmato i documenti del divorzio?» domandò Scarlett.

«Lo stronzo è sposato?» intervenne Max, con la bocca piena di cibo. Poi deglutì. «Gesù, Violet. Hai una storia con un uomo sposato?»

«Grazie, Scarlett» risposi, scuotendo il capo. «Sì, ha firmato i documenti del divorzio, e sono tre anni che è separato da sua moglie.»

«Questo tizio non mi piace» borbottò Max.

«E invece avete molto in comune. Siete entrambi dei coglioni stacanovisti, quindi dovreste andare d'accordo.»

Non ne ero per niente sicura, in realtà. Non avevo mai visto Alexander interagire con qualcuno a parte me in un contesto non lavorativo. Ma era un brav'uomo. Poteva essere burbero e umorale, ma quella era solo una facciata. Quando riuscivi a conoscere il vero Alexander, lui era corretto e gentile. Speravo che la mia famiglia sarebbe riuscita ad accorgersene. Volevo che a loro Alexander piacesse perché era la prima persona dopo tanto tempo di cui mi importasse davvero. E non volevo sbagliarmi sul suo conto. Volevo che loro vedessero ciò che vedevo io. Era come se Alexander rappresentasse la nuova Violet – una donna che era riuscita a dimenticare le cicatrici dei suoi vent'anni. E se mi fossi sbagliata su di lui, su cos'altro mi sarei ritrovata a sbagliarmi?

Speravo solo che lui non avrebbe disdetto. Non ora.

28

ALEXANDER

Per la seconda volta nell'arco di tre mesi mi stavo dirigendo in auto verso la periferia per Violet King. Quando mercoledì aveva lasciato l'ufficio, non si era lamentata del fatto che io non sarei partito con lei. E non mi aveva chiesto quanto sarei rimasto, né se ero certo che sarei riuscito ad andare. Aveva semplicemente affrontato la vita un giorno alla volta.

Avevo scoperto che pranzare insieme non aveva avuto un impatto così negativo sul mio carico di lavoro. Al contrario, i nostri momenti rubati mi rinvigorivano e mi facevano ritornare alla scrivania ogni volta più efficiente. E questo mi induceva a desiderare di trascorrere altro tempo con lei.

Svoltai nel sentiero acciottolato indicato dalla mappa. La tenuta del Duca di Westbury era magnifica. Violet King era piena di sorprese.

Quando parcheggiai di fronte alla casa, la porta si aprì e Violet iniziò a scendere i gradini di corsa. Appena uscito dall'auto, lei mi gettò le braccia al collo.

«Ce l'hai fatta» esclamò, più felice di quanto potessi sperare.

«Te l'avevo detto che ci sarei riuscito, no?»

«E tu non parli mai a vanvera.» Premette le labbra contro le mie, e io la strinsi a me.

«È un posto stupendo» dissi, osservando i giardini. «Opera di Capability Brown, direi.»

«Sì, dovremmo fare una passeggiata fino al lago, ma dopo il pranzo, che, a pensarci bene, durerà quasi tutto il giorno. Quindi, domani. Rimarrai?»

«Sì, se mi vuoi.»

Lei reclinò il capo da un lato. «Mi piaci proprio tanto» rispose.

Io ridacchiai. «Anche tu mi piaci. Ora aiutami con queste.» Aprii il portabagagli e le porsi due buste di carta.

«Cosa c'è qui dentro?» domandò.

«Non sapevo cosa portare, quindi ho selezionato un po' di alcolici e dei giocattoli per i bambini.» Chiusi il portellone del portabagagli, tornai sul davanti dell'auto e recuperai il mio borsone.

«Che c'è?» domandai quando la vidi starsene lì ferma con le sopracciglia corrugate.

«Hai portato dei regali per i bambini?» chiese.

«Non eccitarti troppo. Sono solo piccolezze che ho ordinato online. Non so se vanno bene per la loro età.» Rivolsi un cenno del capo alla porta. «Entriamo, si gela.»

«È molto dolce da parte tua.»

Ridacchiai. Nessuno mi aveva mai definito dolce.

«Si stanno tutti preparando per il pranzo, quindi ti mostro prima la nostra stanza.» Violet posò i doni su un tavolo. Quando iniziammo a salire le scale, tra i muri riecheggiò uno stridio e il rimbombo di una porta che sbatteva.

Una ragazza minuta dai lunghi capelli castani si precipitò giù dalle scale e ci venne incontro con solo un paio di calzettoni ai piedi. «Tu devi essere il ragazzo di Violet» esordì, allungando una mano. «Sono così felice che tu sia qui. Io sono Darcy.»

«Ciao» la salutai e poi le strinsi la mano. «Grazie per avermi invitato nella tua splendida casa.»

Lei si sollevò sulle punte dei piedi, poi si riabbassò. «È un vero piacere. Credo che il Ringraziamento sia bellissimo, ma sono davvero felice di avere a tavola con noi un altro inglese. Di solito siamo in minoranza!»

«Sì, questi americani ci stanno conquistando» scherzai.

«Sono solo scesa per controllare che fosse tutto a posto e che alla signora MacBee non sia venuto un infarto. Fa' come se fossi a casa tua e fammi sapere se hai bisogno di qualcosa.»

Proseguì lungo le scale e noi riprendemmo la nostra scalata.

«Sei così affascinante» commentò Violet, prima di posarmi un bacio su una guancia.

«Non hai idea di cosa io sia capace di fare se mi impegno» risposi, dandole una pacca sul fondoschiena.

Lei rise. «Mi sto divertendo a scoprirlo.» Violet era più bella che mai quando rideva. «Questa casa scricchiola un sacco. Il pavimento, i muri, le porte. E i letti.»

«A quanto pare dovremo essere creativi» risposi. «A che ora è previsto il pranzo?» Mi era mancato dormire insieme a lei la scorsa notte. Anche se avevamo iniziato a dormire insieme solo di recente, mi ero abituato a sgattaiolare via al buio mentre lei dormiva, e aveva iniziato a sembrarmi strano svegliarmi in hotel con le luci accese e il telegiornale in sottofondo.

«Non abbiamo tempo» replicò lei, dandomi uno schiaffetto su una mano. «Non sei tipo da sveltine.»

«È bello sapere che hai una così alta opinione di me, ma la prima volta in ufficio sono stato piuttosto veloce a farti venire.»

«Scusa, non volevo dire... era un complimento.»

«Ehi, rilassati. Cogli l'attimo» la provocai.

«Dio, sei così fastidioso.»

Mi chinai in avanti e le baciai la fronte. Poi arrivammo di fronte a una massiccia porta in rovere.

«Noi stiamo qui» annunciò.

Cercai di non sorridere. Non facevo parte di un "noi" da molto tempo. Non credevo che mi fosse mai successo. Con Violet, "noi" era una novità. Ma era la descrizione adeguata. Quando entrammo, posai la borsa e mi tolsi la giacca. «Vieni qui» dissi, allungando le braccia in avanti. Avevo bisogno di sentire il suo calore, di godermi il modo in cui il suo corpo aderiva perfettamente al mio.

«Com'è andata la riunione?» domandò, prima di scivolare con le mani sui miei fianchi e posare la testa sul mio petto.

Sospirai e rafforzai la presa su di lei. «Bene. Ho lasciato a Sebastian una lista di cose da fare. Sto delegando. Sei fiera di me?»

«Molto» rispose. «E piuttosto sorpresa del fatto che tu sia qui.» Qualcuno bussò alla porta e ci interruppe.

Violet gemette. «Deve essere mia sorella.»

Lei andò ad aprire la porta mentre io mi rinfilavo la giacca.

«È qui?» sussurrò qualcuno.

«Alexander, lei è la mia fastidiosa sorella, Scarlett.» Violet tenne la porta aperta e Scarlett entrò. Era leggermente più alta di Violet ma entrambe avevano gli stessi lunghi capelli scuri.

«Sono così felice di conoscerti» disse, e ci stringemmo la mano.

«Il piacere è mio. Io sono Alex.»

«Che ne dite se scendiamo? È quasi l'una» propose Violet, dandoci fretta. «Pare che berremo qualcosa in biblioteca prima di pranzo.»

Feci un cenno di assenso col capo e seguii le ragazze.

Violet mi lanciò un'occhiata da sopra una spalla mentre avanzavo dietro di loro lungo il corridoio. Sorrise, ma non mi sembrava lo stesso sorriso genuino di poco prima.

«Questo deve essere Alexander» disse un uomo inglese quando entrammo nella biblioteca. «Io sono Ryder. Piacere.»

Strinsi la mano anche a lui. «Per favore, solo Alex.»

«Dio, quante presentazioni. Spero non sia troppo faticoso» commentò Darcy che mi porse un calice di champagne. «Ryder è mio fratello, nonché il marito di Scarlett. Quello,» proseguì, indicando un uomo che stava negoziando in ginocchio con un bambino, «è Max, il fratello di Violet e Scarlett...»

«E io sono Harper» intervenne una donna dai capelli castani. «Sono la cognata di Violet e sarò io a occuparmi degli interrogatori della giornata.»

«Non badare a mia moglie» disse Max, unendosi al gruppetto. «Io sono il fratello maggiore protettivo. Ho sentito che sei un *barrister*.»

Guardai Violet, che stava fissando suo fratello.

«È così. E tu lavori a Wall Street?» replicai. Preferivo di gran lunga conoscere gli altri piuttosto che rispondere alle loro domande. La maggior parte delle volte, le persone erano felici di assecondarmi.

«E lavori nello stesso ufficio di Violet?» insistette.

«Esatto.»

«Sono un grande fan delle storie d'amore sul posto di lavoro» disse Harper, che iniziò ad accarezzare il torace del marito. «È così che ci siamo conosciuti io e Max. Ed eccoci qua, sposati, con tre figli.»

«Sei sposato?» mi chiese Max, assottigliando lo sguardo.

Non potevo certo biasimarlo se aveva intenzione di informarsi riguardo il mio matrimonio. Ma anche se uscivo con sua sorella, mi sembrò un po' fuori luogo la sua domanda, dato che io e Violet non stavamo per avere tre figli. La nostra relazione era diversa. Io ero limitato dal mio lavoro e dalla mia capacità di trovare tempo per una donna. «Gabby e io ci siamo separati tre anni fa.»

«Non cominciare, Max» lo pressò Violet. «Non possiamo semplicemente trascorrere del piacevole tempo insieme piuttosto che dare inizio all'inquisizione spagnola?»

Poi, fortunatamente, qualcuno entrò per annunciare che il pranzo era pronto e ci interruppe. Così tutti ci spostammo in sala da pranzo. Io e Violet rimanemmo un po' indietro. Le sollevai una mano e posai le labbra sulle sue dita. «Posso sopportare qualsiasi cosa abbiano in serbo per me. Non preoccuparti.»

Lei sospirò. «Stanno esagerando.» Scosse il capo.

«Sei la sorella più piccola, e poi non ha alcuna importanza. Tu e io sappiamo chi siamo insieme, ed è tutto ciò che conta.»

Violet si fermò e si voltò verso di me, con la mano libera posata sul petto. Mi analizzò il viso con lo sguardo. «Hai ragione. È così. Stiamo vivendo il momento, ci stiamo godendo la nostra rispettiva compagnia.»

«Esatto. Smettila di angosciarti.» Le posai un bacio sulla fronte e ci avviammo verso il pranzo, sedendoci in base alla disposizione dei posti indicata da alcuni cartoncini. A tavola eravamo tutti adulti, e io ero seduto tra Violet e Scarlett. Iniziammo a scambiarci i vassoi da portata, e le risate e il chiacchiericcio sembrarono avere un effetto rilassante su Violet.

«Grazie per essere venuto» disse Scarlett mentre mi passava il piatto dei broccoli.

«Sono stato felice di aver ricevuto l'invito. Non ho mai festeggiato il Ringraziamento.»

«Immagino di no. Un altro dettaglio che tu e Violet non avete in comune» commentò Scarlett.

«Perdonami?» C'era forse del sottotesto in quella frase?

«Tu e Violet sembrate piuttosto diversi.»

«Sai cosa si dice degli opposti» replicai. «E abbiamo molte cose in comune: a nessuno dei due piacciono gli stupidi, e non ha paura di dire ciò che pensa. Ci completiamo a vicenda sotto molti aspetti.» Passai il piatto a Violet, che era impegnata a parlare con Darcy.

«Vi completate?» domandò Scarlett, porgendomi un altro vassoio. «Patate confit» spiegò mentre me ne servivo una cucchiaiata.

Annuii. «Sì. A Violet non piace programmare e io sono molto impegnato. Per noi sembra funzionare. E...» Ricordai il nostro picnic. Sapeva che ero impegnato. Ma sapeva anche che sarei riuscito a trovare un'ora di tempo per stare insieme. «Mi mette alla prova, mi dimostra i modi in cui la vita può essere diversa.»

Il mio mondo si era allargato grazie alla presenza di Violet, già solo per il fatto che passavo del tempo con lei, ma anche perché mi aveva portato in nuovi ristoranti, mi aveva fatto prendere parte a un picnic in pieno novembre e andare a un museo durante la pausa pranzo.

«Mi ha aiutato a vivere un po' di più il momento.» E inaspettatamente, Violet aveva apportato piccoli cambiamenti nella mia vita, aveva aperto il mio mondo, e io mi stavo godendo ogni singolo giorno in più con lei.

Scarlett sorrise. «La spontaneità è proprio una delle migliori qualità di Violet.»

«Una tra tante» replicai.

Le mie risposte sembrarono tranquillizzare Scarlett, così iniziammo a chiacchierare del più e del meno, del suo lavoro, e della sua vita tra il Connecticut e l'Inghilterra.

«Ho saputo che non lavori più come cameriera» disse Ryder a Violet. «Come va la vita d'ufficio?»

«È diversa» rispose Violet. «Però mi piace. Mi piace risolvere problemi.»

«È molto brava» intervenni io. «Fin troppo, in realtà. Decisamente troppo qualificata.»

«Cosa farai quando tornerai a New York?» chiese Ryder.

Violet rise. «Mi conosci, Ryder, non faccio programmi per più di una settimana. Non ne ho idea.»

«Stai ancora pensando alla Columbia?» domandò Scarlett, servendosi di una porzione di patate. Mi voltai per sondare la reazione di Violet. La Columbia University?

Lei si strinse nelle spalle. «Non lo so. Forse. Ho compilato la richiesta d'ammissione. Potrebbero non accettarmi.»

«Credo che tornare a studiare ti farebbe un gran bene» commentò Scarlett. «Hai un cervello eccezionale e non lo hai usato per troppo tempo.»

Tornare a studiare?

Mi lambiccai, cercando di ricordare se Violet mi avesse mai parlato di prendere un altro titolo di studio. Era una notizia grossa. Perché Violet non aveva detto niente? Chiaramente, stava riflettendo sul suo futuro più di quanto mi avesse dato a vedere. E nel futuro si vedeva a New York, alla Columbia University. Era un risvolto positivo. Avrei detestato vederla sprecare il suo talento lavorando ancora come cameriera o come amministrativa. Avrebbe dovuto impiegare diversamente le sue capacità. Ero felice per lei.

Ma sentire quelle parole fece anche un po' male. Più di quanto avrebbe dovuto. Più di quanto mi aspettassi. Perché la Columbia era a tremila miglia di distanza, e il fatto che avesse compilato la domanda d'ammissione significava che non mi vedeva come parte del suo futuro.

Io pensavo costantemente al mio futuro, ma solo in termini di carriera. Riflettevo accuratamente sul lavoro a cui aspiravo e al modo in cui avrebbe influenzato il mio desiderio di prendere la seta in anticipo. Discutevo con Craig e Lance della mia carriera e di cosa mi avrebbe permesso di migliorarla. Fissavo costantemente l'orizzonte.

Ma quando immaginavo il me del futuro vedevo solo l'uomo con una carriera da fare invidia a quella di suo padre, il migliore dell'ordine. Non vedevo una casa o una moglie o dei figli. Non mi ero mai soffermato a pensare ai posti in cui ero stato o alle esperienze che avevo vissuto. Si trattava sempre e solo di lavoro. Tra due mesi il contratto di Violet sarebbe scaduto, e poi? Il mio nuovo mondo allargato sarebbe tornato a restringersi? Sarebbe diventato più piccolo in sua assenza? Quasi sicuramente sarebbe stato meno interessante.

Ovviamente Violet doveva pensare al suo avvenire, e io avrei dovuto esserne felice. Ma sarei stato triste se fosse sparita dalla mia vita? Se non avesse fatto parte del mio futuro?

Mi resi conto che sì, lo sarei stato, ma non potevo fare nulla per evitarlo.

VIOLET

«Chi avrebbe mai pensato che tu potessi essere così affascinante?» dissi ad Alexander dal letto mentre lui si slegava la cravatta.

«Chi avrebbe mai pensato che tu potessi essere così sexy?» rispose avvicinandosi. «Questo vestito dovrebbe essere illegale.» Mi sfiorò il seno con le dita e iniziò a occuparsi dei bottoni.

«Me lo hai regalato tu.»

«Perché sapevo che ti sarebbe stato benissimo.»

Con l'abito disfatto, iniziò a slacciarsi la camicia.

«Perché ti fai chiamare Alex?» Non me ne ero mai accorta, ma ogni volta che le persone lo chiamavano Alexander, lui chiedeva di farsi chiamare Alex.

Con un sorriso si sfilò la camicia e poi iniziò a rimuovere anche i pantaloni. «È il mio nome.»

«Molto divertente. Io ti chiamo Alexander e non mi hai mai chiesto di chiamarti Alex.»

«Lo so. Non mi è mai piaciuto. L'ho sempre associato a mio padre.»

«Ma non ti dispiace se lo uso io?»

Scosse il capo e restò in piedi di fronte a me, completamente nudo. Al vederlo in quel modo strinsi le gambe tra loro. Osservai le sue cosce possenti e la perfezione del suo pene. Sapevo cosa sarebbe accaduto a breve, sapevo che lo avrei sentito dentro di me. Rabbrividii quando avvertii il mio desiderio nei suoi confronti stringermi le viscere.

«Mi piace se sei tu a pronunciarlo.» Si arrampicò su di me e iniziò a togliermi il vestito di dosso. «Quello che non mi piace è sapere che hai dei segreti.» Si sdraiò accanto a me.

Mi accigliai, non capendo a cosa si riferisse. Prima di poterglielo chiedere, lui mi rimosse la biancheria intima e infilò due dita tra le mie gambe.

Sobbalzai con un sospiro a quel gesto inaspettato.

«Non mi piace farmi prendere alla sprovvista.» Il suo pollice mi sfregò il clitoride e iniziò a fare su e giù con le dita. «Quindi oggi non avrai il mio pene. Almeno, non per questo primo orgasmo.»

Mi stava negando la sua virilità perché non gli avevo parlato di... cosa, esattamente?

Lo afferrai per un polso e cercai di arrestare quel suo ritmo sfrenato. «Cos'è che non ti avrei detto?» domandai mentre mi opponevo alle ondate di piacere che mi si stavano arrampicando addosso.

«La Columbia, tornare all'università.»

Mi feci scappare un gemito alle prime avvisaglie di orgasmo.

«Lo vedi quanto mi è facile farti eccitare?»

Chiusi gli occhi, non riuscendo a parlare, e mi godetti la sensazione ruvida e dura delle sue dita in mezzo alla gambe e le pulsazioni di piacere sottopelle.

«Vuoi venire così in fretta...»

Il mio corpo pulsava di piacere dopo pochi secondi che aveva iniziato a toccarmi. Senza alcun avvertimento, Alexander allontanò la mano e si scostò da me. Io riaprii gli occhi di scatto. Ero vicina a concludere. Che stava facendo? «Alexander. Cosa...»

«Non puoi nascondermi nulla.» Aveva un'espressione cupa e seria.

Non immaginavo che avrebbe voluto saperlo. Perché gli importava di cosa avrei fatto una volta che avessi lasciato Londra?

«Mi dispiace» dissi e gli accarezzai una guancia.

Lui abbassò una mano al di sotto del mio stomaco sfiorandomi tra le gambe, poi si accostò alla mia apertura e tornò a stuzzicarmi, stavolta con più delicatezza.

«Ecco cos'era l'opuscolo che stavi leggendo quando ci siamo visti al museo» rifletté. «Ti avevo chiesto di cosa si trattasse.»

Inarcai la schiena nel momento in cui le sue dita ripresero a spingere e a disegnare piccoli cerchi.

«Hai già così tanto per la testa. Non aveva importanza.» Mi mancava il fiato, il mio corpo era impegnato in una rapida corsa verso l'apice.

Lui riuscì a leggere i miei movimenti come se mi stesse studiando da anni. Non sapevo come ci riuscisse, ma era capace di capire esattamente di quale ritmo avessi bisogno, quanto fare pressione, quando trattenermi e quando lasciarmi andare.

La sua mano cambiò direzione nel momento perfetto, e io mi sentii persa mentre il piacere esondava da ogni singola cellula del mio corpo.

Prima di riuscire a riprendere fiato, Alexander si arrampicò su di me e il suo pene, avvolto da un preservativo, sfiorò il mio ingresso.

«Devi raccontarmele certe cose, capito?» mi sussurrò a un orecchio, con i suoi capelli che mi sfioravano una guancia. Io presi fuoco quando lui si spinse dentro di me. «Voglio saperle.»

Gli avrei detto qualsiasi cosa in questo momento. Gli avrei detto di quanto fossi grata di averlo incontrato. Di come non avessi mai sperimentato del sesso che riuscisse a saziarmi e, al contempo, a farmene volere ancora come con lui. Di come nessun uomo prima di lui mi aveva fatta sentire sexy e sfrenata, e allo stesso tempo rispettata. Di come la passione che metteva nell'avere successo e nel crearsi un lascito si fosse incisa anche nel mio DNA. Alexander mi aveva cambiata, aveva alterato il modo in cui guardavo il mondo.

Sentirlo muoversi dentro di me mi riportò sul piano fisico. Notai come la sua fronte iniziò a imperlarsi di sudore a causa dello sforzo di farmi sentire bene, di far sentire bene lui, *noi*.

Divaricai ulteriormente le gambe, col desiderio di sentirlo più a fondo e più connesso a me.

Lui gemette e spinse con forza. Poi intrecciò le sue dita morbide alle mie, coprendomi le mani e mantenendoci uniti, come se l'incontro delle nostre dita significasse che da ora in poi avremmo condiviso ogni cosa – speranze e timori, sensazioni ed emozioni. Non avrei dovuto, ma mi piaceva il fatto che volesse sapere della Columbia, dei miei progetti... che volesse avere un qualche peso nel mio futuro. Io mi sentivo allo stesso modo. Volevo che stesse bene, che fosse felice, che ridesse di più.

Non mi ero mai sentita così vicina a nessuno.

Queste sensazioni non erano destinate a durare. Non avrebbe dovuto importarmi di nessuno. Cosa mi stava accadendo? Avevo promesso a me stessa che non mi sarei mai più aperta con un uomo. Ma non potevo evitarlo. Volevo Alexander, mi piaceva, mi fidavo di lui. Non mi ero aperta solo un po' con lui. Ormai mi possedeva completamente.

Prima di poter capire cosa farmene di tutte queste scoperte sconvolgenti, Alexander si spostò sulle ginocchia. Mi tenne ferma sulle sue cosce e spostò le mie gambe ai lati dei suoi fianchi.

Dopodiché scavò con le dita nel mio fondoschiena per attirarmi verso di sé, muovendo i fianchi allo stesso tempo. Il mio seno iniziò a oscillare al ritmo delle sue spinte. Alexander lo guardò, gemette e poi aumentò la velocità.

Io gli afferrai le spalle mentre i nostri fianchi picchiavano tra loro, i nostri corpi disperati e vogliosi che si affannavano verso il climax finale.

Scivolai con lo sguardo in basso e mi accorsi che lui mi stava osservando con quei suoi stupendi occhi blu, come cercando di memorizzarmi.

Il sesso stavolta era diverso, era come se entrambi avessimo bisogno di ricevere qualcosa di più l'uno dall'altra, di abbattere un qualche tipo di barriera. Come se fossimo avanzati a un nuovo livello nella nostra relazione.

«Alexander» gemetti.

«Niente segreti» grugnì, con movimenti sempre meno precisi e controllati.

Non ero sicura se era stato il suo tono imperioso o il mio bisogno di avere di più a far scattare il mio orgasmo, ma il mio intero corpo iniziò a tremare alla sua richiesta.

Spinse dentro di me altre tre volte, con il viso contratto dal piacere. Volevo dargli tutto ciò che mi chiedeva.

Che mi stava succedendo? Mi ero ripromessa di non affezionarmi mai più a nessun uomo, eppure eccomi qui, avvolta dalle sue braccia, con la speranza che non mi avrebbe mai lasciata andare.

29

ALEXANDER

Quando arrivai a casa di Violet, sollevai il batacchio di ottone con un gomito, poi lo lasciai andare. Evitai per poco di far cadere le scatole nere che reggevo tra le braccia.

Violet spalancò la porta. La scatola in cima alla pila barcollò in direzione del pavimento, e lei la afferrò al volo.

«Alexander. Che stai facendo?»

«Sto per portarti a cena» risposi.

I suoi occhi si illuminarono. «Davvero?» Lanciò un'occhiata a un orologio posto su una mensola mentre io la seguivo verso il soggiorno. «Hai finito di lavorare? Non sono neanche le sette.»

Da quando avevamo trascorso insieme il giorno del Ringraziamento, avevo dormito da lei tutte le sere. Anche se di solito rientravo molto più tardi. Durante quel fine settimana tra noi era successo qualcosa, e il nostro legame si era rafforzato più che mai. Mi ero riscoperto a bramare di andarmene dall'ufficio il prima possibile, cosa che non mi era mai accaduta prima. Non controllavo mai l'orario, mi limitavo ad affrontare qualsiasi incarico dovessi gestire e smettevo di lavorare solo quando avevo bisogno di dormire. Trascorrere del tempo con Violet era diventato un motivo per terminare in anticipo.

«Sì, ed è sabato. Intendo prendermi la serata libera finché posso.» Posai le tre scatole rimanenti sul tavolo.

«Sono emozionata. Vuoi che prenoti da qualche parte?»

«Ho prenotato al cinese *elegante*» risposi mentre mi abbandonavo sul divano.

Il sorriso di Violet si fece incerto, ma annuì lo stesso. «Okay.»

«Preferiresti un altro posto?»

Lei fece spallucce e posò la scatola che reggeva in mano in cima alle altre. «È solo che i contesti eleganti non mi si addicono. Sono abituata a considerarli più una cosa da Scarlett e Max.»

«In questo posto si mangia bene, e dovremmo festeggiare. Non capita spesso che mi prenda una serata libera.» Era sabato sera. Nessuna persona normale avrebbe lavorato di sabato sera, ovviamente. Dovevo decisamente riconsiderare il modo in cui vivevo la mia vita.

Violet si accomodò sulle mie cosce e mi posò una mano sulla nuca. «D'accordo. Per stasera sarò una ragazza da ristorante pretenzioso.»

«E ho pensato che ti avrebbe fatto piacere indossare qualcosa di adeguato.» Indicai le scatole nere con un cenno del mento. A Woolton l'avevo vista portare unicamente abiti che le avevo regalato io. E la cosa mi aveva dato un senso di soddisfazione che avevo provato raramente. Mi piaceva farle dei regali, e mi piaceva che indossasse ciò che le compravo, come se fossimo legati anche nelle minuzie.

«Alexander, devi smetterla di comprarmi roba.»

Le cinsi la vita con le braccia. «A me piace, a te no?»

«Non ho detto che non mi piace, però non mi serve che tu spenda i tuoi soldi per me.» Mi posò un bacio sulla mandibola, e i miei muscoli iniziarono a sciogliersi dopo una giornata stressante.

«Ma io voglio farlo.» Ogni volta che avevo regalato qualcosa a Gabby, era stato per via del senso di colpa. Per aver saltato la cena o aver lavorato tutto il weekend. Per un po' aveva funzionato: lei era soddisfatta e io potevo lavorare di più. Ma farle dei regali aveva finito col diventare una sorta di multa o di penalità, e io avevo iniziato a detestarlo. I doni che facevo a Violet non servivano mai da scusa. Lei si limitava a sgridarmi per le mie stravaganze e a indossare ciò che le avevo comprato.

«Scarlett mi ha detto che numero porti, quindi in quella scatola ci sono delle scarpe.» Indicai la seconda scatola dal basso.

Violet alzò gli occhi al soffitto. «Deve piantarla di immischiarsi.» Allentò il nodo della mia cravatta.

«Sei sicuro di voler andare a cena fuori? Non ti andrebbe di restare qui?» Scivolò con una mano lungo il mio torace.

«Possiamo *restare qui* dopo. Voglio che usciamo insieme. Che parliamo. Il tavolo è prenotato per le sette e mezza.» Dovevamo discutere di alcune questioni. Anche se sapevo che stava riflettendo sul prendere un master alla Columbia, non ne avevamo ancora parlato nel dettaglio. Volevo capire cosa intendeva fare l'anno prossimo. Avrebbe cominciato subito i corsi o sarebbe rimasta in Inghilterra un altro po'? Ero certo che Craig le avrebbe prolungato ulteriormente il contratto o che sarebbe riuscita a trovare un lavoro simile in un altro ufficio. Per la prima volta da parecchio tempo iniziavo a vedere altro dal lavoro nel mio futuro.

«Sette e mezza?» Si alzò in piedi di scatto.

Io osservai il mio orologio. «Dobbiamo uscire tra dieci minuti, quindi apri quelle scatole.»

Violet estrasse per primo l'abito da cocktail. Era color rosso ciliegia, e le sarebbe stato d'incanto.

«Alexander, è stupendo.» Se lo appoggiò addosso. «È corto.»

«Per fortuna hai delle gambe incredibili.»

Volevo che vedesse le scarpe. Sperai davvero che le sarebbero andate bene, perché se fosse dipeso da me, le avrebbe indossate spesso.

«Porca miseria» esclamò quando estrasse le lucide scarpe nere con le fasce incrociate e i tacchi altissimi.

«Ti piacciono?»

Le osservò. «Sono la cosa più sexy che sia mai esistita a questo mondo.»

«Sbagliato. Sei *tu* la cosa più sexy che sia mai esistita a questo mondo. Voglio vedertele addosso.»

«Ma vuoi che sia nuda, giusto? Cavolo, perfino *io* vorrei indossarle nuda.»

Ridacchiai e percepii una fitta tra le gambe a quel pensiero. «Dopo. Credo che il ristorante preferisca che i clienti si presentino al tavolo vestiti.»

«Potremmo saltare il ristorante» propose, prima di togliere la camicetta e infilarsi tra le mie gambe. Si sporse su di me, posò una mano sulla mia erezione sempre più dura, e mi baciò.

La strinsi per i polsi. «Violet. Fa' la brava. So che mi stai sfruttando per il mio corpo, ma vorrei anche la tua mente, almeno per un paio d'ore.» Era difficile resisterle, però ero un maestro in fatto di autocontrollo. Mi chiesi se stesse deliberatamente cercando di distrarmi. Voleva evitare di parlare di cosa sarebbe successo l'anno prossimo? Sapevo che non le piaceva fare programmi, ma se stava pensando alla Columbia voleva dire che stava pensando al proprio futuro, e desideravo capire cosa avrebbe significato questo per noi.

Mi alzai in piedi, tenendole le mani bloccate dietro la schiena, e la baciai con vigore, come se fosse il nostro ultimo bacio. «Dovrà bastarti finché non rientreremo» dissi prima di lasciarla libera. «Ora cambiati e andiamo.»

Lei sbuffò, poi si sbottonò la gonna, che scivolò sul pavimento rivelando le sue gambe e quel suo fondoschiena che mi piaceva tanto. Sapeva benissimo quali effetti avesse il suo corpo su di me. Era così sfacciata, e non si arrendeva mai senza aver prima lottato. Avrebbe provato di nuovo a tentarmi, perciò decisi di aspettarla in corridoio.

Doveva aver accettato la sconfitta, perché in pochi istanti fu pronta e al mio fianco.

«Stai benissimo» dissi. Il mio sguardo sfiorò la stoffa rossa e le sue cosce abbronzate fino alle scarpe col tacco che avrebbe indossato quando l'avrei scopata una volta tornati dalla cena.

«Grazie. Il mio stilista è Alexander Knightley.»

Indossammo i cappotti, la presi per mano e poi iniziammo a passeggiare lungo Berkley Square in direzione del ristorante.

«Stavo pensando» esordii e lanciai un'occhiata a Violet per soppesare la sua reazione. Lei mantenne lo sguardo dritto di fronte a sé. «Credo che continuerò a prendermi il sabato sera libero, almeno quando non sarò impegnato con dei processi.»

Lei annuì, ma non disse nulla mentre raggiungevamo l'ingresso della piazza. Gli alberi avevano perso le loro ultime foglie una settimana fa, anche se alcune vi restavano attaccate, futilmente. Era comunque una delle piazze più bella di tutta Londra.

«E cercherò di prendermi anche mezza giornata libera durante il weekend. Magari anche una giornata intera.»

«Un'intera giornata libera, Knightley?» Si voltò verso di me continuando a camminare, e si strinse il petto con una mano. «Ma così il cielo non diventerà nero e inizieranno a piangere tutti i bambini?»

Era l'unica persona che avessi mai incontrato capace di riportarmi coi piedi per terra con tale immediatezza. «Credo che farebbe bene alla mia salute a lungo termine, sia mentale che fisica, e mi costringerà a lavorare più spesso con gli *junior*, così potrò occuparmi di casi più importanti.»

Lei sorrise e tornò a guardare davanti a sé. «Buon per te» commentò.

«E significa anche che avrò più tempo per te.»

Lei annuì di nuovo. «Non stai cambiando il tuo modo di lavorare per me, vero?»

Mi ero aspettato entusiasmo da parte sua, invece sembrava sulla difensiva. «Beh, voglio trascorrere più tempo con te» ammisi. Non lo voleva anche lei?

«Mi farebbe davvero piacere.» Rilassai un pelo le spalle.

«È solo che non voglio che inizi a pensare di dover rinunciare a qualcosa per me. Se ti va, d'accordo, ma non sentirti *costretto* a farlo. Non voglio che tu finisca a provare risentimento nei miei confronti.»

Mi fermai per cingerle la vita con le braccia. Stava descrivendo esattamente ciò che era successo tra me e Gabby.

Alla fine ero arrivato a disprezzare ogni momento trascorso con mia moglie che mi aveva distolto dal lavoro, ogni momento passato insieme a lei. «Non potrei. Non mi hai mai chiesto niente.»

Lei reclinò il capo da un lato. «Non è vero, tecnicamente. Ti chiedo spesso di darmelo.» Io ridacchiai. «Sì, di quello non mi lamenterò mai.»

«Finché farai ciò che pensi sia meglio per te, allora sarò ben felice di passare più tempo insieme.» Non era il tipo di reazione che mi ero augurato. Volevo dimostrarle che avrei avuto più tempo a disposizione per lei nel caso in cui avesse voluto prolungare la sua permanenza nel Regno Unito, magari restare a studiare qui, ma forse lei non aveva neanche preso in considerazione una simile eventualità. «Non capisco. Mi stai incoraggiando a comportarmi da egoista?»

«Non voglio avere aspettative e rischiare di rimanere delusa. Capisci? E non voglio essere un peso. Voglio solo godermi ciò che c'è tra noi.»

Mi sporsi in avanti e le baciai le labbra. Ne avrei riparlato a cena. Volevo comprendere davvero i motivi per cui pensava che avrei potuto deluderla. «Come potremmo non goderci tutto questo? Siamo a Berkley Square.» Alzai gli occhi verso gli alberi quasi senza vita. «Riesci a sentire qualche usignolo?»

«Usignolo?»

«Sì. Che canta a Berkley Square. Non conosci la canzone? La versione di Frank Sinatra è la migliore.»

«Qualsiasi cosa cantata da lui è fantastica.»

«Proprio così.» La presi per mano, avvicinai una guancia alla sua e iniziai a muovermi lentamente da un lato all'altro, mormorando il motivetto familiare.

«Stiamo ballando?» chiese lei con un sorriso.

«È perché mi trovo qui, a Berkley Square, con te. Dobbiamo ballare guancia a guancia e ascoltare gli usignoli.»

«È una legge?» domandò mentre ci muovevamo.

«Sì.» Le feci fare un piccolo casquè e lei proruppe in una risatina, un suono cento volte più bello del verso di un usignolo.

Le strinsi il viso tra le mani e le baciai le labbra, poi le ripresi la mano e ci dirigemmo insieme verso il ristorante. Non credevo di essermi mai sentito così prima d'ora. Ero stato soddisfatto, orgoglioso. Perfino contento. Ma mai così *felice*.

Lei scosse il capo. «Com'è che sei diventato così romantico?»

Non mi sarei mai descritto come un tipo romantico, ma era quello l'effetto che Violet King aveva su di me. Mi stava trasformando in un uomo che si prendeva i sabato sera liberi e ballava al parco.

«Caspita. Su questa strada ci sono concessionarie Bentley e Bugatti?» domandò Violet all'improvviso mentre passeggiavamo di fronte alle vetrine degli showroom di Bruton Street. «Quanto è elegante il posto in cui stiamo andando?»

«Non molto. Ma il cibo è eccezionale e a te piace il cinese.»

«È vero» rispose e poi mi donò un sorriso che io ricambiai.

«Alex» chiamò un uomo più avanti.

Alzai gli occhi e scorsi Lance e sua moglie venire nella nostra direzione. Violet seguì il mio sguardo e mi diede uno strattone alla mano quando si rese conto di chi stava arrivando. Non la lasciai andare. Non avrebbe avuto senso perché ci avevano già visti.

«Flavia, lei è Violet King.» Lance presentò sua moglie. «E conosci già Alex.»

Dopo i saluti e un doveroso scambio di baci sulle guance, Lance disse: «Sono così felice di avervi incontrati. Siete stati molto discreti. Non avevo idea che voi due vi frequentaste, anche se, lo ammetto, lo auspicavo». Si voltò verso sua moglie. «Violet è stata la prima persona che è riuscita a sistemare le fatture di Alex. E ora sembra essere anche riuscita a convincerlo a prendersi il sabato sera libero. Ogni giorno sono circondato da miracoli.»

«È stata una mia idea. Violet non deve certo persuadermi per portarla fuori a cena.» Dalla nostra conversazione precedente, sospettavo che a Violet non sarebbe piaciuto sapere che stavo passando del tempo con lei solo perché mi aveva convinto a farlo.

«Ancora meglio» commentò lui. «Sono molto felice per entrambi.» Mi strinse una spalla. «Prenditi cura di lei.»

«Sì, signore.»

«Bene, vi lasciamo alla vostra serata. Noi ce ne andiamo al ristorante di pesce qui all'angolo» si congedò Lance.

Ci salutammo e poi io e Violet tornammo a dirigerci verso il ristorante. «Tutto bene?» le chiesi.

«Immagino di sì. Sono felice che a lui vada bene, anche se avrei preferito non incontrarli. Spero che non lo dica a Craig.»

«Non lo farà, ma posso comunque chiedergli esplicitamente di non farlo se questo ti farà stare più tranquilla. Anche se Craig non avrebbe nulla in contrario.»

«Non voglio che le dinamiche tra noi cambino.»

Le strinsi la mano. «Non c'è problema. Farò in modo che Lance non ne parli.»

Diedi il mio nome alla cameriera all'ingresso e poi fummo accompagnati al nostro tavolo.

«Dimentichiamoci tutto e godiamoci la serata» propose lei. «Puoi ordinare anche per me? Non ho idea di cosa prendere.»

Ridacchiai. «Certo.» Esaminai il menu. «Tu intanto puoi parlarmi della Columbia. Ci hai riflettuto?»

«Non c'è nulla da dire, in verità. Prima devo superare il test di ammissione e capire se mi ammetteranno.» Sollevai lo sguardo e lei distolse il suo, come se stesse sperando di cambiare argomento semplicemente guardando altrove.

Arrivò un cameriere e io ordinai per entrambi mentre Violet esaminava il ristorante scarsamente illuminato. «È elegante, Alexander.»

«Tu sei più elegante di questo posto. Tua sorella è una duchessa.»

Lei alzò gli occhi al cielo. «Ne dubito. E comunque, io non sono mia sorella. Sono una cameriera del Connecticut a prescindere da ciò che fanno i miei fratelli. A prescindere dalla mia laurea.»

«E sei una donna molto intelligente che indossa un abito alla stregua di una modella da passerella.» Allungai una mano verso la sua al di sopra del tavolo. «Non vedo altri lavori da cameriera nel tuo futuro; specie se andrai alla Columbia.»

«Non ho idea di cosa succederà. Mi conosci, non mi piace pianificare il futuro.»

Avrei dovuto fare pressione riguardo la questione della Columbia. Chiaramente non mi avrebbe concesso alcuna informazione di sua spontanea volontà. Solo, non sapevo se fosse preoccupata di non riuscire a entrare o se non volesse parlarmene e basta.

Le capovolsi la mano e le accarezzai il palmo con un pollice. «Sì, ti conosco, e credo che tu stia pensando al futuro, anche se non vuoi ammetterlo.» Volevo parlare con lei, discutere di ciò che avrebbe voluto fare, di dove avrebbe voluto vivere. Dovevo sapere se mi vedeva nel suo avvenire. Più tempo passavo insieme a Violet, più ne volevo ancora. Il mio rapporto con Gabby mi era sembrato posizionato a un lato della mia vita, come una calamita da quattro soldi acquistata in vacanza e attaccata a un frigorifero. Invece Violet stava rapidamente diventando una parte integrante in un modo che non mi sarei mai aspettato da nessuna donna. Capitava sempre più spesso che le chiedessi cosa pensava delle notizie che passavano al telegiornale al mattino, o di raccontarmi della sua infanzia nel Connecticut. E durante il giorno se non la vedevo la contattato per sapere come stava, senza che lei mi avesse mai chiesto di farlo. Quando non c'era, mi mancavano il suo profumo e il suo sorriso. Mi manteneva lucido in un modo che di solito era appannaggio del mio lavoro, ma mi riempiva in una misura in cui il lavoro non era mai riuscito a fare. Non ero pronto al suo ritorno a New York, e non credevo che lo sarei mai stato.

Lei si mordicchiò l'interno di una guancia. «Ho solo pensato di provare l'esame di ammissione, e poi partire da lì. Se non riesco a ottenere un punteggio abbastanza alto, allora la decisione sarà ovvia.»

«Violet, andrai benissimo. Sei una delle persone più brillanti che io conosca.»

Lei abbassò lo sguardo sulle nostre dita intrecciate. «Forse. Ma hai ragione. Sto pensando al mio futuro e a cosa vorrei fare. Questo lavoro, Londra, stare lontana dalla mia vecchia vita... mi hanno dato modo di respirare e di riflettere.» Scosse il capo. «Non posso tornare a servire ai tavoli. Ero davvero una pessima cameriera. E non voglio vivere la mia vita unicamente in reazione a un idiota che ho frequentato ai tempi del college, per quanto al tempo pensassi di amarlo. La nostra azienda era stata una mia idea. Sono stata io a mettere insieme il grosso del nostro business plan.»

«La notizia non mi sorprende. Hai del talento.»

«E mi piace lavorare allo studio, anche se penso di poter fare di più.»

«Sono completamente d'accordo con te.» Era fin troppo intelligente per il lavoro di amministrazione che la teneva occupata in ufficio.

«Davvero?» Sembrava confusa.

«Certo.»

«Non pensi che sia troppo vecchia per tornare a studiare?»

Corrugai la fronte. «Se non impariamo qualcosa di nuovo ogni giorno, allora stiamo sbagliando qualcosa nella vita. È una parte dei motivi per cui amo così tanto il mio lavoro. Imparo costantemente.»

Il cameriere tornò al tavolo con il cibo, e noi continuammo a guardarci negli occhi mentre lui ci posava i piatti davanti.

«Credo che mi piacerebbe fondare una mia azienda.» Sospirò come se si fosse appena liberata di un peso enorme. «Al momento sto pensando a un lavoro di consulenza. Ma forse potrebbe trattarsi anche di altro. Non ne ho idea. So solo che non posso tornare a fare la cameriera. Se riuscissi a ottenere un master allora magari potrei capire meglio cos'è che vorrei fare. Ho una vita intera da conquistare. Non solo singoli giorni.»

Mentre la ascoltavo, mi accorsi di volerla supportare in qualunque modo possibile. Si meritava un futuro brillante, e non importava quanto mi sarebbe mancata, se voleva andare alla Columbia a capire cosa fare nella vita, allora io sarei rimasto di lato in disparte a tifare per lei. Ma esisteva un modo che le avrebbe permesso di realizzarsi restando accanto a me? E lei lo avrebbe voluto?

«Credo che tu sia eccezionale, qualsiasi cosa deciderai di fare.»

«Non la cameriera.» Sogghignò.

«Magari no.»

«Credi che Craig mi scriverà una lettera di referenze?»

«Assolutamente sì.» Annuii. «Quindi stai pensando di fare richiesta d'ammissione per un qualche master alla Columbia?»

«Sì, e dato che non so ancora cosa vorrei studiare, potrei approfittare del tempo trascorso lì per farmi venire qualche idea, fare qualche tirocinio e vedere dove questo mi porterà.»

Feci un cenno di assenso col capo e sentii la gola improvvisamente secca. Stavo evitando l'argomento, il che non era per niente nel mio stile. Ma non sapevo come avrei reagito se lei mi avesse escluso del tutto. «Quindi non vuoi frequentare specificamente la Columbia?»

«È una buona università, e sono quasi certa che potrei vivere da Scarlett o da Max una volta lì.»

«Ho sentito dire che alcune università inglesi hanno dei master eccellenti» commentai.

Notai un lieve tremolio a un angolo delle sue labbra. Poi lei allungò una mano verso il suo calice di vino. «Ah sì?» chiese prima di bere un sorso.

«Hai pensato che forse potresti restare nel Regno Unito? Lo faresti?» Posò il bicchiere. «Pensare di restare?»

«Abbiamo delle università eccellenti. E mi piaci. Se andassi via, mi mancheresti.» Lei rise. «Non te ne accorgeresti neanche.»

Avvertii una stilettata di dolore allo stomaco. Non poteva pensarlo davvero. «Non è vero. Mi mancheresti terribilmente. In effetti, speravo che potessi prolungare la tua permanenza qui a Londra.»

«Cosa stai suggerendo? Di lasciar perdere la Columbia?»

Non avevo il diritto di chiederle di lasciar perdere niente. Avevo dei trascorsi tremendi con le donne e non ero mai stato capace di riuscire in niente a parte il lavoro. «No. Non se sei decisa ad andare alla Columbia. Ma se ciò che vuoi è un master, allora, come ho già detto, nel Regno Unito e a Londra ci sono delle ottime università.»

Violet non rispose. Invece posò forchetta e coltello, poggiò la schiena contro la spalliera della sedia, e mi guardò. Si aspettava che dicessi qualcosa?

«Mi piaci, Violet. E io credo di piacere a te. Mi rendo conto di essere uno stacanovista autoriferito, però desidero davvero passare più tempo con te. So che non vuoi che riorganizzi i miei impegni per te, ma se fossi io a volerlo fare?» La guardai negli occhi, alla ricerca di un pizzico di incoraggiamento. «Voglio lavorare di meno per poter stare con te. Il tuo contratto scade dopo Natale e non sono pronto a dirti addio.»

Lei sospirò, non la reazione in cui avevo sperato. «Alexander, non pensi che il motivo per cui le cose tra noi funzionano sia il fatto che io non ti chiedo nulla e che tu non mi deludi perché da te non mi aspetto nulla?»

«Forse vorrei che tu mi chiedessi qualcosa.»

«Il motivo principale per cui il tuo matrimonio non ha funzionato è che hai sempre dato priorità al lavoro e tua moglie invece voleva di più.»

«È vero. Ma tu non sei Gabby, e io sono diverso ora. Ti ho già spiegato che posso impegnarmi per avere più tempo per te.»

«Il problema però non è solo questo. Ciò che è successo con David mi ha ferita. E tra noi funziona perché tu sei chi dici di essere. Non parli mai a vanvera.»

«Mi sembra positivo questo.»

«Lo è. È una delle cose che preferisco di te. Ma se i rapporti tra di noi cambiassero, con te che mi dai di più e io che mi aspetto di più, diventerebbe sempre più facile oltrepassare certi confini. E io potrei restarne delusa, e ferita.»

Annuii. Aveva ragione, come sempre. «È un rischio.»

Lei fece un cenno di assenso col capo e tornò a mangiare come se la decisione fosse stata presa e la conversazione fosse conclusa. Ma io non avevo ancora finito.

«Per me è un rischio che vale la pena correre» confessai, e lei alzò lo sguardo. «Voglio cenare con te il sabato sera e ballare al parco. E l'ultima cosa che vorrei è stare al telefono con dei clienti quando potrei parlare con te.»

«Ma se non ha funzionato con Gabby, che era tua moglie, perché dovrebbe funzionare con me?»

«Provo per te molto più di quanto abbia mai provato per Gabby. Hai cambiato il mio modo di vedere il mondo. Credi che sei mesi fa danzassi a Berkley Square? O che trascorressi la pausa pranzo al museo? Non l'ho mai fatto, né con Gabby né con nessuna altra donna.»

Lei rise. «Oh, è per via della mia cattiva influenza, non è così?»

«È per via della tua ottima influenza.» Feci una pausa. Se pochi mesi prima avessi pensato anche solo per un momento che sarei stato seduto qui a chiedere a una donna di trasferirsi a un oceano di distanza per stare con me, avrei creduto di aver perso il senno, ma non era affatto così. Violet mi aveva semmai aiutato a ritrovarlo.

«Potresti fare richiesta d'ammissione in qualche università a Londra e vedere cosa succede tra di noi nelle prossime settimane. Tanto l'esame è comunque lo stesso.»

Lei sorrise in mia direzione. «Ah sì? Hai fatto qualche ricerca?»

«Forse qualcuna» ammisi.

Violet giocherellò con lo stelo del suo calice. «Potrei compilare i documenti d'ammissione. E vedere chi mi accetterebbe.»

«E nel mentre potremmo stare un altro po' insieme. Potrei dimostrarti di essere l'uomo che dico di essere. Non devi decidere seduta stante.»

«Sono nervosa» disse, guardandomi da sotto le lunghe ciglia. «Sembra una cosa seria.» Annuii. «Lo capisco. Ma non ti sembra anche la cosa giusta?»

«Stare con te qui, in questo preciso istante, mi fa sentire bene e non voglio che finisca.» Scosse il capo. «Ma rivolgere lo sguardo al futuro non è mai semplice. Mi spaventa. Non voglio soffrire ancora.»

«Fa paura anche a me, però sono molto bravo a lavorare sodo per essere la persona che voglio. Ho sempre e solo desiderato diventare il *barrister* migliore di tutti. Ora, invece, voglio essere l'uomo che meriti di avere accanto.»

«E il miglior *barrister*?» mi punzecchiò.

«Beh, sì, certo, voglio entrambe le cose.»

«E se c'è qualcuno capace di ottenere tutto ciò che vuole, quello sei tu.»

«Buono a sapersi. Perché voglio te.» Allungai una mano in cerca della sua al di sopra del tavolo. Le sue guance si accesero di un leggero rossore. Era raro che Violet si sentisse in imbarazzo, e io trovai adorabile il fatto che una donna così bella, affascinante e intelligente fosse imbarazzata da un uomo come me che la desiderava così palesemente.

«Andiamoci piano, okay?» disse.

«Seguirò il tuo ritmo.» Avevamo parlato per la prima volta della nostra relazione. La prima volta in cui avevamo discusso di qualcosa di più di un semplice programma per il giorno successivo. Avvertii una scarica di adrenalina. Ero eccitato. E non per un nuovo caso che mi era stato assegnato. Non per una vittoria in aula. Ma solo per il mio futuro insieme a una donna. Per la prima volta nella mia vita, volevo di più che essere il miglior *barrister* dell'ordine. Volevo Violet King.

30

VIOLET

«Credo di essere innamorata di Alexander Knightley» esordii non appena Scarlett rispose al telefono.

«Ovviamente. Credo di esserne innamorata perfino *io*» rispose lei. «È così affascinante, Violet.» Sospirai e mi abbandonai sul letto. «Sono seria. È un *disastro*. Devi dissuadermi e consigliarmi qualche farmaco che possa curarmi.» Era da sabato che mi sentivo estasiata, e non riuscivo a smettere di sorridere. Sembrava che, senza neanche accorgermene, avessi iniziato a desiderare che Knightley mi dicesse di volere di più, che mi chiedesse di non andare via. Ballare con lui al parco, parlare di quanto mi desiderava, avevano permesso a questa ondata di sentimenti di esplodere dentro di me. Era come se avessi aspettato questo momento per ammettere anche a me stessa che ero innamorata di Alexander.

Scarlett rise. «Penso che sia meraviglioso.»

«Ha ballato con me a Berkley Square, l'idiota. Ha detto che dovevamo ascoltare gli usignoli.»

«Oh, come nella canzone?»

Sospirai. Era stata la serata più romantica della mia vita, una che non avrei mai dimenticato. «Mi ha detto che sono intelligente e bella e che andrò benissimo all'esame di ammissione alla Columbia.»

«Ed è vero.»

«Fa il tifo per me, Scarlett. Vuole davvero il meglio per me.»

«È il tipo d'uomo di cui hai bisogno. Quindi, perché sarebbe un disastro?»

«Per mille motivi.» Li avevo contati domenica mattina quando avevo cercato disperatamente di ritornare coi piedi per terra.

«Okay. Dimmi i tre principali.»

Sollevai una mano stretta a pugno e iniziai l'elenco, allungando il pollice. «Beh, lui vive a Londra e io negli Stati Uniti.»

«Semplice. Uno di voi può trasferirsi.»

Abbandonai la mano lungo un fianco. «Se hai intenzione di affermare che è tutto facile da risolvere, riattacco. Non è per niente facile. Di certo lui non vorrebbe trasferirsi a New York. La sua intera carriera è qui. Non è neanche abilitato per praticare negli Stati Uniti. Tutti i suoi clienti e tutta la sua reputazione sono a Londra.»

«Quindi? Trasferisciti a Londra» replicò lei.

«Vuole che rifletta sul frequentare il master a Londra.»

«È un'idea fantastica.»

«E poi? Cosa succederebbe se scoprissi di amarlo ancora alla fine dei due anni?» I miei sentimenti stavano già crescendo.

«Che vuoi dire?»

«Beh, sarebbe difficile andarmene.»

«E allora non farlo. Resta a Londra.» Lo faceva sembrare così semplice.

«E basta? Non dire follie. Mamma e papà...»

«Mamma e papà vogliono che tu sia felice, e, a ogni modo, non sono quasi mai in Connecticut. E poi anch'io vengo spesso in Inghilterra. Il mondo non è così grande. Possiamo sentirci in videochiamata. Potrei perfino convincere Ryder a comprare un aereo.»

Alzai gli occhi al soffitto. Lo diceva come se dovesse semplicemente chiedergli di prendere del pollo al mercato sulla strada di ritorno verso casa. «Quindi mi trasferisco. Semplice.»

«Sì, semplice. Ho visto il modo in cui ti guarda quell'uomo. È come se fosse sul punto di acquistare un intero branco di usignoli.»

«È uno stormo» la corressi mentre cercavo di immaginare Alexander guardarmi nel modo che aveva appena descritto Scarlett.

«Cos'è uno stormo?»

«Il nome tecnico per indicare un gruppo di usignoli è stormo. Non branco.»

«Gesù, Violet. Smettila di comportarti da sapientona e concentrati.»

«Sono concentrata. Sui mille motivi per cui stare con lui è una pessima idea. È impaziente, irascibile, e terribilmente stacanovista.»

«E tu lo ami.»

Era così. Non aveva senso negarlo.

«È divorziato» proseguii. «Perché non aveva tempo per una relazione.» Aveva detto che avrebbe cercato di trovare un equilibrio migliore, di prendersi più tempo libero, ma il lavoro era vitale per lui. «Per quale motivo tra noi dovrebbe funzionare se non c'è riuscito con sua moglie?»

«Non puoi paragonare due relazioni diverse. Le cose cambiano, quando ti innamori. Pensa a Ryder e a me.»

Sospirai. «Al contrario della vostra, la mia vita non è una cazzo di favola.»

«Ballare al parco con un uomo affascinante come Alex a me fa pensare che tu potresti avere la tua, di favola, se solo la desiderassi.»

Se mi permettevo di sperare in qualcosa per il futuro, anche solo per un istante, vedevo solo Alexander. Non facevo programmi. Non facevo investimenti a lungo termine. Non accadeva da tempo ormai. Ma Alexander mi aveva convinta a presentare la domanda di ammissione al master, a pensare al futuro, e ora sentivo il bisogno di averlo accanto a me.

«Non hai mai fatto programmi con due anni di anticipo. So che ti ho sempre dato il tormento, ma questa è l'unica volta in cui dovresti davvero limitarti ad aspettare e vedere cosa accadrà. È *adesso* che devi vivere il momento. E non dovrai certo mettere in pausa il tuo futuro, o cose del genere. Se le cose non avranno funzionato alla fine dei due anni, avrai sempre seguito un master.»

Era vero. Molte persone studiavano all'estero. Non solo quelle che avevano il fidanzato in un'altra nazione. Come aveva detto

Scarlett, non avrei perso nulla se avessi deciso di prendere il master nel Regno Unito.

Sarebbe stato tutto più facile se non fossi stata innamorata di lui. Mi sentivo indifesa. Non volevo che qualcuno si approfittasse di nuovo di me, mi prendesse in giro. Knightley non lo avrebbe mai fatto di proposito, perché aveva più onore e integrità di quanto David ne avesse mai avuto, tuttavia ciò non significava che non potesse accadere. Alexander dava tanta importanza al suo lavoro. E io non volevo trasformarmi in un'appendice della sua vita. Fino a ora le cose tra noi avevano funzionato, ma il cambiamento mi rendeva vulnerabile. Forse avrei potuto considerare i prossimi due anni come un periodo di prova. Sapevo di avere un talento nel far finire le relazioni che non funzionavano.

«Potrei fare richiesta per qualche programma qui a Londra. E se non dovessi entrare, allora la decisione sarebbe automatica.» Avevo già inviato le richieste d'ammissione. Domenica mattina, dopo il ballo a Berkley Square.

«Sì. E *quando* entrerai, puoi restare con lui per due anni e preoccuparti di ciò che succederà dopo.»

Mia sorella era implacabile, ma una parte di me sperava che avesse ragione. Per quanto amarlo mi sembrava un risvolto disastroso, odiavo il pensiero di dover lasciare Knightley tra poche settimane.

31

VIOLET

Uscii dal bagno e mi trovai Alexander davanti. Era sabato, ma indossava ancora il completo con cui presenziava in aula.

«Ti sei alzata presto» osservò.

Sorrisi, mi sollevai sulle punte e lo baciai. «Sei *molto* perspicace. Forse è per questo che sei un avvocato così capace.» Di solito Alexander mi lasciava a letto il sabato mattina, però oggi avevo degli impegni. Dovevo fare la spesa e cucinare.

«Abbiamo deciso cosa fare stasera?» domandò. «Vuoi che prenoti da qualche parte?»

«Gli ultimi tre sabati siamo stati in posti eleganti, Hakkasan incluso» risposi. Non riuscivo a credere che fossero passate tre settimane dalla nostra conversazione sul prendere un master a Londra. Da allora avevo inviato la richiesta d'ammissione alla Columbia e a due università qui a Londra. Tutte e tre avevano risposto questa settimana. Avevo tenuto le tre buste sigillate da parte per aprirle insieme a Knightley oggi. «Stasera vorrei restare a casa.»

«Dovremmo uscire a festeggiare.» Mi posò le mani sui fianchi e mi attirò a sé.

Lo avevo avvertito che avremmo aperto le buste insieme stasera. «Non sappiamo se c'è qualcosa per cui festeggiare. Potrei non essere stata ammessa da nessuna parte.» Cosa sarebbe successo se fossi stata accettata solo alla Columbia? A ogni modo, volevo trascorrere la serata da sola con lui.

«A volte sei proprio ridicola. Certo che ti vogliono tutti. Dovresti avere più fiducia in te stessa.» In qualunque modo sarebbe andata, la mia vita era sul punto di cambiare, e sapevo di volere Knightley accanto a me, a stringermi la mano.

«Vorrei comunque restare a casa.»

Mi baciò la fronte. «Solo se preparerai del *mac and cheese*.»

Scoppiai a ridere. «Pensavo a qualcosa di più elaborato del *mac and cheese*. È il nostro ultimo sabato sera insieme prima del mio ritorno in Connecticut per le vacanze. Parto martedì.» Volevo che fosse una serata speciale. Avevo previsto cristallo e porcellana. Fiori e una nuova tovaglia bianca. Avrei perfino provato a cucinare della selvaggina.

«Sei proprio sicura di dovermi abbandonare per un'intera settimana?»

Risi di nuovo. «Sopravviverai. Devo tornare per un po' dalla mia famiglia. Sarei dovuta rimanere qui solo per tre mesi, e invece sono diventati sei.»

«E potrebbero aumentare ancora» replicò lui.

L'ultimo mese era stato stupendo. Avevano trascorso insieme tutti i sabato sera e le domeniche pomeriggio. Avevamo parlato di tutto. Del suo lavoro, delle sue ambizioni e dei suoi anni in collegio. Perfino dei suoi rimpianti per il matrimonio – aveva detto che non avrebbe mai dovuto accettare di sposarsi. E io avevo condiviso con lui le mie follie newyorkesi, e quanto mi sentissi una persona diversa dalla cameriera che ero stata lì. Tra di noi sembrava essere maturato qualcosa. E il pensiero di restare a Londra con lui sembrava sempre meno spaventoso e sempre più giusto.

«Prendo del vino?» domandò.

Sorrisi. «Direi di sì, se vuoi qualcosa che costi più di cinque dollari.»

Lui si strinse nelle spalle. «Si può comprare il vino anche a cinque sterline a bottiglia?»

Gli accarezzai il torace. «Ecco cosa deve affrontare il resto del mondo mentre tu te ne stai nella tua torre d'avorio.»

«Prenderò dello champagne. Per festeggiare.» Gemetti. «Non portare sfortuna.»

«Nessuna sfortuna. Se avessi aperto quelle maledette buste, ne avresti già avuto conferma.»

«Ti ho spiegato che voglio conservarle per quando avremo entrambi un po' di tempo.»

Lui sogghignò. «Festeggeremo per tutta la notte.» Diede un'occhiata al suo orologio. «Ma ora devo andare in ufficio. Sebastian sarà già arrivato.»

«Vai.»

Allontanò le braccia dai miei fianchi.

«Ci vediamo tra poche ore.»

«Sì, tornerò per le sette. Al massimo sette e mezza» disse dalla porta della camera da letto.

Gli soffiai un bacio. «Non vedo l'ora.» Avevo pensato che se ne sarebbe dimenticato dopo la nostra serata da Hakkasan. Avevo sospettavo che si sarebbe lasciato assorbire dal lavoro, che avrebbe infranto la sua promessa dei sabato liberi e che io sarei stata messa all'angolo. Ma Alexander Knightley non diceva mai nulla di cui non fosse convinto e le sue azioni erano state un riflesso delle sue parole. Era per questo che mi piaceva così tanto.

La porta d'ingresso si richiuse e io presi il mio cellulare. Volevo sbrigarmi ad andare a fare la spesa. Non sapevo quanto sarebbe stato difficile procurarmi della selvaggina.

Nell'ultimo mese avevo cercato di adattarmi agli eventuali cambiamenti. Mi ero immaginata a studiare nel Regno Unito. Darcy aveva detto che sarei potuta restare per tutto il tempo nella sua casa di città. Anche se Alexander aveva lasciato intendere che presto avrebbe acquistato casa e che voleva che andassi a vivere con lui. Avevo immaginato che avremmo trascorso insieme il nostro tempo libero e che sarei perfino riuscita a convincerlo ad andare in vacanza. O *in ferie,* come avrebbe detto lui. Ci immaginavo insieme e felici. Perché era così che eravamo. Ma non mi ero davvero permessa di fare realmente dei programmi. Non avevo accettato l'offerta di Darcy e non avevo neanche fatto ricerche per scoprire se avrei potuto ottenere un lavoro part-time con un visto studentesco. Non volevo lasciarmi coinvolgere troppo, nel caso in cui non fossi riuscita a entrare in nessun college. Avrei potuto iniziare a pianificare il futuro stasera, una volta aperte le buste.

E sarebbe stato l'inizio di qualcosa. L'inizio del nostro futuro insieme.

ALEXANDER

Violet mi avrebbe ammazzato.

In ufficio c'erano quasi tante pile di carta quante ce n'erano state quando lei aveva iniziato a lavorare qui.

«Non capisco come mai il processo sia stato posticipato all'anno nuovo. Non ha senso iniziare due giorni prima di Natale e poi interromperlo» borbottò Sebastian.

«Stanno cercando di essere più efficienti.» Non aveva senso contestare la logica dell'apparato legale. Il processo era fissato per lunedì, e questo era quanto.

«Io sarei molto più efficiente se non mi trovassi qui il sabato sera» si lamentò Sebastian. Avrebbe dovuto abituarsi; era così che andavano le cose.

«Aspetta, che ore sono?» chiesi e guardai la finestra per cercare di capire quanto fosse buio fuori.

«Quasi le undici.»

Come diavolo era possibile? Merda, le undici? L'ultima volta in cui avevo controllato l'orario erano state le quattro meno un quarto. Fuori era buio, ma in questo periodo dell'anno non c'era mai molta luce, specialmente se aveva piovuto tutto il giorno. Era difficile capire che ora fosse. Mi alzai e iniziai a infilarmi la giacca. «Devo andare.»

Era sabato.

La mia serata con Violet. Avremmo dovuto cenare insieme.

Avremmo dovuto aprire le buste contenenti il responso delle università. Merda.

Mi resi conto all'improvviso dell'enormità di ciò che avevo fatto, come se qualcuno avesse rimosso un velo dalla mia memoria. Presi il cellulare e mi affrettai fuori dall'ufficio. Sebastian stava borbottando qualcosa, ma non avevo tempo di restare ad ascoltarlo.

Mi diressi verso l'uscita di Lincoln's Inn Fields alla ricerca di un taxi e tirai fuori il telefono lungo il tragitto. Sbloccai lo schermo e notai tre telefonate perse. Cazzo. Ero un idiota.

I preparativi per il processo Bar Humbug erano quasi terminati, ma oggi ero incappato in una serie di problemi che mi ci era voluto più tempo del previsto per risolvere. Grazie al cielo c'era stato Sebastian con me, o altrimenti sarei stato costretto a lavorare per tutta la notte. Non mi ero aspettato tutti questi imprevisti. Non avevo idea di come avessi potuto perdere di vista il tempo in quel modo. Ero stato talmente assorbito dal lavoro che avevo dimenticato Violet. Gemetti e le telefonai.

Sentii due squilli, poi la chiamata si interruppe bruscamente. Non nel modo in cui sarebbe successo se il telefono fosse stato messo in silenzioso e la mia telefonata fosse stata ignorata. No, Violet aveva visto la chiamata e l'aveva rifiutata.

Cristo.

Non sapevo cosa fare. Avevo bisogno che capisse che avevo solo perso di vista il passare del tempo e che la cosa non aveva nessun significato particolare. Cos'altro avrebbe potuto essere?

Un dolore allo stomaco cominciò a farsi strada dentro di me nel momento in cui un taxi si fermò ed ebbe inizio il breve tragitto di ritorno verso Mayfair.

Fissai lo schermo del cellulare, nella speranza che Violet avrebbe richiamato. Avevo tre messaggi non letti.

Nel primo, inviato poco dopo le cinque, mi aveva chiesto quando sarei rientrato.

Dannazione. Avrei dovuto notarlo prima e rispondere. Ero solo stato troppo impegnato. Ma non era una scusa valida. Le avevo fatto una promessa, e l'avevo infranta.

Il secondo messaggio, in cui mi chiedeva ancora quando sarei rientrato, era arrivato poco dopo le sette. E l'ultimo risaliva a venti minuti fa. Aveva scritto che stava per andare a dormire.

Feci una smorfia. Di solito io e Violet ci mandavamo messaggi durante la giornata, e ancor di più di sabato, quando lei non era al lavoro. Ma oggi era stato soffocante, e Sebastian e io eravamo più che esausti per la mole di ore che avevamo lavorato.

Digitai un messaggio.

> **Io:** Mi dispiace tantissimo. Non mi sono accorto dell'ora. Sto tornando a casa. Al lavoro è stato tremendo.

Forse stava dormendo. Eppure percepii una sensazione spiacevole alle viscere.

Il taxi si fermò all'esterno dell'abitazione di Hill Street. Pagai e saltai fuori. Le luci erano spente, così andai alla ricerca in una tasca delle chiavi che Violet mi aveva dato all'inizio della settimana. Non poteva aver già preso sonno, giusto?

Entrai nell'abitazione buia e mi chiusi la porta alle spalle. Andai verso il soggiorno per controllare che Violet non si fosse addormentata sul divano, e mi guardai intorno, cercando un indizio che potesse spiegare la brutta sensazione che avevo. Posai la valigetta, mi tolsi cappotto e giacca, e poi avanzai lungo il soggiorno per appoggiarli su una sedia.

Il cuore mi si fermò.

La tavola era apparecchiata con una tovaglia bianca, bicchieri da vino di cristallo, posate d'argento, candele e orchidee bianche. L'insieme era stupendo. La tavola era stata preparata per me, per noi. Per festeggiare il suo futuro o il nostro futuro insieme.

E io non mi ero presentato.

Non l'avevo chiamata.

Feci pressione contro la fronte con pollice e indice. Dovevo rimediare.

Mi voltai, e notai uno speaker a cui era collegato il suo iPad. Sbloccai lo schermo.

A Nightingale Sang in Berkley Square.

Cazzo. Ero un uomo egoista che non meritava Violet King.

VIOLET

Schiusi gli occhi al sentire lo scatto distante della porta d'ingresso che si richiudeva. Alexander se ne era andato.

Osservai l'orologio. Erano le nove e cinque. Stamattina era in ritardo. Forse si era trattenuto di più per vedere se mi sarei svegliata. In realtà, non avevo dormito molto ed ero sveglia da ore. Lo avevo sentito rientrare, ma avevo finto di dormire. Non avevo voluto parlargli. Non avevo voluto discutere di dove fosse stato e del perché non si fosse fatto sentire. Sapevo cosa avrebbe risposto. Sapevo che gli sarebbe dispiaciuto, ma che comunque non sarebbe stato abbastanza.

Avevo un fratello che era un tremendo stacanovista, quindi un po' lo capivo. E in qualche modo, la devozione di Alexander nei confronti del suo lavoro mi era andata bene. Non mi ero mai sentita soffocata o sopraffatta con lui, come era successo quando ero uscita con uomini che avevano avuto più tempo a disposizione. Ero riuscita ad attendere con ansia di stare con lui pur continuando ad avere del tempo per me. La serata di ieri aveva finalmente messo a fuoco il mio futuro. La nostra cena insieme avrebbe dovuto essere simbolica, importante, l'esordio del nostro futuro condiviso. Tutti e tre i programmi mi avevano accettata, e se Alexander fosse rientrato come previsto, mi sarei preparata a trascorrere i prossimi due anni a Londra e a un futuro con lui.

Almeno così sarei riuscita ad andarmene con il cuore ferito e non infranto.

Ecco perché non mi fidavo degli uomini. Perché nessun uomo dopo David era durato più di qualche settimana. Perché non mi innamoravo.

Finora, mi ero sempre allontanata prima di potermi fare male. Avrei dovuto fidarmi del mio istinto, quando mi aveva lasciato intendere che tra noi non avrebbe funzionato. La rabbia che provavo per l'essere stata delusa mi faceva sentire ridicola, perché sapevo chi era. Sapevo che per lui il lavoro aveva sempre la priorità.

Non volevo diventare quel tipo di ragazza che se ne stava con le mani in mano in attesa del suo uomo. Quello non era cogliere l'attimo, e non avrebbe giovato neanche al mio futuro… era soltanto patetico. Ero stata chiara con lui: avevo bisogno che si comportasse come l'uomo che affermava di essere. Ma non presentandosi ieri, senza neanche avvisarmi pur sapendo quanto fosse importante, pur sapendo che martedì sarei tornata negli Stati Uniti, mi aveva dimostrato che non era l'uomo per me. Se Alexander non mi rispettava abbastanza da presentarsi, o almeno da avvertirmi che non ci sarebbe riuscito, allora io dovevo andarmene. Se lui riusciva a dimenticarsi così facilmente del mio futuro, del mio cuore, di ciò che contava per me, allora io mi sarei *rifiutata* di amarlo.

Ci sarebbe voluto un po' perché i sentimenti che erano cresciuti dentro di me così a lungo appassissero e scomparissero. Ma prima o poi lo avrebbero fatto. Me ne sarei assicurata. Però non potevo rimanere a Londra ad aspettare che succedesse. Non volevo ascoltare le scuse di Alexander. O, peggio ancora, le sue giustificazioni. Non volevo essere il tipo di ragazza che ci rimaneva male se il suo uomo non si presentava a cena nella sera in cui avrebbe scoperto che piega avrebbe preso il suo futuro. Piuttosto avrei preferito restare da sola. Avrei preferito stare con qualche tipo senza nome a cui *sapevo* di non interessare, piuttosto che con qualcuno che fingeva che fosse così.

Non avrei permesso a niente di tutto ciò di indurirmi. La motivazione e la forza di volontà di Alexander mi avevano ispirata sotto più punti di vista. Londra mi aveva mostrato un tipo di vita diverso. Non avrei permesso che quest'esperienza mi trasformasse in un relitto farfugliante. E non avrei permesso che influisse sul mio futuro.

Avevo già sprecato troppo tempo a far dipendere la mia esistenza dai torti che avevo subìto da parte degli uomini. Non sarebbe più accaduto.

Mi alzai a sedere e presi il cellulare dal comodino. Avevo una lettera di dimissioni da scrivere e una valigia da preparare.

Il telefono mi vibrò in mano.

> **Alexander:** Mi dispiace per ieri sera. Ho perso traccia del tempo. Ti hanno ammessa? Chiamami quando ti svegli.

Risposi.

> **Io:** Non c'è bisogno di scusarti. Forse sarebbe meglio se stasera restassi in hotel. Ho molto da fare.

Replicò subito.

> **Alexander:** Sei sveglia. Ieri sera mi sei mancata.

Provai un'improvvisa ondata di angoscia. Anche a me era mancato. Mi *sarebbe* mancato. Ma lo avrei superato. Meglio ora che tra due anni.

Oggi, lunedì, sarebbe stato il mio ultimo giorno in ufficio prima del mio ritorno negli Stati Uniti insieme a Darcy. Dato che mancavano poche settimane alla scadenza del mio contratto, prevista dopo Natale, Craig aveva accettato le mie dimissioni anticipate. Gli avevo detto che avrei potuto iniziare a frequentare i corsi alla Columbia a gennaio, se mi avessero lasciata andare via prima. E visto il tipo d'uomo che era, lui aveva acconsentito. Non mi piaceva mentire, ma avevo davvero intenzione di verificare se potessi spostare l'inizio dei corsi a gennaio una volta tornata dall'altra parte dell'oceano, quindi mi giustificavo con me stessa pensandola come a una riorganizzazione dei miei programmi.

Mi ero aspettata di sentire la mancanza di Alexander durante le vacanze in Connecticut, ma avevo pensato che si sarebbe trattata solo di una settimana. Non che me ne sarei andata per sempre. Ieri mi aveva chiamata diverse volte. A un certo punto avevo spento il cellulare. Non volevo discutere con lui. Non aveva senso. Avevo preso la mia decisione.

Stavo per fuggire via, e anche se ero consapevole che si trattava di un atteggiamento da codardi, non sapevo cos'altro fare – dovevo proteggermi.

Per poche, stupende settimane, mi ero concessa di immaginarmi vivere a Londra per sempre. Insieme ad Alexander, e con un master di un'università londinese. Una carriera brillante e un uomo bello e affascinante al mio fianco. Che diavolo mi era preso? Come avevo detto anche a Scarlett: la mia vita non era affatto una favola.

«Per qualsiasi domanda, puoi scrivermi un'email» dissi a Jimmy mentre oltrepassavo la sua scrivania per quella che sarebbe stata l'ultima volta.

Lui saltò su dalla sedia e allungò le braccia. «Mi mancherai.» Mi attirò a sé in un abbraccio. «Torna a trovarci la prossima volta che verrai a Londra.»

Non credevo ci sarebbe stata una prossima volta. Sarebbe stato troppo doloroso tornare e immaginare la vita che avrei potuto avere se le cose fossero andate diversamente, se Alexander fosse stato un uomo diverso.

Jimmy mi lasciò andare, io salutai gli altri e mi diressi nel corridoio. Mi restava solo un ultimo saluto da dare. Le sedute in aula del giorno si erano concluse e Knightley era tornato nel suo studio. Il mio cuore galoppava. Avrei dovuto resistere solo per qualche altro istante. Non ero tanto codarda da andare via senza salutarlo, ma avevo pianificato il tutto in modo che fosse presente anche Sebastian. Sarebbe stato il momento migliore per far sapere ad Alexander che me ne sarei andata. Non avrebbe potuto fare scenate se avesse avuto un pubblico. Non che lo avrebbe fatto, comunque.

Strinsi le mani a pugno, affondando con le unghie nei palmi, e cercai di distrarmi dalle emozioni che minacciavano di sopraffarmi. Potevo farcela. Stavo solo salutando un uomo che mi *rifiutavo* di amare.

Bussai alla porta e non potei che sorridere, nostalgica, all'udire la risposta rabbiosa di Alexander.

«Avanti.»

Non sollevò lo sguardo. Sia lui che Sebastian avevano le teste chine sui rispettivi computer portatili. Non ero arrabbiata, ma provavo commiserazione. Stavo per tornare a casa per trascorrere le vacanze con la mia splendida famiglia mentre, senza dubbio Sebastian e Knightley le avrebbero trascorse per la maggior parte, se non interamente, in questa stanza, sepolti dalla carta.

«Volevo solo salutarvi prima di andare via.» Mi adoperai perché la mia voce sembrasse il più squillante possibile.

Al suono delle mie parole, Alexander sollevò il capo di scatto, e quando mi vide si alzò in piedi.

«Arrivederci Violet» disse Sebastian. «Trascorri un buon Natale.»

Io mi sforzai di offrirgli un sorriso vacuo. «Vedo che avete da fare, quindi non mi tratterrò oltre. Grazie di tutto.» Salutai con una mano e feci per voltarmi.

«Violet» scattò Alexander, e io mi bloccai.

«Sebastian, potresti scusarci un attimo?»

Non mi aspettavo che Alexander chiedesse a Sebastian di uscire. L'ultima cosa che volevo era restare da sola con lui.

Sebastian non spiccicò parola. Prese il suo computer, e io mi spostai di lato per lasciarlo passare. Non riuscivo a guardare Knightley.

«Violet, chiudi la porta, per favore.»

Io scossi il capo. «Non credo che sia una buona idea. Sei molto impegnato, e io ho...»

«Violet, che ti prende? Chiudi la porta.»

Deglutii, ma feci come mi aveva chiesto, mentre lui si avvicinava a me dalla sua scrivania.

«Voglio baciare la mia ragazza prima che parta per qualche giorno. Pensavo che sarei riuscito a vederti ieri sera...»

Gli posai un dito sulle labbra per zittirlo. Non volevo sentirgli dire quanto fosse impegnato. Lo sapevo già.

Le sue mani mi scivolarono sui fianchi e io mi irrigidii. Non volevo percepirlo ancora. Non volevo ricordare le cose belle.

«Buona fortuna» dissi, e avvertii una fitta al cuore, come se qualcuno me l'avesse appena strappato dal petto. «Spero che tu abbia successo.»

Mi lasciò andare e si passò le dita tra i capelli. «Dovrei, ma temo che non sarà così.» Pensava che mi riferissi al processo. Io parlavo della vita.

«Quando tornerai dovrei avere un po' più di tempo libero. In che giorno rientri a casa?»

Sarei rientrata a *casa*, dalla mia famiglia, domani. Sorrisi e mi strinsi nelle spalle. Poi gli posai le mani sulla mandibola. Aveva un aspetto stanco e stressato. Avrei dovuto dirgli che non sarei tornata a Londra, ma non volevo aumentare il suo stress. Non oggi.

Forse non gli importava di me quanto a me importava di lui, tuttavia sapevo di averlo in parte alleggerito di un peso, e non c'era bisogno che scoprisse proprio oggi che me ne sarei andata definitivamente. L'ultima cosa che desideravo era partire dopo una discussione. Non volevo che lui mi convincesse che non aveva fatto nulla di male, quando non era così. Non volevo che il suo accento spigoloso e le sue mani forti mi indebolissero. Se non riusciva a essere l'uomo di cui avevo bisogno, allora dovevo andarmene finché ne avevo ancora la forza.

«Cosa c'era scritto nelle lettere?» Si passò una mano tra i capelli. «Mi dispiace per sabato. Ieri ho provato a chiamarti, ma... Passo da te stasera?»

Feci segno di no con la testa. «Ci sarà Darcy, e domattina dovremo alzarci presto.»

«Le acque si calmeranno una volta che il processo sarà concluso.»

Mentiva. Dopo questo ci sarebbe stato un altro processo, e dopo ancora un altro. Non potevo vivere la mia vita chiedendomi quando mi avrebbe nuovamente delusa.

Le bugie si meritavano a vicenda. «Non le ho ancora aperte.»

Lui corrugò le sopracciglia ma non indagò oltre. «Ti chiamo più tardi, d'accordo?» domandò.

Annuii, ma non gli avrei risposto. Non fino a domani, quando sarebbe uscito dal tribunale e io sarei tornata nel posto in cui dovevo stare.

32

ALEXANDER

Londra aveva iniziato a svuotarsi. La maggior parte della popolazione durante il weekend abbandonava la città, e a restare erano in pochi e sempre più sparpagliati.

«Grazie a Dio è finita» disse Sebastian, con la borsa da avvocato su una spalla. Quelle borse avevano un aspetto ridicolo. Avrebbe dovuto inserire la parrucca e la toga nella valigetta.

«Solo fino al tre gennaio» gli ricordai.

«Nel frattempo ricorderò alla mia ragazza e alla mia famiglia che aspetto ho. Tu cosa farai per Natale?» chiese.

Non ci avevo neanche pensato. Di solito andavo a trovare mia madre, ma al momento era in Svizzera da alcuni parenti. «Oh, sai, le solite cose in famiglia» mentii. Chi non faceva programmi per Natale? Magari avrei potuto convincere Violet a lasciarmi partecipare ai suoi per via telematica? Sorrisi, immaginando il suo viso. Ieri sera avevo provato a chiamarla un paio di volte ma non aveva risposto. Aveva detto che lei e Darcy sarebbero andate a letto presto, ma pensavo comunque che sarei riuscito a rintracciarla.

«Bene» dissi una volta in ufficio. «Poso questa roba,» indicai la valigetta con un cenno del mento, «e me ne vado. Ti suggerisco di fare lo stesso. Ci vediamo qui il due gennaio per prepararci.» Sebastian annuì.

Posai la valigetta, presi il mio computer e andai via. Quando tornai fuori nella fredda aria di dicembre, mi resi conto che ora che finalmente avevo un po' di tempo libero non avevo nessun posto in cui andare. Nessuno con cui vedermi, nessuna casa in cui tornare. Avevo lasciato perdere la ricerca di un appartamento dopo aver mancato di rispondere a fin troppe telefonate da parte dell'agente immobiliare, quindi vivevo ancora in hotel. Violet era tornata in America e mia madre non era in città. Con mio fratello non parlavo mai.

Dall'altro lato del prato di New Square, salutai Craig. «Va via, finalmente?» domandò, correndo verso di me.

Annuii. «Sì. Ma tornerò fin troppo presto.»

«Ha avuto un'annata straordinaria. Anche grazie al lavoro di Violet con le sue fatture.»

«Sì, è stata bravissima.»

Fece un cenno di assenso col capo. «Ci mancherà. Sono sicuro che avrebbe fatto altri miracoli se solo avesse avuto qualche altra settimana, ma alla Columbia starà meglio. Per lei è una grande opportunità.»

«Lo è senz'altro.» L'avevano accettata. Non poteva, però, avergli detto di aver fatto richiesta d'ammissione anche a Londra. «E la avrai per qualche altra settimana, quando tornerà a gennaio.» Craig corrugò la fronte, perplesso. «Non ha saputo? Non tornerà, per qualcosa che ha a che fare con la data d'inizio dei corsi. Un gran peccato per noi, ovviamente.»

Le sue parole iniziarono a sovrapporsi l'una sull'altra come risucchiate da una palude e non riuscii ad ascoltare oltre. Violet non sarebbe tornata? Di certo Craig si sbagliava. Mi infilai le mani nelle tasche e avvertii il freddo del metallo del mio cellulare con cui iniziai ad armeggiare. Ero tentato di tirarlo fuori per chiamarla e chiederle di cosa stesse parlando Craig.

«Tutto bene, signor Knightley?» domandò lui.

Feci cenno di sì col capo. «Sì, mi sono appena ricordato di... una cosa. Perdonami, devo andare.» Accelerai verso l'uscita di Lincoln's Inn Fields alla ricerca di un taxi. Quando uno accostò, gli fornii l'indirizzo del mio hotel. Dove altro sarei potuto andare?

Dopo aver estratto il cellulare dalla tasca, mi accomodai e digitai il numero di Violet. Avevo pensato che mi avrebbe chiamato prima del decollo o dopo l'atterraggio, ma non si era fatta sentire.

Avevo immaginato che fosse perché sapeva che avevo da fare e probabilmente non sarei riuscito a stare al telefono a lungo. Ma forse non aveva mai avuto intenzione di chiamarmi.

La telefonata finì dritta in segreteria. Dov'era? Ormai doveva essere atterrata.

Non avevo mai sperimentato la solitudine. Era quasi l'opposto di come mi aspettavo che sarebbe stata… avere del tempo a disposizione senza niente da fare e nessuno da incontrare per me era sempre stato una manna dal cielo, ma ora che ero qui, mi dava la sensazione di una grossa voragine pronta a inghiottirmi.

Lasciai il taxi barcollando, il mio cervello in qualche modo disconnesso dai miei arti.

Forse non era stata accettata da nessuna università londinese? O magari sì e avrebbe iniziato a studiare lì a gennaio e Craig aveva dato per scontato che si trattasse della Columbia. Doveva essere così. Era impossibile che Violet andasse via da Londra con l'intenzione di non tornare mai più senza dirmi nulla, anche se sabato non mi ero presentato a cena. Non poteva essere così.

Da quando ero tornato in hotel tre ore prima avevo provato a chiamare Violet ogni quindici minuti. Non avevo nient'altro da fare. Volevo solo sentire la sua voce. Non ricordavo l'ultima volta in cui l'avevo tenuta stretta tra le braccia. Doveva essere stato il sabato mattina prima del momento in cui avremmo scoperto che era stata ammessa in tutte le università a cui aveva fatto richiesta per il master. Cazzo, avrei dovuto impostare una sveglia o qualcosa del genere sul cellulare.

Andai al minibar in un angolo della stanza e mi versai un bicchiere di whisky. Se non avevo altri impegni a parte starmene da solo senza nessuno con cui parlare e niente lavoro l'indomani, perlomeno mi sarei ubriacato. Magari mi avrebbe rallentato i pensieri, riempito il vuoto che avvertivo farsi sempre più grande, dentro di me, con il passare del tempo. Nelle ultime settimane i preparativi per il processo si erano impossessati sempre di più della mia vita. A parte il sabato sera, mi ero sentito prosciugato, e questo ultimo sabato era stata la goccia che aveva fatto traboccare il vaso.

Quando mi scolai il primo bicchiere di whisky, il mio cellulare vibrò sul letto, dove lo avevo lasciato. Il nome di Violet apparve sullo schermo. Avevo una tale urgenza di rispondere e tanto timore che lei potesse riattaccare senza che io fossi riuscito ad accettare la chiamata, che quasi feci cadere il telefono due volte prima di riuscire a sbloccarlo.

«Violet, tutto bene?» domandai. Una domanda ridicola, ma ero così felice che avesse chiamato. Per qualche ora avevo avuto paura che fosse sparita per sempre.

«Sì, sono appena arrivata a casa di Scarlett e Ryder. Darcy e io staremo qui per stasera prima di andare in Connecticut domani.»

Trattenni il fiato mentre parlava, intenzionato ad ascoltare ogni sua parola, ogni sfumatura. «Sono felice che vada tutto bene. Mi sembra di non vederti da tantissimo tempo.»

Dall'altro capo del telefono udii il rumore di porte che si chiudevano. «Sei stato impegnato» rispose.

«E devo dirti una cosa. Non tornerò in ufficio l'anno prossimo. Non avrebbe senso.»

Crag aveva ragione. Se n'era andata. Se n'era andata *da me* per sempre.

«Senso?» chiesi. Perché non mi aveva detto nulla prima di partire? «Pensavo che avresti preso il master a Londra. Pensavo...» Avevo pensato che saremmo stati insieme.

«Ho in programma di farmi anticipare l'inizio delle lezioni alla Columbia dal semestre primaverile, quindi inizierò i corsi tra poche settimane. Non aveva senso rimandare.»

La pressione che sentivo sul petto quasi minacciava di spaccarmi le costole. «Non tornerai più a Londra?» Di certo avevo capito male. Non poteva essersene andata via.

«Come ho già detto, sono riuscita a farmi cambiare le date.»

«Non sei entrata in nessuna università qui?» Era arrabbiata per non essere riuscita a entrare in nessun corso a Londra e per questo era andata via?

«Non ha importanza. Ho scelto la Columbia.»

Mi schiarii la voce. Non riuscivo a decifrare il suo umore. Aveva un tono di voce leggero e spensierato, ma le sue parole avevano implicazioni catastrofiche. Se l'avessi avuta qui, di fronte a me, sarei riuscito a scoprire cosa stava davvero accadendo. «Okay.»

«Sapevo che avresti capito.»

Non ero certo di capire. «Quindi stai mettendo la parola fine a ciò che c'è tra noi?»

«È un sollievo, vero?» La sua voce suonava lieta e serena, come se mi stesse comunicando qualche bella notizia invece del fatto che non ci saremmo visti mai più. «Non dovrai preoccuparti di ricavarti del tempo per me. Non che...»

Merda.

«Violet, mi dispiace per sabato. Io...»

«Non scusarti. So bene che rapporto hai con il lavoro. Capisco che ha la priorità.»

Sospirai a quelle parole. Sembrava così debole e superficiale, ma era vero. Aveva sempre avuto la priorità.

«A ogni modo, non voglio distrarti. So quanto è importante questo processo per te, ecco perché ti ho telefonato.»

«Aspetta, cosa? Tutto qui?» Mi lasciai cadere sulla sedia di fronte alla scrivania.

«Cosa vuoi che ti dica?»

Non lo sapevo bene, ma la situazione in cui ci trovavamo aveva dell'incredibile. Se era arrabbiata con me, volevo che urlasse e strillasse. Volevo risolvere la cosa, superarla. Non avevamo creato un legame? Non ci era piaciuto trascorrere del tempo insieme? Mi *importava* di questa donna, e lei mi aveva chiamato per salutarmi come se fossimo semplicemente colleghi? Non poteva finire così tra noi.

«È tutto così improvviso. Mi hai preso un po' alla sprovvista. Speravo di riuscire a vederti prima della tua partenza. Volevo dirti quanto fossi mortificato per sabato. Non puoi semplicemente dare un taglio a ciò che c'è tra di noi e scappare.» Non le avevo confessato che per lei provavo qualcosa che non avevo mai provato per nessuna donna. Pensavo di avere tempo.

Violet non rispose.

«Quindi, è così?» chiesi.

«Non vedo come potrebbe essere altrimenti» replicò. «Tu devi lavorare, e...»

«Ti ho detto che mi dispiace e sapevi che avevo il processo alle porte...»

«Non si tratta di questo sabato» mi interruppe lei. «Ma di *ogni* sabato. Di come non voglio ritrovarmi a essere il tipo di ragazza che si accontenta degli scarti di tempo che sei disposto a offrirmi.»

Barcollai. Lo faceva sembrare orribile. «Mi dispiace davvero. Non ho mai finto di essere perfetto, e sono così abituato a preoccuparmi solo di me stesso che mi ci vorrà un po' di tempo per abituarmi. Tutto qua.»

«Non posso permettermi di affezionarmi a te, Alexander. Sono sul punto di rimettere insieme i cocci della mia vita. Non voglio finire di nuovo fuori strada. Non voglio credere in qualcuno, per poi scoprire che è diverso da come pensavo. Ci sono già passata.»

Mi sentii sprofondare.

«All'inizio si trattava solo di sesso, poi ci siamo ritrovati a ballare a Berkley Square, e tra una cosa e l'altra i miei sentimenti sono cambiati e ho iniziato a volere di più. Io sono cambiata. Più stavo insieme a te, più tu avevi la possibilità di ferirmi, e non posso permettere che accada. Non mi farò deludere ancora.»

Avevo deluso Gabby. E anche se mi ero pentito del mio comportamento, non mi aveva causato un vero e proprio dolore. Ma ora mi sentivo in agonia. «Mi dispiace così tanto. Meriti di più.» Era vero. Lei era preziosa.

«Tu sei un uomo davvero speciale. Sei la persona che mi ha insegnato cos'è che voglio dalla vita. E mi hai mostrato quello che mi merito: un uomo capace di mettermi al primo posto.»

«È stato un errore, e vorrei non averlo commesso. Non possiamo almeno provarci?»

«Non posso, Alexander. Sono troppo coinvolta; sto già soffrendo abbastanza.»

Non sapevo come rispondere. Non intendevo ferirla, anzi, era l'ultima cosa che avrei voluto.

«Mi dispiace» ripetei.

«Non dispiacerti. Almeno, potremo conservare un bel ricordo degli ultimi mesi e del tempo che abbiamo trascorso insieme. Mi sento come se tu mi avessi restituito la scintilla che avevo perso, e per questo te ne sarò per sempre grata.»

La scintilla? Lei aveva fatto lo stesso per me.

«Possiamo rimanere in contatto? Restare amici?» Mi stavo arrampicando sugli specchi, ma volevo che restasse nella mia vita, in qualunque modo possibile.

Lei sospirò, e mi sentii ancora più solo. «Forse un giorno. Al momento ho bisogno di un nuovo... inizio.»

«Lo capisco.» Cercai di mantenere un tono di voce fermo, anche se non volevo fare altro che scoppiare e supplicarla di darmi un'altra possibilità.

«Grazie. Dico sul serio; credo che tu sia un uomo magnifico.»

Non lo ero stato abbastanza, per lei. Ero stato meno di ciò che meritava e, giustamente, mi aveva lasciato.

Avevo trascorso il Natale da solo nella mia camera d'albergo. Avevo ordinato un club sandwich e una bottiglia di whisky e non avevo parlato con nessuno che non fosse un impiegato dell'hotel. In un altro momento sarebbe stato il modo perfetto per trascorrere le vacanze, ma quest'anno assomigliava terribilmente alla vita solitaria e sprecata di un single dall'esistenza vuota.

Non ero mai stato un gran bevitore. Non mi piaceva il modo in cui l'alcool mi confondeva la mente e mi annebbiava i sensi. Ma nell'ultima settimana, da quando Violet se n'era andata, essere lucido era stata l'ultima cosa che avrei potuto desiderare. Volevo essere ubriaco. Ogni mattina, mi svegliavo sobrio e fissavo l'orologio fino a mezzogiorno, dopodiché mi alzavo dal letto per bere un whisky.

Ascoltai il telegiornale in sottofondo mentre mi versavo un secondo bicchiere. Qualcuno bussò alla porta, attirando la mia attenzione. Per un istante pensai che Violet avesse cambiato idea e che fosse tornata indietro per salvarmi. Sbirciai nello spioncino e vidi una persona che faceva parte dello staff delle pulizie.

Aprii la porta e la ragazza iniziò a parlarmi in una lingua che sembrava rumeno, anche se poteva trattarsi benissimo di polacco. Mi oltrepassò e iniziò a pulire la mia stanza. Strappai il cartello con la scritta "Non disturbare" dalla maniglia della porta, su cui era rimasto appeso da prima di Natale, e glielo mostrai. «Mi scusi.» Lo agitai a mezz'aria. Lei si voltò, lo vide, fece spallucce e rimosse le lenzuola dal letto.

Porca miseria. Non avevo la forza di discutere. Di sicuro gli impiegati dell'hotel avevano iniziato a chiedersi che diavolo stessi combinando qui dentro. Presi alcuni vestiti e il mio portafogli. Magari sarei potuto andare a comprare una bottiglia del mio whisky preferito invece di ordinare il servizio in camera.

Quando uscii dall'ascensore, sollevai un braccio per proteggermi gli occhi dalla luce del sole. Avevo trascorso l'ultima settimana nell'oscurità; avrei dovuto prendere anche gli occhiali da sole.

Senza sapere dove andare, uscii dall'hotel. Non mi ero portato né sciarpa né guanti, e si gelava. L'aria mi pungeva la gola irritata dal whisky quindi mi alzai il colletto del cappotto e mi infilai le mani in tasca. Immaginai che la cameriera avrebbe finito in una mezz'ora. Dovevo solo far passare un po' di tempo prima di poter rientrare e fare un riposino.

Le ultime settimane trascorse a prepararmi per il processo erano state intense e iniziavano ad avere effetto su di me. Il lavoro era stato incessante, e poi c'era stata Violet. Se fossi riuscito a trovare un modo per dormire senza abusare dell'alcool, magari sarei riuscito a non svegliarmi in piena notte con un dolore atroce allo stomaco. Era come una malattia, senza febbre né altri sintomi a parte una sensazione di angoscia talmente profonda che non riuscivo a spiegare da dove originasse.

Gemetti quando raggiunsi la fine del marciapiede e realizzai dove mi trovavo. Berkley Square. Non c'erano usignoli che cantavano. Nessuna americana stupenda con cui ballare. Soltanto io, che mi compiangevo, senza un posto in cui andare.

Vagai oltre i cancelli e mi accomodai su una panchina nei pressi del punto in cui, solo qualche settimana prima, avevo danzato con Violet. Ricurvo su me stesso, mi afferrai la testa con le mani. Come era possibile che le cose fossero andate così bene per poi diventare orribili in un batter d'occhio? Come ero riuscito a rovinare tutto in modo così lampante?

Tornai col pensiero alle prime settimane dopo la separazione da Gabby. Non mi ero mai sentito così. Quanto sarebbe durato? Mi avrebbe mai lasciato in pace, questa straziante devastazione? Quando Gabby e io ci eravamo lasciati avevo provato senso di colpa e rimpianto, ma non dolore. O solitudine.

Un chiacchiericcio nei paraggi attirò la mia attenzione e io mi raddrizzai e notai una coppia, che passeggiava per il parco mano nella mano, ridendo e parlando delle rispettive giornate.

Dovevo andarmene. Mi diressi nella direzione opposta e svoltai a sinistra per uscire dal parco. Ma non avevo finito di torturarmi. Hill Street era vicina e volevo vederla, ricordare il bel viso di Violet sulla porta quando andavo da lei dopo il lavoro, assaporare il ricordo della prima notte in cui avevamo dormito insieme e di tutte le volte successive.

Rallentai quando scorsi casa sua. Come avevo potuto lasciarla andar via?

«Alex?» chiamò una donna alle mie spalle.

Combattei l'istinto di scappare. Non volevo vedere nessuno a parte Violet, ma quando la donna mi chiamò ancora, mi voltai e vidi Darcy, piena di buste, che veniva verso di me.

Aggrottò la fronte e assottigliò lo sguardo. «Che ci fai qui?»

«Sono solo di passaggio, vivo proprio...» Cosa avrei potuto dire? Il mio hotel era da tutt'altra parte. Senza dubbio avevo l'aria di uno stalker.

«Puoi darmi una mano con queste?» domandò lei, indicando le buste che reggeva nelle mani.

«Sì, certo.» Le nostre dita incespicarono nel momento in cui lei mi trasferì il peso. Poi prese le chiavi e sbloccò la porta d'ingresso.

«Ti stai facendo crescere la barba?» chiese.

Mi strofinai la mandibola con una mano. Supposi fosse arrivato il momento di radermi. «No, è solo... non sono andato in aula, quindi...»

Posai le buste in cucina, e cercai di non guardare nulla a parte i miei piedi. I ricordi che Violet aveva lasciato in questa casa iniziavano già a minacciare di sopraffarmi.

«Preparo del caffè» propose Darcy prima di voltarsi per accendere la macchinetta.

Non volevo restare, ma non volevo neanche comportarmi da maleducato. Adocchiai il soggiorno, la tovaglia bianca era stata rimossa dal lucido tavolo di noce. Anche i fiori e le posate erano spariti.

Cosa sarebbe potuto accadere se fossi tornato quando avevo detto che lo avrei fatto? Forse Violet sarebbe stata ancora qui.

«Dovrei andare» dissi. «Sembra che tu abbia da fare.»

«E tu no?» domandò. «Pensavo che fossi sempre impegnato.»

«Il tribunale è chiuso, ma tornerò in ufficio lunedì.» Cristo, mancavano pochi giorni. Non ero certo che, per allora, la nebbia che mi offuscava il cervello o il dolore che mi attanagliava il cuore sarebbero scomparsi.

«Okay, ma prima che tu vada voglio dirti una cosa, anche se sono sicura che Violet mi ucciderebbe pur di non farmi spiccicare parola. Però forse ti sarà d'aiuto... non hai un bell'aspetto, Alex.»

Annuii, incapace di negare.

«Quel sabato, quando non sei rientrato dal lavoro...»

Feci per intervenire, per dire quanto fossi mortificato, ma Darcy sollevò una mano. «È stata ammessa in entrambe le università di Londra. Adorava stare qui, e credo che incontrare te le abbia davvero permesso di osservare il mondo in maniera diversa.»

Il mio cuore si contorse. Violet era stata ammessa. Se non avessi combinato un casino, sarebbe potuta tornare e saremmo potuti stare insieme.

«Ti amava.»

Non riuscii a trattenermi.

Emisi un lungo e profondo gemito. Mi piegai in avanti, avvertendo delle stilettate di dolore allo stomaco. Mi amava? Com'era possibile? Violet era la donna più bella, affascinante ed esplosiva che avessi mai incontrato.

E per qualche motivo incomprensibile, mi aveva amato. E io l'avevo *persa*.

«Scusami, ma ho pensato che volessi saperlo. Non avrei dovuto dirtelo?» chiese Darcy.

Mi raddrizzai, afferrando il piano di lavoro alla ricerca di un sostegno. Scossi il capo.

«Ha detto che doveva allontanarsi prima di farsi male» continuò Darcy. «Ha il cuore spezzato, Alex. E tu sembri proprio... distrutto. Non c'è modo di rimediare?»

Mi schiarii la gola e lasciai la presa sul ripiano. «Temo di no. Ha fatto bene ad andarsene.» Dovevo riprendermi. Stavo soffrendo, ma prima o poi doveva succedere. Era inevitabile. «Sapeva che non sarei stato in grado di renderla felice, nel lungo termine.» Non avrei mai dovuto pensare che le cose sarebbero potute andare diversamente. Non ero capace di renderla felice. Ero troppo egoista. «Mi dispiace solo di averla ferita.»

«Alex.» Darcy mi afferrò per un braccio. «Non ti stavo incolpando. State soffrendo entrambi. Dico solo che se la ami, non devi mollare. Le ho detto la stessa cosa. Non potete semplicemente scappare l'uno dall'altra.»

«Ha detto di voler ricominciare da zero. Devo rispettarlo.»

«No! No, non devi. Se n'è andata e tu l'hai semplicemente lasciata fare.» Sbuffò. «Non la ami?»

«Certo che la amo.» Non lo avevo ancora ammesso con me stesso, ma era ovvio, no? Non avevo mai vissuto nulla di simile – né la gioia, né il dolore.

«Sta soffrendo e sta cercando di proteggersi.» Darcy mi strinse le braccia. «Devi dimostrarle che, anche se non sei stato presente in un momento che per lei era importante, si è trattato di un errore di cui sei pentito e che non ripeterai. Dimostrale che non significa che lei non conta nulla per te.»

«Per me lei conta *più* di chiunque altro. Conta *più* di quanto avrei mai potuto pensare. La amo *più* di quanto qualsiasi uomo abbia mai amato una donna.»

«E lo hai detto a *lei*?»

Non ne avevo avuto modo, no? Durante la nostra telefonata era sembrata così decisa. Così risoluta.

«Beh, è ovvio...»

«Posso dirti, Alex, che *non* è ovvio per niente. Di sicuro non per lei. L'hai lasciata andare senza opporre resistenza. Tu, l'uomo che oppone resistenza per lavoro. Un uomo che ha deciso che vincere è la sua missione di vita, l'hai semplicemente lasciata scappare.»

Riflettei su come replicare. Non potevo costringere Violet ad ascoltarmi. Era a tremila miglia di distanza. Mi aveva abbandonato.

E io non sapevo come fare a lavorare di meno. Violet aveva preso la decisione giusta.

Eppure le mie obiezioni suonavano deboli. Erano le argomentazioni di un perdente.

Darcy aveva ragione. Non avevo lottato per Violet. Avevo accettato la sconfitta prima ancora di terminare il mio discorso d'apertura.

Ma non si potevano vincere tutte le battaglie. «Non so se riuscirò mai a essere l'uomo che merita.»

«Tu ami lei e lei ama te. Vale la pena provare, no?»

«Per me, forse.» Mi guardai i piedi. «Però è troppo tardi. Se n'è andata.»

«È a un volo di distanza ed è trascorsa una settimana. Non essere sciocco.»

Sembrava più lontana, e sembrava passato molto più tempo. Stavo mollando troppo facilmente? E se ci fosse la possibilità di renderla felice, di convincerla a tornare da me? Era tutto ciò che desideravo. Alzai lo sguardo. «Credi che io abbia una possibilità?»

«Non lo saprai mai se non ci provi. Se per te lei è importante quanto dici, allora lotta per lei come se fosse il processo più importante della tua esistenza.»

Violet contava più di qualsiasi caso.

Conoscevo la legge, ma non conoscevo le donne. Non comprendevo le relazioni. Inoltre, non avevo idea di come dimostrarle che potevo cambiare.

«Non so come fare» confessai. Non sarebbero bastate delle semplici parole. Serviva qualcosa di più.

«Devi compiere una scelta molto semplice. Trova un modo, o la perderai.»

Se avessi avuto possibilità di scelta, perderla non sarebbe mai stata un'opzione. Dovevo trovare la maniera per dimostrarle il mio amore e non sapevo da dove cominciare, ma di una cosa ero sicuro: amavo Violet King e non mi sarei arreso senza prima lottare.

33

VIOLET

Era una situazione davvero assurda. Ero seduta qui, nel posto che mi era stato assegnato, dopo la prima settimana di master, e avvertivo il desiderio di poter raccontare tutto ad Alexander. Avrei dovuto assorbire tutte le informazioni che mi stavano fornendo, non pensare a un uomo. Anche se avevo creduto di essere innamorata di lui, cosa che non ero. Perché altrimenti sarebbe stato ridicolo.

Tornare a New York era stata la decisione giusta. Mi sentivo più al sicuro qui. Nelle settimane trascorse da quando avevo lasciato Londra ero stata impegnata con le festività, poi con il modificare la data d'inizio dei corsi e i preparativi per le lezioni. Mi aveva aiutato a evitare che la mia mente si perdesse pensando a Knightley. Più o meno.

Nell'aula magna eravamo solo in duecento. Ognuno sedeva nel posto che gli era stato assegnato in modo che gli assistenti potessero sapere chi frequentava le lezioni e i docenti potessero scegliere nomi a caso dall'elenco che avevano sulla cattedra perché rispondessero alle loro domande complicate. Duecento estranei. Credevo sarebbe stato impossibile sentirmi sola circondata da così tante persone.

«Tu ti aspettavi che sarebbe stato così impegnativo?» mi chiese Douglas accanto a me. Sorrisi e iniziai a raccogliere le mie cose. Avevamo ore di lavoro da svolgere entro la prossima settimana, e ci erano stati già assegnati tre incarichi. «È bello essere occupati.»

Le festività erano state estenuanti. Avrei voluto trascorrerle nel letto, in una stanza buia con una bottiglia di vodka, ma a casa dei miei genitori non avevo avuto neanche un momento di tregua. Papà si svegliava sempre alle sei, facendo rumore nel garage proprio al di sotto della mia stanza, e c'era sempre qualche posto in cui andare – o a casa di Scarlett e Ryder, o di Max e Harper, o di Grace e Sam. Così avevo indossato un sorriso finto e avevo fatto ciò che ci si aspettava da me nonostante mi sentissi incredibilmente vuota. Ripensandoci adesso, andarmene in segreto era stato da immaturi. Ero fuggita, anziché affrontare una discussione. In quel momento non ero riuscita a trovare alternative. Nulla che lui avrebbe potuto dire mi avrebbe fatto cambiare idea, dunque mi ero comportata nel modo che avevo considerato migliore per entrambi. Il fatto che Alexander non avesse pronunciato le parole che avrei voluto sentire, quando lo avevo salutato, cioè che mi amava, che non poteva vivere senza di me e che sarebbe riuscito a trovare più tempo da dedicarmi, avevano reso più facile la rottura. Non c'erano state false promesse da infrangere, solo una rottura netta, prima che le cose potessero incasinarsi, prima di farmi male.

Almeno ora sapevo che lui non mi amava. Se avesse detto di amarmi, non ero sicura che sarei stata abbastanza forte da allontanarmi. Ma lui non lo aveva fatto e quindi eccomi qui, ad accogliere il mio futuro. Trovarmi al college, anche se sommersa di lavoro, era meglio che essere circondata da coppiette felici. Almeno qui stavo facendo ciò che desideravo. Le lezioni mi costringevano a pensare al futuro e non al passato. Mi *rifiutavo* di pensare a come sarebbero potute andare le cose.

«Alcuni di noi escono a bere qualcosa. Vuoi unirti?» chiese Douglas.

Lo volevo? Non ne ero sicura. Avevo molto da studiare, però non volevo che lo studio si impossessasse della mia vita. Desideravo anche divertirmi. Mi resi conto che ciò di cui avevo bisogno era un equilibrio tra il futuro e il presente. «Magari per un'oretta.»

Lui sorrise. «Perfetto. Trascorsa quell'ora, avrai sicuro già bevuto una birra e spero di riuscire a convincerti a rimanere per il resto della serata.»

Il sorriso, lo scambio di sguardi, il modo in cui le sue sopracciglia ondeggiavano mentre parlava... erano tutti particolari che avevo già visto. Ricambiai il sorriso, desiderando che mi piacesse più di quanto non fosse.

Insieme a un piccolo gruppetto, tutti avvolti in cappotti, cappelli di lana, guanti e sciarpe, ci dirigemmo verso un bar sulla Amsterdam. L'ultima volta in cui ero uscita a bere a Manhattan era stato quando Darcy mi aveva invitata a Londra. Da allora erano accadute così tante cose.

Non avrei mai potuto immaginare che sarei tornata a studiare, e men che meno che avrei avuto l'ambizione di fondare un'agenzia di consulenza.

Magari non sarebbe mai successo, ma ero disposta a correre il rischio, a fare un investimento per il futuro.

«Cosa posso prenderti da bere?» domandò Douglas quando entrammo nel locale. La Violet pre-Londra avrebbe ordinato un cocktail. Con Alexander invece avevo bevuto del vino. Molto era cambiato. Ora ero pronta per qualcosa di diverso. «Solo una birra. La stessa che prendi tu» risposi. Douglas e altre due persone si avviarono verso il bancone, mentre il resto di noi occupò un tavolo. Ci sfilammo in fretta i cappotti, dato che il locale era ben riscaldato.

«Grazie a Dio è finita» esclamò una delle ragazze che non avevo ancora conosciuto. «Spero che la prossima settimana la situazione migliori.»

«Ho sentito dire che peggiorerà» intervenne una ragazza della California.

Per fortuna, non dovevo affrontare un tragitto lungo per andare a lezione e avevo preso in prestito il denaro per la retta da mio fratello, dunque non ero costretta a cercare un lavoro part-time. Avrei avuto più tempo a disposizione di molti altri, e per questo, la mole di lavoro da fare non mi spaventava. Non volevo avere del tempo libero. Troppo spazio significava che Alexander sarebbe riuscito a intrufolarsi nei miei pensieri, e non potevo permetterlo. Avevo sprecato gli ultimi anni della mia vita. Dovevo compensare il tempo perduto. Non volevo solo cavarmela, volevo spremere fino all'ultima goccia questa esperienza, imparare tutto il possibile.

«Ecco la birra.» Douglas poggiò sul tavolo un enorme boccale pieno di alcool schiumoso. Un altro studente posò un altro boccale e Christine, che sedeva accanto a me anche a lezione, depositò un vassoio pieno di bicchieri.

«Brindiamo alla voglia di ubriacarci» urlò dall'altro lato del tavolo una ragazza dai capelli scuri – Erin, o Erica, pensai.

Douglas si voltò verso di me e fece tintinnare il suo boccale contro il mio. «Brindiamo alla voglia di ubriacarci di te.»

Sorrisi. Avrei dovuto mettere un po' di distanza tra noi. Prima di Londra probabilmente mi sarei ritrovata nuda con lui in fretta, ma ora non mi attirava affatto. Paragonato a Knightley, Douglas sembrava un ragazzino. Il suo entusiasmo, il fatto che non riuscisse a nascondere ciò a cui pensava, sembrava tutto così immaturo se messo a confronto con la passione contenuta di Alexander.

Ogni volta che pensavo a lui la mia mente veniva invasa da immagini incredibilmente nitide. A quest'ora il processo doveva essere terminato. Probabilmente stava già lavorando a un altro caso. Senza dubbio, le cartelle e i documenti avevano già ricominciato ad accumularsi nel suo studio. Forse aveva anche mandato via Sebastian. Per Alexander sarebbe tutto tornato alla normalità, come se io non fossi mai esistita.

Ma la mia vita non sarebbe mai più stata la stessa.

Amare Knightley mi aveva permesso di liberarmi dalle catene che avevo portato dai tempi del college. Mi aveva dimostrato che i sentimenti che avevo provato per il mio ragazzo dell'epoca non erano stati nulla, in confronto. Se Alexander mi avesse tradita come aveva fatto David, non sarei mai sopravvissuta – la mia visione del mondo ne sarebbe uscita in pezzi. Ma lui non mi avrebbe mai trattata così. Alexander era tante cose, e mi aveva ferito, ma non era capace di tradire.

Alexander Knightley mi aveva insegnato cosa ero in grado di fare, ciò che desideravo, e chi ero.

34

ALEXANDER

Mi accasciai sulla sedia. Non ne potevo più. Sebastian si sedette e poggiò la testa sulla scrivania.

«Va' a casa» dissi.

«Non credo che ce la farò.» Suonava patetico. Il processo era stato estenuante, ma era finito. Ciò che gli restava dell'adrenalina sarebbe riuscito a scortarlo fino a un taxi.

Presi un biglietto che Lance aveva lasciato per me sulla scrivania. Mi chiedeva di passare nel suo ufficio prima di andar via. Guardai l'orologio. Erano solo le tre, eppure sembrava fosse più tardi. Sarei andato da lui, poi sarei tornato in hotel e avrei prenotato un volo d'aereo.

Il verdetto sarebbe arrivato dopo diversi giorni. Sarebbe stata un'attesa lunga, e io non avevo alcuna intenzione di starmene con le mani in mano. Dovevo andare a cercare Violet. Era passata quasi una settimana dal mio incontro con Darcy, e avevo ripassato con cura tutte le mie argomentazioni, preparandomi per *il caso*. Ora che il processo si era concluso, dovevo solo trovarla e iniziare a lottare per lei. Non sapevo però se sarei riuscito a riconquistarla in un weekend. Qualsiasi bravo *barrister* conosceva le argomentazioni dei propri avversari prima ancora di ascoltarle. E sapevo che Violet mi avrebbe messo alla prova. Avrebbe voluto sapere in che modo le avrei dimostrato che sarei cambiato. Come avrei potuto *garantirle* che non le avrei mai più fatto del male. Per ora non avevo prove.

Mi alzai in piedi. «Non voglio trovarti qui al mio ritorno» dissi, e uscii alla ricerca di Lance.

Il suo ufficio era in fondo al corridoio, in un angolo tranquillo che affacciava sul cortile. Aveva occupato lo stesso spazio per gli ultimi trent'anni, e prima di allora, era stato nella stanza accanto. Bussai alla porta semi chiusa ed entrai.

«Che piacere vederti, Alex, entra pure.»

Non ricordavo l'ultima volta in cui mi ero trovato in questa o in altre stanze dell'ufficio a parte la mia o quella dei cancellieri. E ovviamente, la sala di amministrazione, in cui mi ero recato per depositare tutti i regali che avevo comprato a Violet. Feci un respiro profondo pensando a lei. Non avevo idea di dove si trovasse o di cosa stesse facendo. Se lei avesse pensato a me, avrebbe saputo esattamente dove mi trovavo e a cosa stavo lavorando. Sembrava ingiusto e squilibrato. Non riuscivo neanche a immaginarla distintamente perché non l'avevo mai vista nel suo ambiente.

«Accomodati» disse Lance, con un cenno del mento verso una delle sedia di fronte alla sua scrivania. «È stato un caso davvero complesso. Devi essere esausto.»

Annuii e mi accomodai, poggiando le braccia sui braccioli in mogano della sedia. Ero anche decisamente fiducioso nel verdetto. Le mie argomentazioni avevano spiccato e il giudice si era apparentemente dimostrato comprensivo. Ma Lance aveva ragione – ero distrutto. Non ricordavo di essermi mai sentito così stanco.

«Ho saputo da Craig che la tua performance è stata eccezionale. Sono in molti a dire quanto assomigli a tuo padre.»

Non mi sorprendeva sapere che Craig fosse venuto ad assistere. Era un caso cruciale per la mia carriera, un caso che avrebbe potuto disfarmi del tutto. Non lo aveva fatto. Il sorriso di Violet mi comparve davanti in un flash. Forse invece sì.

«Ma sono un po' preoccupato per te» continuò Lance, con le sopracciglia aggrottate.

Lance era stato un mentore costante per tutta la mia carriera, ma non credevo avesse mai detto di essere in pensiero per me.

«Non esserlo. Ho solo bisogno di una notte di riposo e di una bottiglia di buon vino rosso.» Sorrisi, ma l'espressione di Lance non mutò.

«Ci è dispiaciuto molto perdere Violet. Sono sicuro che sia dispiaciuto anche a te» disse e analizzò il mio viso come se mi stesse studiando, come se fosse alla ricerca di una mia reazione. Stava cercando di capire come mi facesse sentire il fatto che lei fosse partita?

Trassi un profondo sospiro. «Sì, beh, la Columbia è un'ottima università. Sono certo che andrà benissimo.» Avevo in programma di partire nel weekend per sottoporle il mio *caso*, per iniziare a lottare per lei.

Lance annuì lentamente. «Mi rendo conto che la cosa non dovrebbe riguardarmi...»

Rafforzai la presa delle mani sui braccioli. Cosa aveva intenzione di dire? Che mi ero comportato da stupido? Lo sapevo già.

«Ma credo che Violet ti facesse bene. Ora, non voglio azzardarmi a supporre cosa sia successo tra voi, però penso seriamente che fosse l'unica donna in grado di tenerti testa. Siete molto diversi, ma Violet è una tua pari.»

Deglutii. Capitava di rado che io e Lance discutessimo di questioni personali, e non sapevo bene come reagire. «Non ho alcun dubbio sul valore di Violet.» Era ben di più che una mia pari, molto più di quanto potessi anche solo concepire. «Ma sai bene che con le donne non ci so fare. Do la priorità al lavoro, come sempre. E ora Violet è tornata a New York.»

«Non credo che tu non ci sappia fare con le donne. Più che altro quando si tratta di una donna speciale come Violet ti ritrovi in un ambiente che ti è estraneo. Questo lavoro richiede grandi sacrifici. E può essere una vita piuttosto solitaria – da sposati o meno. Con Flavia sono stato fortunato. E non solo perché è comprensiva riguardo i miei orari, ma perché io *voglio* tornare a casa da lei. È il giusto contrappeso alla pressione che esercita la nostra professione. Hai bisogno di una donna che tu abbia voglia di vedere alla fine della giornata. Se l'hai trovata in Violet, non devi perderla.»

Sospirai, e abbassai le spalle. Violet era esattamente quello, l'unica donna per cui avrei potuto rinunciare a lavorare di sabato sera.

Ora che se n'era andata, volevo trascorrere altri sabato sera insieme a lei, ma come avrei fatto a dimostrarglielo?

«Ho in programma di prendere un volo questo weekend. Devo scusarmi come si deve. Ho combinato un grosso guaio.»

«Ma hai paura che non sia sufficiente.»

«Ho l'impressione che mi manchino delle prove… come faccio a dimostrarle che cambierò? Ci proverò davvero a cambiare.»

Lui annuì e poi vagò con lo sguardo per la stanza come alla ricerca di una soluzione. «Beh, potrei avere la soluzione per te. Uno dei motivi per cui ti ho chiesto di venire qui è che ho ricevuto una telefonata da parte di un mio vecchio amico. Sai che un tempo insegnavo a New York?»

Corrugai la fronte. «Pensavo avessi insegnato a Harvard.» Che c'entrava, comunque?

«Sì, a Harvard ma anche alla Columbia. Il mio vecchio amico è il preside della facoltà di legge della Columbia, e ha bisogno di qualcuno che lo aiuti a risolvere un problema. Speravo potessi occupartene tu.»

«Di cosa ha bisogno?»

«Di qualcuno che possa insegnare al corso di Legge internazionale alla Columbia per questo semestre. La persona che avevano selezionato è andata in malattia all'ultimo momento.»

Credevo mi avrebbe detto che il suo amico aveva bisogno di un consiglio. Magari che mi chiedesse di contribuire a qualche capitolo di un suo prossimo libro. Un posto da insegnante era l'ultima cosa che pensavo potesse suggerirmi Lance. «Insegnare? Non l'ho mai preso in considerazione. Perché...»

«Forse no. Ma devi ammettere di essere stanco. E la partenza di Violet è stata un dispiacere per tutti noi, soprattutto per te. Potrebbe essere l'opportunità per riorganizzare i tuoi obiettivi di vita e di carriera. Puoi riflettere sulla pratica, decidere se hai bisogno o meno di un cambio di direzione.» Feci una smorfia, domandandomi perché pensasse che la mia carriera avesse bisogno di un cambio di direzione. «La mia carriera? È l'unica cosa di cui sono sicuro. Ho impiegato molto tempo a gettarne le fondamenta. Credo di essere finalmente sulla strada giusta.»

«Vuoi dire sulla strada di tuo padre.»

Volevo diventare il migliore, quindi ovviamente aveva senso che stessi seguendo le orme di colui che era stato il migliore prima di me. Era solo un caso che quelle orme appartenessero a mio padre.

«Il fatto è che, il lascito di tuo padre non è altro che quello – una carriera lasciata alle spalle, se la si guarda col senno di poi. Possiamo mettere da parte i dettagli che non si addicono alla sua leggenda perché appartengono al passato. Ma qui non parliamo della sua carriera, bensì della tua. Del tuo tempo. Della tua vita. Devi crearti qualcosa di cui andare orgoglioso e smetterla di paragonarti con un uomo che non è qui per dirti che ci sono molti contro nel fabbricarsi un lascito come il suo, molti sacrifici che non sarebbe disposto a ripetere.»

Mi paragonavo a lui solo perché lui era il migliore. Non perché era mio padre. E a me aveva raccontato solo storie positive. Non lo avevo mai sentito parlare degli aspetti negativi delle scelte che aveva compiuto.

«Ogni scelta comporta dei sacrifici» replicai. «Voglio solo essere il migliore in ciò che faccio.» Mi allungai in avanti sulla sedia.

«Ma cosa significa essere il migliore? Ci sono molte interpretazioni. Significa guadagnare molto, diventare un mito alla pari di Alexander il Grande, ricevere i casi migliori? Magari significa crearti una carriera che ti permetta di lasciare qualcosa alle prossime generazioni. Forse significa diventare un padre premuroso, o viaggiare e sperimentare tutto ciò che il mondo ha da offrire? Potrebbe essere sufficiente anche essere un marito attento e devoto che sa come amare la sua pari.» Fece una pausa, e giunse le mani.

«Essere un uomo di successo può voler dire molte cose. So che tuo padre sentiva di aver fallito con te e tuo fratello, ma quando riuscì a capire che c'era molto altro al di fuori della legge, era troppo anziano perché potesse imparare a fare qualsiasi altra cosa. Troppo anziano per dire alle persone che lo ammiravano e che facevano affidamento su di lui che voleva cambiare. Non lasciare che sia troppo tardi anche per te.»

Mi schiarii la voce, cercando di contenere la marea di emozioni che percepivo. Non riuscivo a immaginare mio padre che falliva in nulla. L'uomo che avevo conosciuto era un conquistatore, un vincente. Non aveva rimpianti.

Avevo la mente offuscata dalla confusione. Era possibile che mio padre avesse desiderato di più, qualcosa di diverso? Aveva mai perduto qualcosa che per lui era prezioso tanto quanto lo era Violet per me?

«Non devi avere una carriera come la sua per poterlo onorare, perché lui sia orgoglioso di te. Credo che per te vorrebbe di più.»

Non riuscivo a parlare.

«Standoti vicino, negli anni,» proseguì Lance, «mi sono spesso chiesto se la tua motivazione nascondesse in realtà un bisogno di ricevere le attenzioni di tuo padre – non dubito che ti siano mancate, da bambino. Ma ora mi chiedo se tu non abbia mai smesso di cercarlo tra queste mura, tra i documenti. Sai che anche lo studio di tuo padre era piuttosto disordinato.»

«Mi ricordo.» Sorrisi. «Forse il lavoro è il mio modo per tenerlo vicino.» Mio padre era dappertutto, quando lavoravo in ufficio, sembrava che fosse ancora qui e che io avessi ancora otto anni, seduto alla sua scrivania, circondato da documenti.

«Credo di sì.» Lance annuì. «Forse è giunta l'ora di lasciarlo andare e di guardare al tuo futuro, non al tuo passato.»

Rimanemmo seduti lì in silenzio per alcuni minuti, mentre io ripercorrevo i ricordi di mio padre in questo stesso edificio. Avrei voluto trascorrere più tempo con lui, avrei voluto avere l'opportunità di condividere uno studio con lui come credevo che sarebbe successo da bambino. Ma Lance aveva ragione, uccidermi di lavoro non lo avrebbe riportato da me.

Se avessi permesso a mio padre e al suo lascito di scomparire dal traguardo che mi ero prefissato, cosa mi sarebbe rimasto? Cosa volevo davvero? Non riuscivo a sopportare il pensiero di non aver esplorato il mondo prima che fosse troppo tardi, di non aver amato o essere stato amato. Per quanto la mia carriera fosse molto importante per me, sapevo che là fuori c'era dell'altro – me lo aveva mostrato Violet. Da sempre, guardavo ai miei altri desideri o obiettivi come a qualcosa a cui avrei pensato solo una volta che si fosse conclusa la corsa per diventare il migliore.

Di una cosa ero certo. Stare senza Violet sembrava sbagliato, e dovevo rimediare. Lei non avrebbe certo aspettato che finissi ciò che avevo da fare, e questo significava che qualcosa doveva cambiare. Io dovevo cambiare. Dovevo dimostrare a *lei* che avevo imparato qualcosa dalla sua assenza. Non *dirglielo* e basta.

«Credo tu abbia ragione, Lance.» Ero come una superpetroliera che andava in una direzione e che decideva di cambiare rotta verso il Mediterraneo e trasformarsi in uno yacht. Non era qualcosa di impossibile?

«L'insegnamento potrebbe essere una prova. L'opportunità di sperimentare qualcosa di nuovo per decidere se vuoi cambiare strada o solo rallentare.»

Era davvero facile come Lance lo faceva sembrare? «È un bel rischio» osservai.

«Ma non accettando, il rischio sarebbe perdere Violet. Nel grande schema delle cose, tre mesi non sono poi chissà quanto tempo. Potrebbero bastare per darti un po' di prospettiva. Sono sicuro che riusciremo a organizzarci in modo che non dovrai preoccuparti di nulla mentre sarai via.» Cambiare il corso della mia carriera avrebbe senz'altro potuto sorprenderla. Io mi ero aspettato che cambiasse continente per studiare e stare con me. Non avevo mai considerato di poter essere io ad attraversare l'oceano. Non mi era neanche venuto in mente. Ma era davvero possibile? Per *tre mesi*?

«Non sarebbe un duro colpo per lo studio? Questo ultimo caso farà parlare molto di sé e io...»

Mi zittì con un solo sguardo. «Tre mesi non saranno un duro colpo per nessun aspetto della tua carriera. Anzi, l'insegnamento potrebbe giovare. E potrebbe addirittura piacerti. La Columbia ha una delle migliori facoltà di legge in America, e hanno bisogno di qualcuno che possa cominciare subito.»

Deglutii. Avrei davvero potuto abbandonare tutto ciò che mi ero costruito qui e partire per fare il professore? «Cosa ne so io dell'insegnamento?»

«Avrai degli assistenti che ti aiuteranno a prepararti. A loro piace avere dei professori ospiti. Quando andrò in pensione, mi piacerebbe tornare a insegnare un altro po'. Mi fa sempre ricordare la mia gioventù. E mi dà l'impressione di star condividendo con altri le mie conoscenze.»

«Credi davvero che io possa andarmene per tre mesi?»

«Non ti lasceresti indietro nulla. Avanzeresti verso qualcosa. Perlomeno, ti permetterebbe di riflettere un po' in maniera consapevole sulla tua vita, di staccare il mito di tuo padre dal tuo destino.»

Esalai un profondo sospiro, mi chinai in avanti e posai la testa tra le mani. Forse era ciò di cui avevo bisogno. In questo momento mi stavo affrettando verso il mio obiettivo a un milione di miglia all'ora, ma stavo usando talmente tante energie che non ero certo che sarei sopravvissuto per arrivare alla fine. Lungo la strada avevo già perso Violet – cosa avrei perso poi? La mia salute mentale?

«Non te ne staresti su una spiaggia a non far niente. Ti creeresti nuovi contatti e aggiungeresti una voce importante al tuo curriculum.»

Che ci credessi o no, capii che Lance riteneva che si trattasse di un'incredibile opportunità, giunta esattamente nel momento in cui ne avevo bisogno. E mi fidavo di lui. Mi aveva guidato per tutta la mia carriera e non mi aveva mai fatto sbagliare rotta. Forse dovevo cogliere quell'attimo. Tre mesi sarebbero trascorsi in fretta e prima ancora di accorgermene, sarei tornato, rinvigorito e riposato. Avrei perfino potuto riconquistare Violet.

«Tre mesi. Vivi il momento» dissi a me stesso ad alta voce. Pronunciare quelle parole fu come alleggerire una zattera in procinto di affondare. Mi sentii subito più leggero ed energetico. Sarebbe stata una nuova sfida, qualcosa di completamente diverso, e avrebbe potuto dimostrare a Violet quanto la amavo.

«Penso di essere interessato. Credi che i cancellieri siano in grado di riorganizzare il lavoro qui in ufficio?»

Lui sorrise. «I cimiteri sono pieni di uomini indispensabili.»

Annuii. Era arrogante da parte mia presumere che il mio carico di lavoro non potesse essere distribuito tra altri membri e altri uffici. «Potrei partire questo weekend» riflettei. Avevo comunque pianificato di andare a New York. Non volevo aspettare più di quanto fosse strettamente necessario per rivedere Violet, per scusarmi di persona. «Questo tuo amico preside... Ti ha semplicemente telefonato? Sembra una coincidenza piuttosto bizzarra.»

«Gli ho parlato ieri sera» rispose con un sorriso. Era una perfetta risposta da avvocato: una descrizione accorta della verità.

«Potrebbe essere la cosa migliore che mi sia mai successa.»

«Oppure potrebbe succedere mentre sei lì.»

Più tempo passavo senza Violet, più capivo quanto lei significasse per me, quanto ero stato stupido a passare il mio tempo al lavoro quando avrei potuto stare insieme a lei. Lance aveva ragione – era l'unica donna che potesse distogliere la mia attenzione dal lavoro, di mostrarmi che nella vita c'era altro, e avevo bisogno di riconquistarla e tenermela stretta. Sperai che andare a New York e insegnare potesse essere la prova che mi serviva per dimostrarle quanto era importante.

35

ALEXANDER

Lance aveva avuto ragione sull'andare a New York. Lo avevo capito dal primo istante in cui avevo accettato la sua proposta, ma quando ero sceso dall'aereo, ieri, avevo sentito distintamente la sensazione di un peso che veniva sollevato, non dalle mie spalle ma dalla mia anima. Insegnare era qualcosa che mio padre non aveva mai fatto. Non c'erano paragoni o aspettative, e non avevo casi da gestire, non dovevo preoccuparmi che il mio lavoro diminuisse, niente argomentazioni da abbozzare, niente strategie da fabbricare.

Per la prima volta nella mia vita ero *eccitato* del mio lavoro, non semplicemente compiaciuto perché qualcosa era andata per il verso giusto o sollevato di aver ricevuto del lavoro da fare, ma proprio *eccitato*.

Il campus era silenzioso mentre passeggiavo lungo il South Lawn di sabato mattina. Avevo voluto dare un'occhiata in giro prima di iniziare lunedì.

Quel posto mi ricordava un po' Inns of Court. Era abbastanza tranquillo, al centro del caos di Manhattan. Ma gli edifici erano più grandi, un'accozzaglia di diverse epoche invece del miscuglio ordinato di Lincoln's Inn. Mi piacevano le differenze e le similitudini mi rassicuravano.

Le facoltà di legge e quella di economia erano abbastanza distanti, ma mi sembrò comunque strano trovarmi così vicino a Violet e che lei non avesse idea che io ero qui. Forse le mie esplorazioni odierne erano un desiderio di incontrarla per caso. Non avevo ancora deciso come fare a dirle che ero qui, né che cosa dirle.

Il campus era esteso, ma un incontro fortuito non era così improbabile, e non volevo prenderla alla sprovvista. Avrei dovuto informarla il prima possibile. E, ovviamente, volevo sentire la sua voce. Volevo che le cose tra noi fossero diverse.

Avrebbe considerato la mia presenza qui una prova del fatto che ero capace di crearmi un futuro con lei? Era l'unica cosa che avesse mai contato davvero, per me, a parte il lavoro, e la sua partenza mi aveva ferito profondamente. Mi aveva cambiato per sempre.

Estrassi il mio cellulare. L'avrei chiamata. L'avrei avvertita che ero qui. Mentre digitavo il suo numero, il mio cuore iniziò a battere all'impazzata.

«Alex?» Suonava confusa, come se non riuscisse a immaginare perché mai fossi all'altro capo del telefono. Digrignai i denti al pensiero di non avere più un posto nella sua vita.

«Sì. Sono io. È bello sentire la tua voce.»

Sospirai al sentire il suo respiro dall'altra parte del telefono.

«Tutto bene?» domandò. Ora aveva una voce triste, come se io la stessi torturando, e lo odiavo.

«Volevo solo farti sapere che ho accettato un posto come insegnante alla facoltà di legge della Columbia. Si tratta solo di qualche mese. E pensavo che, mentre sono qui, avresti potuto accettare di vederci. Mi piacerebbe davvero avere l'opportunità di scusarmi di persona.»

«Stai insegnando?» chiese.

Volevo raccontarle ogni cosa, ma non sapevo se avrei dovuto. «Sì. Sostituisco qualcuno che è in malattia.»

«E hai lasciato il lavoro? Non sei più un *barrister*?»

Mi accomodai sui gradini di fronte alla Butler Library. «Non ho lasciato l'ordine. Mi sono preso un periodo sabbatico. Ho bisogno di un po' di tempo per riflettere sulle mie priorità. Un'opportunità per redimermi. Mi manchi.»

«Dovevo proteggere il mio cuore, Alexander.»

«Lo so, e avevi ragione. Non ti avevo mai dato prova di poterti dare di più di pochi momenti rubati qua e là.»

«Ma non sarei dovuta scappare via, e di questo mi dispiace. Avrei dovuto trovare il coraggio di dirti che non sarei più tornata.» Fece una pausa.

«Non ce l'ho con te per essere scappata. Lo capisco.»

«E ora sei a New York» disse lei.

Sospirai. «Sì. Ero consumato. Esausto. Avevo perso qualcosa di importante e questo ha influito su di me in un modo...» Non doveva sapere del mio dolore. Gliene avevo causato abbastanza. «Ho parlato con Lance, e mi ha suggerito di accettare il posto da professore per riorganizzare le mie priorità.»

«Una coincidenza piuttosto bizzarra che sia proprio alla Columbia.»

«Lance è amico del preside della facoltà.»

«Non lo sapevo» rispose, abbassando il tono di voce, come se stesse riflettendo mentre parlava.

«Una coincidenza felice, spero.» Mi zittii e sperai che fosse d'accordo con me. Almeno non aveva riattaccato. «Mi chiedevo se volessi incontrarmi. Mi piacerebbe parlare e, se possibile, ripercorrere quanto accaduto a Londra. Ho capito di essermi comportato da idiota, e vorrei farmi perdonare.» Lei sospirò. «Non ho molto tempo. Sto cercando di concentrarmi sul programma e di sistemarmi.» Chiusi gli occhi e provai a ignorare il dolore del suo rifiuto. Ma sarei rimasto qui per tre mesi, e non avrei mollato senza combattere. «Magari più in là nel semestre, allora, quando avrai un po' più di tempo.»

«Forse» rispose. Deglutii. «Mi manchi.»

Violet fece una breve pausa prima di rispondere, come se stesse riflettendo accuratamente su cosa dire. «Devo andare. Spero che l'insegnamento ti piaccia.»

Suonò così definitivo, come se non avesse alcuna intenzione di vedermi durante la mia permanenza qui.

«Okay, mi ha fatto piacere sentire la tua voce. E sarò a disposizione, non appena ti sentirai pronta a parlare.»

«Addio, Alexander.»

Non potevo dirle addio. Non lo avrei fatto.

Attesi che riattaccasse e poi tornai a infilare il cellulare nella tasca della giacca. Oggi era stato solo il momento delle argomentazioni d'apertura. La mia lotta per Violet non era neanche cominciata.

36

VIOLET

Non mi sarei mai aspettata una telefonata da parte di Alexander.

Knightley non era il tipo d'uomo da rincorrere una donna.

Ma era qui. A New York.

Non potei fare a meno di sentirmi sia lusingata che sorpresa.

Il motivo per cui avevo abbandonato Londra, per cui avevo lasciato lui, era che non credevo fosse capace di essere altro da un uomo che pensava solo al lavoro. Non avrei mai potuto sospettare che sarebbe venuto a New York, anche se solo per tre mesi. Sembrava una decisione così lontana da lui.

Niente sembrava avere senso, quindi decisi che avrei dovuto vederlo con i miei occhi. Dopo aver passato fin troppo tempo sul sito web della facoltà di legge, riuscii a trovare gli orari delle lezioni di Knightley. Ero un po' più grande della maggior parte degli studenti che riempivano l'aula conferenze, ma nessuno disse nulla quando presi posto in fondo alla sala, nascosta tra le ombre.

Knightley si fece avanti indossando il suo splendido completo su misura come se fosse appena entrato in un'aula di tribunale. L'eccitazione delle studentesse riecheggiò per tutta l'aula. Ero certa che nella storia della Columbia ci fossero stati pochi docenti affascinanti quanto lui.

Alexander si rivolse all'aula a voce alta e sicura, e sembrava conoscere la materia alla perfezione nonostante avesse iniziato a insegnare solo due settimane prima. Era così inevitabilmente brillante. Così fastidiosamente affascinante.

Mi concentrai a malapena su ciò che diceva; vederlo mi restituì un mare di ricordi in una singola ondata. Mi ero messa alla prova per verificare se i miei sentimenti per lui si fossero spenti. Avevo sperato di averlo superato, ma no. Amavo ancora quell'uomo.

Dalla sua telefonata di più di due settimane fa, non avevo fatto altro che pensare al significato della sua presenza negli Stati Uniti, a cosa volesse dire per lui, per me, per noi.

Non aveva cercato di ricontattarmi nei giorni successivi alla nostra ultima telefonata. Ne ero certa perché non mi ero mai allontanata troppo dal cellulare. Non si poteva mai sapere...

Non riuscivo a capacitarmi di come un uomo così devoto alla sua carriera l'avesse messa in pausa con tanta facilità. Giusto o sbagliato che fosse, mi indusse a chiedermi se avessi fatto bene ad andarmene da Londra. Avrei dovuto dirgli ciò di cui avevo bisogno? Avrei dovuto dirgli che lo amavo? Dare al nostro rapporto altro tempo?

Era ormai chiaro che l'uomo in fondo all'aula era molto diverso da quello che avevo conosciuto. E desideravo saperne di più su di lui. Mentre lo osservavo, ebbi la sensazione che non fosse solo nel mio passato, ma anche incluso nel mio futuro.

Quando la lezione si concluse, si formò una fila di studenti pronti a riempirlo di domande. Anche se non fossi stata presente io, Alexander sarebbe stato comunque ammirato dalle persone.

I miei sentimenti non erano cambiati, ne ero certa. E ora che avevo appurato con i miei occhi che lui era stato disposto a stravolgere la sua esistenza per me, ero pronta a parlare. Pronta a sentire cosa aveva da dirmi.

ALEXANDER

Gli assistenti mi aiutavano parecchio a gestire le domande alla fine delle lezioni, ma non mi impedivano comunque di accumulare una fila di studenti in attesa fuori alla mia porta, con i quali avevo terminato di parlare appena mezz'ora dopo il termine della lezione. Mi piacevano il loro entusiasmo e le loro domande intelligenti. Avevano tempo per pensare, discutere e dibattere, e io avevo dimenticato quanto fosse eccitante e stimolante essere uno studente. Una volta mi ero sentito come loro, quando ancora non era diventato un lavoro, quando ancora non aveva preso possesso della mia vita. A volte le domande si facevano un po' personali. Ero rimasto sorpreso dall'ardire con cui molte ragazze mi avevano chiesto della mia situazione sentimentale, ma ero riuscito a restare sul vago senza dar loro corda né mentire.

Quando l'ultimo studente se ne fu andato, gli assistenti e io raggruppammo le dispense rimaste e ci dirigemmo fuori. Ero pronto a chiudere il mio ufficio e a trascorrere il mio secondo weekend a New York. Per la prima volta da che riuscissi a ricordare, non avevo nulla da fare.

«È la sua prima volta a New York?» domandò Gideon, uno degli assistenti.

«Ci sono stato una volta ai tempi del college, ma è stato molto tempo fa. Ho sempre e solo lavorato a Londra.»

«Mi piacerebbe moltissimo lavorare in Inghilterra. E in Francia» rispose. «Magari in Asia. Spero un giorno di diventare una sorta di insegnante nomade.»

Mi augurai che potesse realizzare il suo sogno. Sembrava ben più sofisticato di quelli che avevo avuto io alla sua età. Io avevo solo desiderato di farmi assumere da un ufficio e di iniziare a guadagnare qualcosa. Non avevo mai pensato ad altro, avevo semplicemente seguito lo stesso percorso su cui aveva camminato mio padre. Guardandomi indietro, sembrava così banale.

«Se le va di unirsi, andiamo tutti a bere qualcosa» aggiunse quando oltrepassammo le doppie porte e ci immettemmo nel corridoio.

«Io...»

Mi fermai sul posto. Violet era ferma all'altra estremità del corridoio, era appoggiata contro una parete, con gli occhi fissi su di me. Il mio cuore iniziò a palpitare. Cristo se era bella. Mi stava aspettando? Era venuta per parlare?

Qualsiasi cosa volesse, non avrei voluto ascoltarla di fronte ai miei assistenti. Mi voltai verso Gideon, e lui allungò una mano per ricevere i documenti che portavo con me. «Mi dispiace; per stasera non riesco. Magari un'altra volta. Godetevi il weekend» mi congedai.

Lui annuì e se ne andò per la sua strada; il chiacchiericcio degli assistenti si fece sempre più debole man mano che si allontanavano.

Mi voltai verso Violet. Lei sorrise, ma non con il suo tipico sorriso vivace da ufficio. Questo era intimo, risaputo. «Salve, professor Knightley.»

«Violet King, è un piacere incontrarti qui.» Era così bello vederla, ridare vita ai ricordi che continuavo a ripercorrere nella mia mente. Mi diede conforto scoprire che era rimasta uguale, sapere che le sue curve si sarebbero ancora adagiate alla perfezione contro il mio corpo in quel modo perfetto in cui avevano sempre fatto.

Lei reclinò il capo da un lato. «Dovevo venire a vedere con i miei occhi. Davvero *quell'Alexander* Knightley ha deciso di venire negli Stati Uniti per *insegnare*?»

Dio, mi erano mancate le sue provocazioni, non permetteva mai che mi prendessi troppo sul serio.

«Beh, eccomi qui.»

«Sei stato incredibile là dentro.» Sollevò il mento verso l'aula magna.

Aveva partecipato alla mia lezione? «Non so bene cosa ti aspettassi da me.» Volevo avvicinarmi e toccarla, attirarla a me per non lasciarla andare mai più.

«Sei stato esattamente quello che mi aspettavo.»

Sorrisi. «Sono molto lieto di non aver completamente distrutto le tue aspettative.»

«Non del tutto.» Sorresse il mio sguardo, come se volesse aggiungere dell'altro. «Comunque,» disse prima di spingersi via dalla parete e raddrizzarsi, «ho saputo che sei nuovo qui al campus. Ho pensato potesse servirti un tour, una sorta di guida.»

Assottigliai lo sguardo. Stava cercando di essere mia amica? Voleva parlare? Non mi importava, a patto che lei fosse qui. «Stavo giusto pensando che una guida è proprio ciò di cui ho bisogno.»

In silenzio, ci avviammo verso l'uscita.

Quando arrivammo alle porte, ne tenni una aperta, lei la superò e si immerse nell'aria gelida e fresca in direzione del cortile. La seguii, poi mentre scendevamo i gradini di pietra, Violet inizio a parlare: «Prima di andarmene da Londra, quel sabato sera in cui sei tornato tardi...».

«Non hai idea di quanto mi dispiaccia. Se solo avessi impostato una sveglia...»

«Lo so. Ma devo dirti che mi dispiace di essermene andata in quel modo. Stavo cercando di fingere che non fosse niente di che.»

Sospirai. Ero combattuto, perché per quanto mi fosse mancata, sapevo che aveva fatto bene ad andarsene. Ero mortificato di averla delusa, ma il suo abbandono era stato esattamente ciò di cui avevo bisogno. «Hai fatto la cosa giusta» dissi.

Ci fermammo ai piedi della scalinata, e io la guardai rivolgere lo sguardo al cortile per evitare il mio.

«Non volevi che restassi?» domandò.

Inspirai a fondo e mantenni le mani in tasca per non avvicinarmi a lei. «Ho capito molte cose da quando sei andata via. Innanzitutto, che meriti una vita meravigliosa in compagnia di qualcuno che ti veneri e ti adori. Ho capito anche che io non ne ero capace, almeno non nel modo giusto.» Sospirai. «Non credo che tu abbia preso la decisione sbagliata quando sei partita, Violet. Non sarei stato in grado di essere l'uomo che avevi bisogno che fossi. L'uomo che meritavi. Non allora.»

«E adesso?» Abbassò lo sguardo sul selciato e chiuse le mani a pugno.

«Voglio che le cose siano diverse. Ci sto provando. Voglio dimostrare di essere più di un semplice *barrister.*»

Finalmente alzò lo sguardo su di me, con una ruga tra le sopracciglia, come se non fosse sicura di aver sentito bene.

«Sto solo cercando di vivere un giorno alla volta; di trascorrere queste settimane a New York dimostrandoti che posso essere l'uomo che merita una donna come te. Voglio essere quell'uomo. Ma ho bisogno di pratica. Non sono pronto a perderti. Non lo sarò mai.»

«È per questo che hai lasciato Londra?» I suoi occhi scivolarono nel punto in cui tenevo le mani nascoste in tasca.

«Non volevo una professione che richiedesse di sacrificare ogni aspetto della mia vita. E...» Non riuscii più a trattenermi. Mi avvicinai a lei e le accarezzai una guancia con un dito, poi le sollevai il mento in modo da incrociare il suo sguardo. «Sono venuto per te. Per dimostrarti ciò che provo. Non ho mai voluto nessuna quanto voglio te… non sapevo di essere capace di provare certi sentimenti.»

Avrei ricordato per sempre il delicato rossore che le tinse le guance.

«La tua partenza è stata un segnale importante, per me. Mi ha quasi distrutto. Non sarò mai più lo stesso. Ma quando sei andata via, sono stato costretto a deviare dalla strada faticosa che avevo percorso fino a quel momento. Per la prima volta, sto facendo ciò che *voglio* invece di ciò che credo di *dover* fare.»

«E ora sei qui.»

«Esatto, per te e per me. Voglio dimostrarti che faccio sul serio, con te.» Violet posò due dita sulle mia labbra, zittendomi.

«Ho lasciato Londra perché sapevo che per quanto tu volessi dedicarti ad altro, eri inevitabilmente portato a mettere il lavoro al primo posto.»

Annuii. Aveva assolutamente ragione.

«Ma ora sei qui... e io non so più cosa pensare. Non avrei mai immaginato che tu potessi lasciare l'ufficio per un weekend, figuriamoci per tre mesi. E questo mi fa pensare che tu abbia ragione, che forse in te è cambiato qualcosa. Forse c'è una possibilità...»

Il mio istinto mi diceva di insistere, di chiederle di tornare da me, di riprovare a vedere se potevamo funzionare. Ma volevo che anche lei lo desiderasse tanto quanto me.

Il suo sguardo vagò per il campus alle mie spalle, come se stesse cercando delle risposte. «Hai ridato energia a una parte di me che era rimasta dormiente per molto tempo, quella parte che vuole guardare al futuro. E ogni volta che immagino ciò che mi aspetta, mi vedo sempre affianco a te.» Mi costrinsi a chiudere gli occhi, nel timore che si trattasse solo di un sogno. Davvero questa donna stupenda e realizzata voleva darmi un'opportunità?

«Non posso garantirti niente» dissi. «Tranne che ti amerò per il resto della mia vita.»

Sapevo che se mi fossi concentrato su qualcosa, avrei potuto farlo funzionare. Se l'avessi resa il fulcro del mio mondo, tutto il resto sarebbe andato al suo posto.

I suoi occhi si fecero lucidi di lacrime. Poi Violet allungò una mano e mi carezzò uno zigomo con le dita.

«Che ne diresti di cogliere l'attimo per il resto delle nostre vite?»

Avrei mai potuto *aspettarmi* di ritrovarmi a letto, nella mia stanza d'hotel a New York, impegnato a guardare l'amore della mia vita che dormiva beatamente al mio fianco?

Mai.

Avevo *sperato* che accadesse? Sempre.

«Ehi» disse Violet a occhi chiusi e con la voce roca per il troppo poco sonno. Allungò un braccio, e io le afferrai la mano e le posai un bacio sul palmo.

Lei sorrise e mi sfregò il viso. «Adoro il fatto che tu sia qui con me.»

«Ti *amo*, Violet King. Sei la parte più importante della mia vita.»

Violet mi attirò sopra di sé. Scivolò con le mani lungo la mia schiena e premette le labbra contro le mie.

Io mi appoggiai su entrambe le braccia, poi mi ritrassi per guardarla. «Sono l'uomo più fortunato della Terra. Giuro che farò tutto il possibile per renderti felice.»

Mi rimosse qualche ciocca di capelli dal viso. «Ti credo. Credo *in* te.»

Il mio cuore saltò un battito. Qualunque cosa fosse successa, avrei sempre cercato di mettere noi e la nostra relazione al primo posto. «Io credo in noi. E ti amo.» Ora che le parole erano state dette, ora che lei sapeva, non riuscivo a smettere di dirglielo, in continuazione.

«Anche io ti amo» rispose.

«Ancora?»

«Sempre» ribatté.

Sorrisi. Dopodiché mi allungai in avanti e le leccai una clavicola.

«Ma solo per quel che riesci a fare al mio corpo, ti è chiaro, vero? Insomma, se mai ti dovesse cadere il pene, per me sarebbe finita. Me ne andrei immediatamente.» Sogghignò schiudendo le gambe, e io mi sistemai tra le sue cosce, con un principio di erezione a sfiorare il suo ingresso bagnato.

«Non ho problemi a lasciarmi usare» risposi. Non sapevo se mi stesse solo provocando o se stesse cercando di trattenere una parte di cuore che non era ancora pronta a concedere – forse non era ancora pronta a fidarsi completamente di me. Ma non era un problema. Mi conoscevo abbastanza da sapere che non le avrei mai fornito una ragione per rimpiangere di avermi concesso il suo cuore delicato. Sapevo lavorare sodo per arrivare dove volevo, e tra le braccia di Violet, tra le sue cosce, condividendo il mondo, erano gli unici posti per me.

Scivolai con le labbra contro le sue e mi preparai a tornare dentro di lei senza il preservativo. La scorsa notte avevamo entrambi convenuto che, d'ora in poi, nulla si sarebbe più frapposto tra noi. Lei prendeva la pillola ed era l'unica donna con cui fossi andato a letto dalla nostra prima volta in ufficio. Sarebbe stata l'unica donna con cui sarei andato a letto per il resto della mia vita.

Quando entrai dentro di lei, Violet reclinò la testa all'indietro e scavò con le unghie nelle mie spalle. Cazzo, che sensazione stupenda. Stretta. Bagnata. Perfetta.

Con Violet, per la prima volta nella mia vita avevo capito quanto potesse essere bello il sesso. Come fosse migliore per via dei sentimenti che provavo per lei. Una passata di lucido su un sentimento profondo, un'intimità che non avevo mai condiviso con nessuno prima di lei.

Mentre mi muovevo, inizialmente con lentezza, la mia pelle cantò al contatto delle dita dei suoi piedi contro le mie cosce, delle sue mani con la mia schiena, e lei inarcò la schiena.

Pigramente, iniziai a spingere e a ritrarmi, col desiderio di restare così per sempre, in questo stato paradisiaco di godimento pre orgasmo – il posto in cui solo Violet era riuscita a portarmi.

«Alexander» sussurrò a mezza voce, in parte gemendo. «Alexander.»

Assaporai ogni parola, ogni gemito, grugnito e sussurro che le uscì di bocca. Mi erano mancati tutti. Avevo trascorso troppo tempo in loro assenza.

Violet sollevò le braccia al di sopra della testa e le avvolse intorno a me. Era sempre bella, ma quando veniva sembrava quasi che io la possedessi. Gli orgasmi di Violet erano miei.

Il suo sorriso sensuale e di soddisfazione post climax mi segnalò che era pronta per averne ancora un altro po'. Il suo primo orgasmo era stato calmo e lento, una sorta di preambolo.

Violet scivolò con un dito sul mio sopracciglio, tracciando i segni di sforzo che tradiva. Quel contatto morbido e soffuso nascose quanto sapesse essere selvaggia. E proprio allora, quasi a darmi ragione, strinse la presa sul mio pene e sorrise. «Ancora» mormorò.

Mi aveva già avvertito di non andarci troppo piano, con lei, e anche se a volte reclamava tenerezza, sapevo che le piacevano la forza e la rudezza, in un mix di grezzo e delicato. Volevo raggiungere l'apice del piacere e, se possibile, oltrepassarlo. Spinsi in avanti con i fianchi e andai più a fondo. Lei sgranò gli occhi e si mordicchiò il labbro inferiore. Una mia mano si allungò al di sotto del suo fondoschiena, per tenerla ferma, facendo pressione nella sua carne perfetta, spingendola verso di me mentre il mio corpo si lanciava contro il suo.

Sussultò quando mi chinai in avanti e le strinsi i denti intorno al collo, assaggiandola, inebriato dal profumo di estate indiana che pensavo di aver perso per sempre. Spinsi più a fondo, più veloce, con più forza, desiderando disperatamente di mostrarle quanto la volessi, quanto potessi farla sentir bene. Volevo dimostrarle che non le sarebbe mai servito altro che questo.

Il piacere si concentrò alla base della mia spina dorsale e iniziò a salire. Chiusi gli occhi, cercando di concentrarmi, di attutire il mio opprimente bisogno. Il mio corpo fu scosso dai brividi di molteplici sensazioni, dalle sue unghie che mi graffiavano la mandibola al rumore dei suoi gemiti sotto di me.

Cazzo. Questa donna.

A ogni spinta, sempre più intensa, lei si faceva un po' più stretta, un po' più bagnata, e il mio orgasmo accelerò. Indurii la mascella. Non volevo arrivarci senza di lei. Gli occhi di Violet si dilatarono, come se scioccati dal fatto che esistesse qualcosa di così piacevole, così grande, così travolgente. Si aggrappò al mio torace, il suo corpo che si contorceva, i suoi movimenti sotto di me che iniziarono a farsi convulsi e disperati, i suoi occhi umidi che mi guardavano. Poi Violet venne. Era bella da mozzare il fiato. E alla fine anche io cedetti al mio orgasmo; pronunciai il suo nome, per farle sapere che ogni cosa che facevo era per lei.

Mi tirai su dal punto in cui ero collassato sopra di lei, il cuore che batteva ancora forsennato nel mio petto. Posai un bacio sulle sue labbra.

«Ti amo» disse lei, le mani premute contro il mio petto. «Ciò che provo per te è...» Contrasse le sopracciglia. «Binario. Permanente. Non l'avevo mai provato prima. È come se ciò che sento fosse stato inventato con questo preciso scopo. Solo per te.»

Gemetti alle sue parole, così oneste e aperte. Avrei trascorso il resto della mia vita a proteggere il cuore di questa donna, a fare tutto il possibile per dimostrarle quanto la amavo in ogni azione che avrei compiuto. Ora era questo il mio lavoro: lei era la mia priorità, il mio futuro, il mio destino. Lei era tutto.

EPILOGO

VIOLET

Sei mesi dopo

«Bicontinentale» ripetei, stavolta più lentamente, disegnando forme esagerate con la mia bocca cosicché, forse, mio fratello sarebbe riuscito a capire.

«Non so neanche cosa significhi» rispose Max, porgendomi l'insalata di patate.

La presi e me ne servii una cucchiaiata prima di passarla ad Alexander. «Pensavo che fossi tu quello intelligente. Il re di Wall Street e altre scemenze.» Alzai gli occhi al soffitto.

«Intende semplicemente dire che lei e Alexander vivranno dividendosi tra New York e Londra» aggiunse Scarlett che posò un'enorme ciotola di *mac and cheese* al centro del tavolo e poi prese posto.

Eravamo tutti insieme stasera, per un'ultima cena in Connecticut prima che io e Alexander tornassimo a Londra dopo quasi sei mesi passati a New York. Alexander aveva esteso il suo periodo sabatico dall'ufficio fino al termine dell'anno accademico. Avevamo deciso di trascorrere l'estate e l'anno successivo del mio master in un programma di scambio a un'università di Londra. Poi sarei tornata a New York insieme ad Alexander, a gennaio, per terminare i corsi.

«Anche voi?» domandò Max. «Nessuna delle donne di questa famiglia è capace di prendere una scelta?»

«Credo che funzionerà. In questo modo potrete apprezzare il meglio di entrambi i mondi» commentò Ryder.

«Esattamente» disse Alexander. «In questo modo riusciremo a vivere la vita al massimo del suo potenziale.»

Poggiai una mano su un ginocchio di Knightley, ancora scioccata da come si era dedicato all'insegnamento e al suo nuovo modo di vivere. Insisteva col dire che si trattava di una scelta del tutto egoistica, perché per lui significava poter passare più tempo con me. Non avevo intenzione di ribattere perché per noi funzionava.

«Alla Columbia hanno accettato di farmi insegnare da gennaio ad aprile, ogni anno, dopodiché lavorerò a Londra da aprile alla fine dell'anno. In questo modo riuscirò a trovare un equilibrio nella mia carriera» aggiunse Alexander.

«E tu cosa farai, Violet?» chiese Max.

«Sarò felice» risposi. «Dopo il master, potrò accettare incarichi a Londra e a New York e riuscirò a far funzionare le cose.»

«Sono orgoglioso di te» disse mio fratello. «E felice che tu sia tornata a studiare.»

«Dobbiamo dare un assegno a tuo fratello.» Alexander mi diede un colpetto. «Per la retta.» Alexander aveva lasciato intendere un paio di volte che avrebbe restituito a mio fratello il denaro che avevo preso in prestito per la retta universitaria, ma ero sempre riuscita a cambiare argomento. Tuttavia, non potei che sentirmi appagata all'ascoltare la parola "dobbiamo" e al sapere che ci considerava un'unica entità.

«Lo ripagherò quando inizierò a guadagnare» borbottai prima di infilarmi una forchettata di cetrioli in bocca.

«Ciò che è mio è tuo, Violet. Anche se ti rifiuti di usare le carte di credito che ti ho intestato. Non esiste tuo e mio. Solo nostro.» Si voltò verso di me e mi posò una mano sul collo.

Sospirai. Il suo tocco mi ipnotizzava.

«Di certo non potremo avere conti bancari separati una volta sposati» aggiunse.

Il rumore e il chiacchiericcio al tavolo si interruppe, e l'intera stanza si voltò a guardarci.

«Avete qualcosa da condividere con noi?» domandò mio padre dal fondo del tavolo.

«No, è solo che...»

«Violet e io ci sposeremo» annunciò Alexander. «Quando si deciderà ad accettare la mia proposta.» Non era proprio che *non* volessi accettarla. Semplicemente, non avevo risposto *sì* alle trecento diverse proposte di Knightley.

Mio padre mi guardò. «Non vuoi sposarlo? Non sei costretta.»

Risi. A mio padre non importava un fico secco che Alexander fosse seduto proprio accanto a me.

«Voglio sposarlo eccome, papà. Prima però voglio terminare il master.»

«Non farti convincere a fare nulla che non vuoi» mi avvertì.

Alexander fece per dire qualcosa, ma io gli accarezzai una coscia per fermarlo. «Non lo sta facendo. Te lo giuro, papà, se solo glielo chiedessi, volerebbe fino alla luna pur di raddrizzarla e rendermi felice. Lo amo, e voglio davvero sposarlo. Solo...»

Perché era così importante per me finire il master? Forse sentivo il bisogno di dimostrare a me stessa di potercela fare da sola. Che fossimo o meno sposati, le cose tra noi non sarebbero cambiate. Io ero sua per sempre, e sapevo che lui provava i miei stessi sentimenti. Mi rivolsi ad Alexander.

«Non diventerò la signora Knightley, ovviamente. Resterò Violet King.»

Mi guardò come se fossi impazzita. «Certo che resterai Violet King. Non mi aspetto certo che tu cambi nome. Sarò ben felice di diventare Alexander King, se è questo che vuoi.»

Scattai col capo verso i suoni di soffocamento che provenivano da mio padre e mio fratello, e iniziai a ridacchiare. «Non credo che sia necessario. Abbiamo già fin troppi uomini King.»

«Io sono ancora Scarlett King» spiegò mia sorella.

«E io sono ancora Harper Jayne.»

«È questo che ti preoccupa?» domandò lui.

«No. Non sono preoccupata. Insomma, è ovvio che ti sposerò.»

Alexander sollevò di scatto le sopracciglia e scorsi un principio di sorriso agli angoli della sua bocca. «Ma cosa?»

«Niente ma.» Mi strinsi nelle spalle. «Non sono sicura che voglia dire qualcosa. So cosa provo per te, cosa provi tu per me. Non è tutto ciò di cui abbiamo bisogno?»

«Immagino di sì. Avere figli da non sposati non è un problema per te?»

«Figli?» sbottò Max. «Sei incinta?»

«No, ma sì, vogliamo dei bambini» ribattei. «Passeremo insieme il resto delle nostre vite. Ovviamente abbiamo affrontato certi argomenti.»

«Amo tua sorella, Max, e passerò il resto della mia vita a renderla felice proprio come ti vedo fare con Harper e come Ryder fa con Scarlett. Spero che sia chiaro a tutti.»

«Bravo» mormorò mio padre. Darcy sospirò. «Che romantico.»

«La prossima sarai tu» disse Scarlett. «So che lui è là fuori che ti aspetta.» Darcy fece spallucce. «Ho perso le speranze.» Inclinò all'indietro il suo calice.

Se io ero riuscita a trovare l'amore, sarebbe di sicuro successo anche a Darcy, non ne avevo alcun dubbio.

«Stiamo ancora cercando di gestire il tutto» dissi. «Siamo innamorati, e da sposati o no, a New York o a Londra, con o senza figli, resteremo insieme per sempre.»

«E io brindo a questo» trillò Darcy.

«Benvenuto in famiglia» urlò Max con il bicchiere sollevato.

Io guardai Alexander, e lui mi posò un bacio sulle labbra.

Era il mio cavaliere in armatura scintillante e la nostra favola era più vera che mai.

ALEXANDER

Sei mesi dopo

Sollevai lo sguardo da dov'ero seduto a leggere il giornale. Violet entrò in cucina e si guardò intorno.

«Ha fatto davvero un ottimo lavoro, non credi?»

Feci spallucce. «Se piace a te, io sono felice.» Avevamo traslocato nella nostra nuova casa di città a Chesterfield Hill, nel quartiere di Mayfair, ed era stata ristrutturata da cima a fondo. Sia io che Violet eravamo stati troppo impegnati per farci coinvolgere e avevamo lasciato che fosse l'interior designer a prendere la maggior parte delle decisioni. Nel tempo libero che avevamo a disposizione preferivamo concentrarci su di noi e non sulla carta da parati.

«Hai finito con i bagagli?» domandò.

Chiusi il quotidiano e lo ripiegai, per poi posarlo sul piano da lavoro. «Ho finito e sono pronto ad andare. L'auto dovrebbe essere qui a momenti.»

«Non vedo l'ora di trascorrere il Natale in Connecticut. La mia famiglia ci tiene molto e dà il meglio di sé con le decorazioni.»

Stavamo per tornare negli Stati Uniti dopo aver trascorso gli ultimi sei mesi a Londra. Quando ero rientrato in ufficio, dopo la Columbia, avevo scoperto di essere capace di staccare la spina di sera e nei weekend. Qualcosa si era rotto mentre ero stato a New York, e non mi facevo più pressione per lavorare di più. Era buffo che la qualità del lavoro che ricevevo adesso fosse ben oltre ciò avrei potuto aspettarmi prima di riorganizzare le mie priorità. Lance aveva avuto ragione: introdurre un po' di varietà nella mia vita mi aveva permesso di approcciare la legge in modo diverso.

Mi accorgevo prima dei problemi, lavoravo in maniera più efficiente, ero più creativo nel trovare soluzioni. E, cosa ancor più importante, mi piaceva di più.

Feci ruotare lo sgabello su cui sedevo per voltarmi verso Violet. «Dovremo trovare casa anche a New York.»

Violet mi cinse le spalle con le braccia. «Lo so. Ma possiamo trovare un posto che non vada ristrutturato? Non voglio più dover convivere con l'odore di pittura. E voglio viaggiare. Partire.»

«Dove vorresti andare?» le chiesi.

Lei si strinse nelle spalle. «Ovunque, purché sia con te. Magari in Sud Africa? O in Thailandia. C'è qualche posto che ti piacerebbe visitare?»

«Da ragazzo volevo andare in Sri Lanka.» Era difficile rievocare gli anni precedenti il faticoso decennio nell'ordine.

Lei si bloccò, con gli occhi sgranati. «Mi prendi in giro? Vorrei andarci tantissimo. Che ne dici di prenotare per la primavera dopo la Columbia?»

«Per me va bene.» Chi avrebbe mai pensato che avrei finito col vivere e lavorare in due continenti diversi, e col viaggiare insieme all'amore della mia vita?

Lei si voltò tra le mie braccia e posò la schiena contro il mio torace. «E prima o poi dovremo progettare la luna di miele.»

Allungò una mano e guardò l'anello di fidanzamento che avevamo scelto la scorsa settimana.

«Non ci hai ripensato, vero?» L'anello era insolito – tre fasce sottili, tutte in stili diversi, con un diamante centrale che assomigliava più a un fiore che a una pietra. Le si addiceva alla perfezione. Era delicato, bello e prezioso.

Lei rise e non potei che sorridere all'udire quel bel suono. Lo avrei sempre e comunque preferito a un qualsiasi usignolo. «Ne dubito. Vale la pena sposarti per un anello del genere» disse, continuando ad ammirarlo.

La attirai a me, in mezzo alle mie gambe. «Buono a sapersi. Hai intenzione di dirlo alla tua famiglia quando saremo lì?»

Lei fece una smorfia. «Dirgli cosa?»

«Tutto.»

Lei sospirò. «Magari poco prima di partire. Non posso dirgli tutto d'un fiato: "Mamma, papà, Scarlett e Max, Alexander e io ci sposiamo ma lo faremo a Londra e parteciperanno al massimo venti persone".»

«Credo che per loro non sarà un problema.» La famiglia di Violet la adorava, e sarebbero stati felici di vederla felice, ne ero certo. «Non ti costringeranno a celebrare in grande.»

«Sì, certo, e poi gli comunicherò che non intendo restare incinta a breve.» Scosse il capo. «Così finiremo per uccidere mia madre.»

«Tua madre ha già parecchi nipoti a tenerla impegnata.» Le posai un bacio sulla fronte e lei mi accarezzò le spalle con entrambe le mani.

«E tu sei sicuro che non ti dispiaccia aspettare qualche anno?» domandò. «Voglio passare un altro po' di tempo con te. Viaggiare, e fondare la mia azienda, e poi vedere a che punto siamo.»

«Anch'io voglio fare tutte queste cose. Non sono sicuro di essere pronto a prendermi la responsabilità di un piccolo essere umano.»

«Credo che saresti un padre eccellente» disse, sfiorandomi un sopracciglio con un dito. La strinsi ancora di più. «Limitiamoci a vivere giorno per giorno.»

«Come, prego?» Arretrò. «Chi sei e che ne hai fatto del mio fidanzato?» Ridacchiai. «Te l'ho detto. Mi hai cambiato.»

Lei reclinò il capo. «Forse ti ho semplicemente centrato un po'.» Annuii. «Sì, è così. Sono ancora più pianificatore di te.»

«Ma io pianifico molto di più che in passato. Anche tu mi hai cambiata.»

«Ci siamo incontrati nel mezzo.»

Lei trattenne a stento un sorriso. «Proprio così. E mi piace.»

«Anche a me.» Ero passato dal sapere esattamente come sarebbe stata la mia vita fino alla pensione a non vedere l'ora di cambiare. Mi ci era voluto un po' per abituarmi, ma ci stavo riuscendo. Ne valeva la pena, se significava stare con Violet. Lei era il fulcro esatto del mio mondo. «Finché saremo l'uno al fianco dell'altra, tutto il resto andrà al suo posto.»

Violet era l'unica donna per cui avessi mai combattuto e per cui avrei continuato a combattere, ad amare, a fare qualunque cosa fosse necessaria per restare al suo fianco per il resto delle nostre vite.

Ringraziamenti

Cari lettori, spero che vi sia piaciuto tornare a Londra per questo libro quanto è piaciuto a me. Mi sono davvero divertita a fare da guida a Violet! È stata una coppia meravigliosa da scrivere e ho adorato trascorrere del tempo con loro. Vorrei fosse durato di più. Ho appena incontrato molti di voi al FBBF 2017 ed è stato sensazionale! Chiacchierare insieme a voi dei vostri personaggi preferiti e ascoltarvi parlare del vostro amore per la lettura è stato semplicemente stupendo. Sono molto grata di tutto il vostro amore e supporto, che vi abbia incontrati o meno! Vorrei potervi abbracciare uno per uno!

Grazie al mio mini pupillo-maestro, Lance Ashworth, che mi ha guidata durante la mia prima esperienza nell'ordine. Sono passati venti anni dal nostro primo incontro su un treno, quando non sapevamo neanche che faccia avessimo! Siamo davvero così vecchi? È stato così appagante veder fiorire la tua carriera – tutto quel duro lavoro è stato ripagato. Il tuo omonimo in questo libro è davvero un mentore gentile, e i Lance che ho conosciuto sono esattamente così... grazie di tutta la gentilezza che mi hai riservato.

Un suggerimento da parte dell'autrice, casomai vi ritroviate a una cerimonia come quella descritta nel libro: bevete parecchio alcool e trovate i cancellieri giusti con cui passare il vostro tempo. Sono spassosissimi e questa peculiare combinazione mi ha fatta finire in molti guai – del tipo buono, ovviamente.

Elizabeth: un grazie non è sufficiente. La tua dedizione verso la mia scrittura è molto più di quanto avrei potuto sperare e te ne sarò per sempre grata. Come ha detto Jessica, incontrarti è stato come vincere alla lotteria. Io mi sento allo stesso modo, anche mentre raccogli le mie lacrime d'autore da aggiungere alla tua collezione. Tra pochi giorni il tuo romanzo inizierà a sfondare e tu otterrai il successo che meriti.

Nina: grazie di tutto l'aiuto e il supporto. Lo apprezzo moltissimo.

Stevie: l'ho già detto e continuerò a ripetere che sei davvero una delle persone migliori che io conosca. Mi ritengo molto fortunata ad averti riavuto nella mia vita. Mentre eri impegnato a fare la guardia all'armadietto della cancelleria del dipartimento legale, hai per caso pensato che saresti finito nel #TeamBay? Dobbiamo coinvolgere anche Neillette, e a quel punto il dream team sarà di nuovo al completo! L'anno prossimo!

Najla: continuo a ripeterlo ma credo che questa sia la mia copertina preferita! Eh eh. Hai un talento immenso e adoro lavorare con te!

A Charity, Davina e Ruth: grazie del vostro aiuto last minute! E Jules: adoro i tuoi pasticcini! A tutti i fantastici blogger e recensori che mi permettono di connettermi con i miei lettori. Siete favolosi! Grazie del vostro aiuto.

Continuo a restare sbalordita di fronte a tutto l'aiuto proveniente dalla comunità degli scrittori, sono così fiera di far parte di un simile gruppo di donne. Grazie.

Non vedo l'ora di iniziare il nuovo anno!

FSC
www.fsc.org
MISTO
Carta da fonti gestite in maniera responsabile
FSC® C007287

Questo libro è stampato su carta FSC® amica delle foreste.
Il logo FSC® identifica prodotti che contengono carta proveniente da foreste gestite secondo rigorosi standard ambientali, economici e sociali definiti dal Forest Stewardship Council® e altre fonti controllate.